Los privilegios del ángel

Novela

Dolores Redondo
Los privilegios del ángel

DESTINO

Ediciones Destino, un sello editorial de Editorial Planeta, S. A.
Avda. Diagonal, 662-664, 08034 Barcelona (España)
www.edestino.es
www.planetadelibros.com

Diseño de la cubierta: Booket / Área Editorial Grupo Planeta
Imagen de la cubierta: © Mikel Albarran Valle
Primera edición en Colección Booket: enero de 2021
Segunda impresión: enero de 2021
Tercera impresión: febrero de 2021
Cuarta impresión: marzo de 2021
Quinta impresión: abril de 2021

Depósito legal: B. 19.910-2020
ISBN: 978-84-233-5868-7
Composición: Realización Planeta
Impresión y encuadernación: Rodesa
Printed in Spain - Impreso en España

Biografía

Dolores Redondo (Donostia-San Sebastián, 1969) es la autora de la Trilogía del Baztán, el fenómeno literario en castellano más importante de los últimos años. Las tres entregas, *El guardián invisible*, *Legado en los huesos* y *Ofrenda a la tormenta*, han llegado a dos millones y medio de fieles lectores. Tras la aparición de *El guardián invisible*, la crítica la saludó como una de las propuestas más originales y contundentes del *noir* en castellano, y ha seguido elogiándola por cada nueva novela. A la trilogía le siguió *Todo esto te daré*, galardonada con el Premio Planeta 2016. Hoy son ya más de treinta y ocho las editoriales de todo el mundo que han publicado sus obras. En 2019 publicó *La cara norte del corazón* y regresó al universo del Baztán. En 2017 se estrenó la adaptación al cine de *El guardián invisible*; y en 2019 y en 2020, las de *Legado en los huesos* y de *Ofrenda a la tormenta*, respectivamente. También se está desarrollando la adaptación audiovisual de *Todo esto te daré*. En 2021 se reedita *Los privilegios del ángel*, su primera novela.

Para Eduardo, mi amor.
A Donostia, mi ciudad: mientras me quede aliento
maldeciré a Berwick y a Wellington

No es la pureza de un ángel lo que es tan valioso. Es el hecho de que pueda volar. Un ángel puede romper la pauta en cualquier momento y encontrar su cielo. Tiene poder para descender hasta la materia más baja y para salir de ella cuando quiera.

HENRY MILLER, *Trópico de Capricornio*

A menudo el sepulcro encierra, sin saberlo, dos corazones en un mismo ataúd.

ALPHONSE DE LAMARTINE

Prólogo

Queridos lectores:

Tenéis en vuestras manos la primera novela que escribí. Se publicó en 2009, fue una pequeña edición, pero quizá no tanto como para evitar que a menudo haya aparecido alguien con un ejemplar en la mano para que se lo firmara y que muchos más reclamasen leerla. Ahora me ilusiona traerla de nuevo hasta vosotros.

Todas mis novelas están impregnadas de una capa de Norte, de lluvia y humedad que provienen de mi propia raíz, del lugar donde nací y me crie, del modelo de familia matriarcal que había a mi alrededor, de la cultura del trabajo duro, del honor de los pobres y de la muerte.

Aborrecía aquel lugar, lo detestaba con toda mi alma. Cuando era una joven y precoz lectora de apenas diez años, me parecía imposible que mi pueblo pudiera albergar un escenario distinto a la sordidez, el olor a gasoil, el pescado, las cajas de estiba, las montañas de sal en el puerto, las iglesias abarrotadas de mujeres de luto, el perfume almizclero que se colaba por las puertas entreabiertas de los puticlubs, que se distinguían por un farolillo rojo y se repartían a derecha e izquierda en la misma calle; las misas de difuntos, las sirenas del puerto llamando al trabajo, el tufo amoniacal de las fábricas de hielo y el cementerio con la media de difuntos más jóvenes de España.

Y yo, que entonces devoraba las obras de Mario Puzo, soñaba con Boston, con Nueva York y Los Ángeles, con llevar allí a mis protagonistas como lo había hecho él, a otros cielos, a otros horizontes, a una cultura rica e impregnada de modernidad y sofisticación de las que el lugar donde yo había nacido carecía.

Era una adolescente cuando llegó a mis manos *Pequeño teatro*, la inmortal novela de Ana María Matute. Ocurría en un pueblo con puerto del Norte, pequeño, costumbrista y asfixiante para su joven protagonista. A menudo se dice que leer hace nuestro mundo más grande, pero ese libro me descubrió el encanto de lo pequeño, de lo propio. Me hizo entender que era absurdo pretender que mis historias transcurrieran en Boston o en Nueva York si no era primero capaz de admitir mi origen, que aborrecerlo era parte del proceso de juzgarlo, exonerarlo y llegar a perdonarlo. Que si no hacía las paces con mi origen no sería honesta, que detestar en la adolescencia el lugar donde uno ha nacido es tan natural como detestar el modo en que se ondula tu pelo, y que aprender a amar eso mismo proviene de una madurez que nada tiene que ver con crecer.

Entonces decidí escribir sobre todo aquello que aborrecía, desde el conocimiento. Y mientras escribía descubrí que no lo odiaba tanto, que incluso lo amaba un poco, o mucho. Me di cuenta de que había estado equivocada, de que detestar aquel lugar, aquel modo de vivir y aquella manera de morir era como detestar mi piel llena de cicatrices, las visibles y las invisibles, cada una de ellas símbolo de una batalla, de una pérdida o de una victoria.

Amo mis raíces, estoy en paz. Hoy sé que esto es fundamental, que esta verdad es la clave de la buena acogida que han tenido mis siguientes libros hasta ahora. Esa fórmula por la que me preguntan a menudo, que unos sospechan como algo enrevesado y otros, como una técnica que pueda aplicarse una y otra vez. Pero creo que solo vosotros, mis lectores, percibís con la mirada limpia de un niño que en el fondo subyace la verdad.

Hay mil aspectos sobre los que ya os he hablado en mis novelas y millones que me quedan por contaros, pero el primero con el que tuve que ponerme en paz fue con la muerte, y lo hice en esta novela, la primera que escribí.

Los privilegios del ángel es una novela sobre el duelo, el nombre del proceso que se vive inmediatamente después de una pérdida irreparable. Con cinco años no solo lo había experimentado en mí, sino que fui testigo de cómo lo vivían los demás, en casi todas sus formas, con toda su crueldad, en hombres y mujeres, en niños, por causas accidentales y por enfermedad, unas heroicas y otras violentas. Enfrentarse a una gran pérdida a edad muy temprana detiene la infancia, y no para recobrarla un tiempo después, sino para verla desaparecer a veces para siempre. Porque la muerte, la pérdida y el duelo arrancan ese velo de protección, de magia e inmortalidad de la que está revestida la primera parte de nuestra vida, pero con la intensidad, la importancia y la limitación del tamaño del mundo de un pequeño. Tener conciencia de la muerte y de que los niños también mueren proyectó sobre todo mi mundo conocido la sombra implacable de la parca, su inevitabilidad y su presencia hasta en los acontecimientos más pequeños.

Esta novela trata del duelo a través de distintos personajes y en sus distintas fases: la negación, la ira, la negociación, la de profunda pena, la depresión y la aceptación. No es necesario pasarlas todas, no hay una duración estipulada para cada una y ciertas circunstancias pueden acrecentar el padecimiento en cada una hasta hacerlo insoportable.

Decidí escribir sobre la muerte y el duelo porque sé que esta travesía por el infierno de nuestras emociones es la única manera de conseguir alcanzar algún tipo de paz.

Está muy extendido el modo en que los psicólogos infantiles advierten sobre los peligros de impedir que nuestros pequeños se enfrenten a la frustración, al no, a la imposibilidad. Sospecho que es solo un reflejo de lo que nuestra sociedad ha hecho con el dolor y el sufrimiento en los últimos tiempos. Darles la espalda.

La muerte está asumida y aceptada como parte del ciclo de la vida, no así el sufrimiento y el dolor que genera la pérdida. Hace un siglo era difícil encontrar a alguien que no hubiera asistido, incluso con muy corta edad, a un funeral, un velatorio o un entierro. Pero hoy en día para la mayoría de los padres resulta impensable dejar que un niño asista al ritual de la muerte. No difiere demasiado con los adultos. Si alguien sufre una gran pérdida se comprenderá su dolor mientras no sea muy evidente. Un dolor moderado y maquillado, que en el último siglo ha huido de todas sus manifestaciones públicas. El luto, el color distintivo en la ropa, ayudaba a que los demás supieran que estábamos pasando por un periodo difícil en nuestra vida, a distinguirnos en el dolor. La costumbre de vestir de luto se enraizó tanto que dejó de ser símbolo de tristeza para convertirse en apariencia y fingimiento y, lo que es peor, en algo obligatorio frente a la muerte, por tanto, indeseable. No defiendo que la gente vuelva a vestir de negro para hacer evidente su dolor. Yo visto de negro casi todo el tiempo solo porque me gusta. Pero la sociedad ha ido huyendo de las representaciones del dolor y cada vez las rechaza con más fuerza. Rechazamos el dolor, los grandes funerales faraónicos quedan para la realeza o para las grandes estrellas del pop, pero las muestras de dolor sostenidas en el tiempo no están bien vistas. Esto nos ha llevado a huir, a ocultarnos, a esconder la tristeza como un estigma porque sabemos que nos marca de un modo que la sociedad repudia. Llevándonos al ridículo de tener que festejar la pérdida de un trabajo, de una novia, de un matrimonio, de una amistad, como una apertura a nuevas cosas, casi como una suerte... ¿Quién quiere estar con alguien siempre triste? Huimos de la amargura, del dolor, de la enfermedad y la muerte. Se esperan comportamientos heroicos de los enfermos terminales, la entereza de sus familiares y amigos, el recuerdo en positivo, los homenajes a su vida.

Sé que no es un tema cómodo. Sé que muchos abandonarán este libro en esta página. Pero para los que lo habéis experimentado, para los que estáis pasando por él y para los que entendéis que soslayarlo es un error, aquí está *Los privilegios del ángel*, que toma su título de la novela *Trópico de Capricornio* de Henry Miller, donde se habla de la pureza, de los ángeles y de sus verdaderas capacidades, de tocar el cieno en lo más profundo y de lo más alto en el cielo.

Existe una fórmula para librarse de lo más sórdido, y no se trata de ser puro: se trata de aprender a volar.

Dolores Redondo

Segunda muerte de Celeste Martos

Foto en sepia

Ahora

Apenas recuerdo el tiempo en que despertar era volver a la vida tras una pequeña muerte, un lapso suspendido, húmedo y uterino del que jamás me quedaban recuerdos. Desperté desahuciada del sueño con la certeza de que no obtendría allí el descanso que anhelaba, que no podría ya regresar a aquel paraje desolador donde acudía en mis vigilias, porque nunca volvería a dormir.

Sentí el cuerpo sudado del que dormía a mi lado ajeno a mi maldición. Hice un par de intentos infructuosos por recordar su nombre, y en justa venganza por la ignorancia inconsciente en la que dormía, me fue imposible.

Su rostro, el de un chiquillo, aunque desmentido por la barba incipiente que le oscurecía la piel hasta el pecho, aparecía abotargado por la borrachera y húmedo de babas que le resbalaban por la comisura de la boca entreabierta, saliva que brillaba como rastro de caracol a la luz que llegaba sesgada desde el váter, y que habíamos dejado encendida para ser capaces de encontrarnos los cuerpos desorientados de cerveza y porros.

La música del bar había cesado y los demás inquilinos del hostal dormían inusualmente silenciosos. Desde la arboleda enmarañada me llegó el canto de un *gautxori* que no supe identificar, y que me entristeció por lo huérfano y desdichado de su arrullo de mal agüero.

Enferma de soledad y de esa consciencia de nuestro propio ser que solo se alcanza de madrugada, abrí el cajón de la mesilla y saqué aquella vieja fotografía manoseada y gastada en los bordes; había amarilleado con elegancia adquiriendo un tono sepia que la tornaba más melancólica y bella. La única foto que guardo de Pakutxa fue tomada en el caserío Barbotegi, en ella aparecemos las dos con idénticos pantalones de peto y jerséis de perlé blanco, apoyadas contra el Renault 12 de mi madre.

Recuerdo que acababa de comprárselo, y a pesar de que la foto es en blanco y negro, puede apreciarse cómo brilla la chapa verde oliva bajo el sol del atardecer. Es curiosa esta estampa. Las dos tan serias y lejanas, absortas como adultas, ajenas a nuestra niñez. Yo mantengo la cabeza un poco inclinada hacia ella y los ojos fijos en el objetivo de la cámara; la mirada de Pakutxa perdida, febril, flotando sobre la serrería lejana que, con aquel sol antiguo, parecía arder con un fuego interior que inexorable la devoraba por dentro, como a ella.

Ese lugar ya no existe, o al menos no como era entonces. Regresé allí en muchas ocasiones buscando alguna huella del paraje que guardo en mi recuerdo. En cada una de esas visitas comprobaba apenada cómo iba perdiendo su forma y su esencia, desvirtuándose mientras se esfumaba ante mis ojos pávidos como una visión acelerada del futuro.

Descorazonada contemplé cómo desaparecía la serrería, una pérdida tan llorada como previsible, pues no era más que un pequeño taller perteneciente al caserío y que se nutría, sin duda, de los numerosos bosquecillos que lo rodeaban como arropándolo.

Con el tiempo y la bonanza económica de los ochenta, aquellos bosquecillos acogieron en su seno numerosas urbanizaciones de villas adosadas, y la serrería, como la olorosa presencia del ganado, se vio relegada a un almacén polvoriento, que ya no olía a madera caliente y recién cortada, sangre de árboles, sino al óxido y la herrumbre que poco a poco tomaron la maquinaria inútil y abandonada. La última vez que fui por allí ya la habían derribado, y en su lugar, según me contó el guarda, se habían proyectado ciento veinte plazas de aparcamiento.

Pero si algo me dolió fue perder el laberinto de arbusto verde y amarillo, que no puede verse en la foto, porque está justo detrás del coche. Supongo que realmente no era gran cosa, y que el recuerdo está algo engrandecido por mis ojos de niña. Nos gustaba escondernos entre los pasillos de hojas que llegaban a la altura de la cintura de un adulto, y que para nosotras eran murallas infranqueables entre las que nos perseguíamos. Guiadas tan solo por las risitas y grititos casi histéricos de nuestro juego, corriendo de un lado a otro, para desembocar en las pequeñas plazoletitas con mesas y bancos de cemento y madera sobre los que nos encaramábamos para atisbar por encima del laberinto.

Sí que es rara esta foto. Quizá porque tiene eso que convierte una fotografía en una obra de arte, algo intemporal y que trasciende al observador, o puede que, en realidad, no pase de ser más que una foto común y corriente, y solo yo puedo ver en ella el laberinto de arbusto y la antigua serrería envuelta en una nube roja de vapor y polvo de serrín que, con aquel sol de la tarde, se quedó ardiendo para siempre en mi recuerdo, como Pakutxa. El fuego que ardía ahora en mi interior abrasándome el pecho y la garganta con furia dipsómana.

Cristales rotos

Ahora

Salí de la cama llevando la foto en una mano y apoyándome en la muleta con la otra. Sin querer, arrastré enredada en mis piernas la sábana gastada, que dejó al descubierto los genitales del bello sin nombre, que como si obedeciese a una orden antigua y básica los cubrió recogiendo su carga en el hueco de la mano y continuó durmiendo.

Tomé el vaso blancuzco y rayado que descansaba sobre la repisa del lavabo, dejé que el agua estancada en las viejas tuberías corriese un poco con el fin de disipar el aroma dulzón, como a hongos y tierra, que siempre traía. Lo llené hasta el borde, incluso dejé que rebosase un rato sobre mis dedos crispados, lo acerqué a mis labios y bebí hasta la última gota, tan rápido que pasarían unos segundos antes de que pudiera sentir alivio a mi sed.

En el espejo encontré unos ojos que ardían con el mismo fuego que mi pecho y, esperanzada, busqué la huella del ángel, pero el azogue herrumbroso de humedad solo me devolvió sombras de charco acuosas y oscuras.

Apoyé la foto en la repisa y solté la muleta, que cayó quedando trabada entre el lavabo y la pared, amortiguado el golpe por su propio acolchado. Elevé el vaso hasta la altura de mis ojos en mudo brindis de perdedora y lo dejé caer sobre el lavabo. El grueso culo de cristal chocó contra el grifo y se partió en varios trozos afilados con un ruido seco y más metálico que cristalino.

Retrocedí hasta la puerta para atisbar al durmiente y comprobar que seguía inmerso en su sueño etílico. Tomé uno de los trozos del vaso y la sensación del vidrio afilado me hizo estremecer. Lo apoyé contra mi muñeca izquierda y me infligí un pequeño corte superficial y muy doloroso. La impresión denterosa del cristal en la carne me revolvió el estómago y comencé a temblar de asco y frío.

Jadeando mientras intentaba recuperar el control, cerré los ojos y de un violento tirón rasgué el resto de la muñeca. La sangre brotó generosa cubriendo la piel de mi mano como un guante carmesí. Un leve temblor se apoderó de mi cuerpo, y el frío que había estado amenazándome me envolvió como un sudario mojado y pegajoso haciéndome tiritar, aunque un sudor denso y salado perló mi frente y se escurrió entre las cejas. El humor salobre me entraba en los ojos como agua de mar y me cegó por un instante. Levanté la mano temblorosa y me la pasé por la frente, que además de sudor quedó manchada de sangre. «Torpe», pensé al mirarme en el espejo. Dejé el cristal manchado de sangre en el lavabo y elegí otro trozo de entre los más grandes. Cortarme las venas de la mano derecha me costó bastante más. El cristal se tornaba resbaladizo por la sangre, y aunque apenas veía, sentía cómo me hería los dedos sin lograr hacer más que cortes superficiales.

No quedaban trozos lo bastante grandes como para poder manejarlos con comodidad y me sorprendí riendo ante mis desvaríos. «A ver si voy a tener que dejarlo para otro día; no, mejor aún, puedo llamar a la habitación de al lado y pedirle a una de esas putas amables que saque su dentadura del vaso y me lo preste para suicidarme un poco.» Sustituí el cristal por otro más pequeño y puntiagudo y, sujetándolo con fuerza en la palma de la mano, lo apoyé contra la carne y, más que cortar, hundí la astilla en la piel mientras me mordía con rabia el labio inferior.

Gruesos regueros de sangre fluyeron de la herida goteando sobre los restos del vaso. Intenté arrancar la astilla que había quedado trabada en mi carne, los dedos hormigueantes resbalaron sobre el borde del cristal, y al tirar de ella una laceración feroz me sacudió el brazo hasta el hombro como en el retroceso de un arma.

Conmocionada, desistí de mi intento, segura de haberme seccionado un tendón. Recogí amorosa la mano inútil contra mi cuerpo y, con la otra, tomé de nuevo la fotografía apoyada contra el espejo.

Los pies resbalaron sobre el charquito que mi sangre había formado en el gastado linóleo del suelo. Intenté mantenerme en pie, probé a agarrarme al borde del lavabo, pero mis manos patinaron en la porcelana sucia; me incliné, pero mi frágil cadera renunció a sostenerme. Ahogué un grito cuando la manilla de la puerta se me hundió en el costado, y me dejé caer escurriéndome poco a poco, hasta quedar sentada en el suelo con las rodillas flexionadas y la fotografía reposando en mi regazo.

Disgustada, intenté limpiar con el dedo una gruesa gota de sangre que había profanado la foto cubriendo parcialmente el rostro de las niñas, pero solo conseguí emborronarla extendiendo una fina película roja sobre mi recuerdo, pero ahora ya no importaba, todo dejaba de importar y comenzaba a tener sentido. Supe que me estaba muriendo, y sin saber cómo comencé a cantar:

Ponme la mano aquí, Macorina,
ponme la mano aquí.
Ponme la mano aquí, Macorina,
ponme la mano aquí.
La luna es un tiburón
que va tragando a mi vida.
Ponme la mano aquí, Macorina,
ponme la mano aquí.

La voz brotó suave e infantil, casi sin fuerza, como una psicofonía de mi infancia, y al escucharla surgir desde el interior de mi cuerpo lastrado pensé por primera vez que mi voz era muy bella.

Cada nota, cada inflexión de mi canto fue nueva y perfecta, una voz hermosa y desconocida hasta ahora y una canción sublime en la que cada palabra cobraba significado en sí misma. Era como una vida entera llenándome de entendimiento y sabiduría, suficiente para comprender que aquella no era solo una canción, era una respuesta, una fórmula para desencriptarlo todo, tan dulce y tierna que me conmovía en lo más profundo.

Los ojos se me llenaron de lágrimas y sin darme cuenta comencé a llorar de puro agradecimiento, de humildad ante la gracia que se me concedía. Mi llanto fue silencioso y casto, como solo puede serlo el llanto que aflora al contemplar un prodigio. Lágrimas serenas y respetuosas para no turbar la belleza del milagro de escuchar cantar al ángel.

Di las gracias en silencio y pensé que por fin todo estaba bien y que todas las penas valían por liberar a la entidad celestial, que como a una señal enmudeció. Bajé la mirada hasta los cortes en mis muñecas. La sangre, que al principio había brotado a borbotones, fluía ahora lenta y plácida, como sin prisa.

El río de vida había formado regueros entre mis piernas y empapaba mis bragas y mi camiseta. Un sentimiento de profunda lástima comenzó a crecer en mi pecho. Lástima por toda aquella sangre derramada, perdida. Reparé en las burdas heridas que mutilaban mi carne y me avergoncé de mi maltrato a aquel pobre cuerpo maltrecho y lacerado, empeñado en darme cobijo y un poco de calor, siempre vejado y torturado.

Escasos de carne, mis huesos pugnaban por atravesar mi piel tensa de hambrunas y de insomnios. Qué triste que solo al sentir la proximidad de la muerte lograse por primera vez amar a aquel guiñapo esforzado que me había brindado el escaso calor que lograba producir.

El chico que había dormido a mi lado entró de pronto arrastrando los pies y rascándose con una mano la entrepierna y con la otra el sobaco de un modo que recordaba a un simio. Entreabrió los ojos y al verme boqueó como un pez y comenzó a gritar. Yo me habría reído de haber tenido fuerzas, porque el chaval estaba realmente ridículo sujetándose los huevos y chapoteando en mi sangre, sin llegar a caer, pero patinando torpemente mientras componía poses absurdas en el esfuerzo de recuperar el equilibrio.

Intenté calmarle, decirle que dejara de gritar, que iba a despertar a todos los huéspedes, y que las putas ya estaban muy mayores para aquellos revuelos.

Quise extender mi mano hacia él, pero mis brazos pesaban toneladas y me resultaba imposible moverlos. «Mi pobre cuerpo ya no puede más», pensé. No advertí cómo se aflojaban mi vejiga y mi intestino, pero llegué a percibir el calor entre las piernas. Mi última mirada fue para el chico, que había logrado, al fin, mantener el equilibrio y salía corriendo y dando alaridos con los pies cubiertos por mi sangre, con la que dejaba por el suelo carcomido del hostal tampones indelebles con los restos de mi vida.

Entonces morí.

Tuve conciencia del preciso instante del descarnamiento, porque una ola de supremo amor estalló en mi interior liberándome del dolor y de la carga de mi cuerpo agonizante. Ese impulso me ayudó a incorporarme y a salir de aquel charco de caramelo líquido que había sido mi carne. Retrocedí para poder verlo mejor; era tan frágil y embrionario que producía una inmensa aflicción verlo tirado, roto y desvalido. Su visión me partió el corazón, y las lágrimas que vertí por él contribuyeron a disipar mi pena, aclarándome los ojos nuevos. Entonces me sentí libre y agradecida por mis huesos, mi vientre vacío y mi carne magullada tantas veces.

Llena de ternura, me incliné hacia mi cuerpo y quise devolverle el abrazo cálido que él me dio durante años, pero retrocedí. Sabía que ya no podría tocarlo.

Suspiré mirando a mi alrededor. Mi compañero de cama venía corriendo por el pasillo trayendo a rastras a una de las putas, legañosa y sin dentadura, que avanzaba a trompicones intentando ponerse una bata anaranjada.

Los seguían las adolescentes en tanga y camiseta de tirantes y por la escalera subía el anciano insomne y uno de los viejos hosteleros, con la peluca mal puesta sobre el cráneo pelado, y visiblemente molesto por tener que salir de la cama. En ese instante, mientras añoraba mi cuerpo maltrecho y veía a los siniestros huéspedes de Los Rosales acercarse a mi habitación, supe que debía partir, que tenía que salir de allí. Poco importó hacia dónde, porque en respuesta a mis dudas comencé a elevarme sobre la estancia, y el caramelo líquido que me cubría comenzó a estirarse formando frágiles latiguillos pegajosos que me sujetaban por los tobillos, por los codos y las muñecas, partían de mi frente y de mi barbilla y continuaron afinándose a medida que me alejaba elevándome sobre mi cuerpo.

Salitre en el aire

Ahora

Atravesando el techo y el tejado pude ver otra dimensión de la casa. Los Rosales no parecía tan sórdida vista desde arriba, solo una vieja casa maltratada y sin identidad, como yo misma.

Los aromas de la noche me inundaron con un baño de perfume maravilloso, percibí la tierra caliente que evaporaba la lluvia de la tarde, aromas profundos de los árboles antiguos que apenas lograban mover la brisa, y el salitre que preñaba el aire y que viajaba desde la bahía de la Concha, remontando el río Urumea. Solo tuve que elevar la mirada para ver el mar que se extendía como una manta oscura tras las colinas que formaban los barrios altos de San Sebastián, allá abajo.

El grupo capitaneado por la puta de la bata naranja se inclinaba sobre los despojos de mi cuerpo murmurando pordioses y llevándose las manos a la cabeza. Mi compañero de cama se había acuclillado en una esquina de la habitación y vomitaba contra la pared mientras temblaba cubierto de sudor. El anciano insomne le dedicó una mirada cargada de desprecio y musitó su desagrado con un par de insultos pasados de moda a propósito de su poca hombría.

Una de las chicas en tanga hablaba por teléfono pidiendo una ambulancia a gritos y la otra venía por el pasillo trayendo de la mano a la otra puta, que entró en el baño como un general dando órdenes. Apartó a su amiga de un manotazo y la mandó a buscar una sábana, que rasgó ante los ojos calculadores del viejo casero. Este contuvo con un gesto a su hermana, tan vieja como él, pero en una versión hinchada y redonda, que había llegado silenciosa, trasladándose a bamboleos, como si en cualquier instante fuera a rodar. Los caseros se miraron cómplices en su miseria, pero no se atrevieron a decir nada ante la fiereza de la puta respecto a aquel expolio de su propiedad. Como una experta se arrodilló sobre mi cuerpo sin temor alguno a empapar su bata morada con mi sangre, apoyó los dedos de largas uñas postizas sobre mi garganta.

—Está muerta —apuntó un viejo.

—¡Cállese, imbécil!

Asiéndolo por los tobillos, estiró mi cuerpo hasta dejarlo tendido e, ignorando de nuevo las voces que murmuraban que era mejor que no tocase nada, levantó la cabeza.

—¡A tomar por culo de aquí! —bramó.

Las dos chicas se abrazaron temblorosas desplazándose hacia un rincón, pero los ancianos retrocedieron hasta el dintel de la puerta y se quedaron allí murmurando entre ellos.

Con gesto experto, la puta enrolló las tiras de tela hasta formar una madeja con la que envolvió mis heridas mirando mi rostro demacrado y maldiciendo en voz baja.

—Estúpida, estúpida niña, ¿qué has hecho, tonta? Lo siento, debí darme cuenta, debí darme cuenta...

Apretaba las vendas con tanta fuerza que una de sus uñas postizas, pintada de rosa geranio, salió volando hasta el borde del charco que se extendía a mi alrededor. Supe que estaba llorando y, aun desde arriba, alcancé a ver las gruesas y antiguas cicatrices que como cilicios blanquecinos mordían la piel de sus muñecas.

Aunque no percibía ningún tipo de movimiento, seguía elevándome muy despacio, y a cada paso inexistente, perdía interés por lo que ocurría abajo.

Volví la mirada hacia el norte y observé mi ciudad. Donostia, engalanada con las luces que dibujaban la costa desde el Peine de los Vientos hasta Gros.

Pensé que habría sido igual de bella sin sus joyas de luz, y tuve por un momento la sensación de haberla visto mucho antes de que llegaran la iluminación y los pobladores, y de que entonces ya era la Bella Easo.

Nuevas sensaciones hasta ahora desconocidas me alcanzaban mientas los hilillos de caramelo, que se habían estirado hasta ser casi invisibles, saltaban en pedazos liberándome y proyectándome hacia el lugar donde ellos me esperaban.

Todos sonreían al verme y me susurraban mudos mensajes, que, supe, eran bienvenidas. Avancé entre ellos sintiendo la calidez templada de la luz del fondo y el amor que me prodigaban aquellos que una vez había conocido, y que ahora me esperaban para acogerme y acompañarme en mi viaje. Una mirada atrás me mostró las luces anaranjadas de la ambulancia que frenaba bruscamente en el polvoriento aparcamiento de Los Rosales, y los sanitarios de la Cruz Roja que corrían escaleras arriba portando sus maletines de campaña. En cuanto los vieron entrar, el funesto grupo de huéspedes se apartó para formar un círculo en torno a ellos mientras intentaban explicarse todos a la vez.

Otro de aquellos frágiles hilos de caramelo saltó como cristal quebrado y mi avance tomó un nuevo impulso. La luz se tornaba cada vez más intensa y acogedora y los rostros de los que me esperaban se aclararon hasta el punto en que reconocí a algunos, aunque no podía recordar sus nombres.

Los sanitarios seguían manipulando el cuerpo, llenándolo de tubos y agujas. Arriba la luz del camino se tornaba tan intensa que lo que ocurría abajo se me antojó cada vez más oscuro y lejano, pero aún alcancé a oír como uno de los médicos preguntaba:

—¿Quién la ha vendado?

La puta de la bata morada contestó airada:

—He sido yo, ¿qué pasa?

—No pasa nada, solo que probablemente le ha salvado la vida.

La puta se estiró las mangas de la bata sobre las muñecas, se dio la vuelta y salió del baño sonriendo a fantasmas que solo ella veía.

Nuevos y finísimos hilos de caramelo se elevaron desde mi cuerpo pegándose a mi piel como tela de araña. Mi avance se detuvo y aquellos que me esperaban comenzaron a retroceder. Quise rogarles que no se fueran, pero nuevos hilos gomosos se afianzaron en mi espalda y comenzaron a tirar de mí con fuerza. El caramelo se extendía pegajoso cubriéndome la piel, los hilos se fundían formando gruesas ligaduras mientras la luz que tanto anhelaba se extinguía; un último latigazo me arrastró hasta el cuerpo que viajaba estabilizado en la trasera de una ambulancia.

El jardín, 1973

No recuerdo

Entonces

No recuerdo su voz. He intentado un millón de veces volver a escucharla dentro de mi cabeza, pero no está. Recuerdo, sin embargo, el modo en que pronunciaba las erres, casi como ges, como si fuera francesa. Recuerdo sus canciones y su risa de loquita. Pero cuando intento rememorar nuestras conversaciones, nada. Sé que los recuerdos que guardo de cuanto nos dijimos no son del todo reales, que, a fuerza de sufrir su ausencia y desear su regreso, es mi mente la que ha completado los vacíos. En mi memoria, Pakutxa habla con mi voz y usa mis palabras de adulta. Pero cuando la recuerdo sonriendo siempre es ella, y puedo oír la campanilla de su risa.

Pakutxa siempre sonreía. Con sus kikas blancas y afiladas como las de un duende travieso y que para siempre fueron de leche. Sonreía mientras hablaba, mientras jugaba y mientras mentía. Y solo con el tiempo aprendí a distinguir el embuste por el leve temblor que se percibía en su *kokotxa*, como si guardase allí la risa contenida.

Sonrió cuando me dijo «ven conmigo». Yo tendí mi

mano, contenta de ser su amiga, elegida y privilegiada entre los mortales y azorada por la duda y el temor que me provocaba su constante proposición de juego, de aventura. Yo la adoraba y la temía. Su sonrisa embustera se me antojaba encantadora e irresistible como un hechizo al que no me podía sustraer. En aquellos primeros tiempos de conocer a Pakutxa me fustigué ensayando frente al espejo una burda copia de su sonrisa. Pero no llegó a funcionar y tuve que rendirme al comprender que su gesto nacía en un lugar recóndito del alma desde el que en mi caso no podía brotar alegría.

El resto de los niños ya había salido al patio. Yo, como siempre, me había rezagado un poco para poder quedarme a paladear la sensación del aula vacía, el olor de las ceras de colores y la plastilina recogidas en grandes bolas informes. Como siempre me arrebató la sensación de energía desmedida y ajena, casi de hurto al pasar por entre las mesas vacías y acariciar con la yema de los dedos la formica blanca, fría, pero que aún conservaba indeleble la huella de sus pobladores.

En ocasiones hacía una incursión hasta la zona de las ventanas y todo tomaba una perspectiva diferente desde aquel lugar a donde raramente llegaba, pues mi mesa era una de las primeras desde la entrada, justo al lado de los servicios. Sin duda allí tenía grandes ventajas, estaba muy cerca de los percheros, de la vitrina donde se guardaban las carpetas y del semáforo de cartulina con los tres colores de rigor, que, además de servirnos, según la señorita Sotillo, para aprender básica urbanidad y los nombres de los colores, se usaba para indicar con la cartulina roja que el váter estaba ocupado, y con la verde que estaba libre. Nos encantaba el semáforo. Durante los dos años en que estuve en aquella aula, ningún niño olvidó nunca indicar con la correspondiente cartulina cómo estaba el tráfico en el servicio.

Me gustaba mi sitio, allí me sentía cómoda y el ángulo era casi perfecto para observar a todos los demás, pero en ocasiones, cuando hacía mucho calor o la clase olía mal, la señorita Sotillo se ponía en pie y, mientras paseaba entre las mesas como sin rumbo, se dirigía hasta las ventanas y abría una, a lo sumo dos, y eso era suficiente porque eran ventanas inmensas, quizá un poco estrechas, pero la hoja llegaba hasta el techo, y cuando la abría parecía una grieta perfecta arañada en la fachada oscura de la escuela.

Yo sentía algo de envidia de los niños que se sentaban más cerca del ventanal. Los observaba mohína, contemplando cómo la brisa levantaba un poco una cuartilla o despeinaba suavemente el pelo lacio de las niñas, que sonreían absortas en sus pensamientos y ajenas a aquel evento. Sentía celos de aquel aire limpio, frío, que traía mensajes y memorias del exterior; entonces, sin poder evitarlo volaba a casa. Imaginaba a la *ama*, bellísima, sentada en su sillón y sosteniendo entre las manos una novela; la luz entrando a raudales a su espalda se reflejaría en su melena castaña.

Una oscura añoranza por ella me trepaba por el vientre como una bola caliente que me subía al pecho y me ahogaba de su ausencia. Entonces miraba a mi alrededor y la ventana ya no me parecía tan buena, ni la brisa tan fresca, porque sabía que a partir de ese instante se me haría insufrible la espera.

En una ocasión, cuando la señorita abrió la ventana y la brisa me hizo volar, añoré tanto a mi madre que sin darme cuenta comencé a llorar su ausencia en silencio autista, y solo en el momento en que Lucía Sotillo me preguntó qué me pasaba fui consciente de haber estado llorando. No supe qué responder, fue Pakutxa la que dijo:

—Es que le duelen las tripitas.

—¿Y por qué no me lo has dicho? —preguntó la señorita bastante molesta aunque sin posar apenas sus ojos sobre mí.

—Pakutxa, la cocina ya sabes dónde está, ¿no? —Pakutxa lo sabía todo respecto a la escuela—. Pues acompáñala y que le den una manzanilla.

Se giró y comenzó a escribir en lo alto de la pizarra lo que debía ser la fecha.

Cuando cerramos la puerta a nuestra espalda, me quedé mirando a Pakutxa mientras me secaba las lágrimas con la manga de la bata escolar.

—No me duele la tripa —susurré.

—Claro que no —dijo sonriendo con aquel aire suyo de saberlo todo.

Nos sentamos en las escaleras de acceso al piso superior, donde estaban las clases de los mayores, los de primero y segundo.

Yo no sabía qué decir, supongo que me sentía un poco avergonzada y, de cualquier modo, me negaba a compartir con nadie lo de mis celos de la ventana y todas las sensaciones que me traía el aire frío de octubre. Pero no hizo falta, de pronto Pakutxa se pegó a mí y sus bracitos delgados como sarmiento me apretaron con firmeza durante lo que me pareció una eternidad.

Cuando me soltó se quedó mirándome, me observó en silencio durante un par de minutos en los que yo tampoco aparté la mirada. Cuando habló de nuevo, noté que algo había cambiado en sus ojos, había allí tristeza, una tristeza antigua y ancestral, premonitoria, una mirada que conozco muy bien pues la he visto muchas veces en el reflejo de mis ojos en el espejo con su mensaje de mal agüero que nunca sé interpretar.

—A veces, también me voy a otro lugar solo con pensarlo, a veces... No quiero regresar, y cuando vuelvo, y veo que estoy aquí, también me entra la pena. —Sonrió solo con los labios—. No estés triste —dijo recuperada de pronto—. Ahora yo estoy contigo. —Me miró transmitiéndome la seguridad de que así era, de que estaría conmigo para siempre—. Ya verás cómo aquí, en la escuela, hay lugares a los que ir y cosas interesantes que hacer.

Su voz adquirió un tono confidencial, como para darle más misterio. Y así fue. No se separó de mí desde entonces, y aquella promesa cumplida había llegado, con el tiempo, a asustarme tanto como me tranquilizó entonces.

Todo lo horrible

Entonces

—Ven conmigo —apremió Pakutxa mientras tiraba de mi mano.

Me sacó a trompicones de mi ensoñación hurtándome del ámbito de tibieza del sol que entraba inclinado por las altas ventanas y tamizado del polvo que la lluvia no podía arrancar en la parte guarecida bajo el tejado.

—Te voy a enseñar una cosa horrible, ya verás —prometió.

Caminando un paso por delante de mí y sin soltarme la mano, me condujo primero hasta la puerta de nuestra clase, y después hasta el vestíbulo inmenso de baldosas grises y baratas que con el tiempo había adquirido un tono verdoso, y que en algunos lugares brillaba pulido por el paso diario de miles de pequeños pies.

Pasamos frente a la escalera en la que estuvimos sentadas y ella me señaló el tramo descendente. Lo cierto es que yo ya llevaba unos días yendo al colegio y hasta ese instante no me había dado cuenta de que allí hubiese otra escalera, un tramo corto, oscuro, que se internaba hacia un lugar que yo no podía concebir pues de sobra sabía que no había más aulas. La miré interrogándola, pero ella tiró de mí.

—Ya llegará el momento de bajar... si te atreves, claro —añadió maliciosa—, pero no hoy. Hoy vamos a ver la cabeza del negro.

Yo quise preguntarle pero poniéndome un dedo en los labios me indicó que me callara. Me había dejado llevar como sonámbula, pero me percaté de que pasábamos frente a la puerta de la portería. La portera, una mujer joven y delgada, hacía punto sosteniendo la labor bajo el brazo. Debió percibir nuestra presencia, porque levantó los ojos y nos dirigió una mirada adusta, como si pensara en reñirnos por nada, un punto se le escapó, y toda su atención y su fastidio se centraron de nuevo en la pieza de lana beis que tejía furiosa. Nos olvidó, y nosotras a ella, en cuanto desaparecimos de su campo de visión.

—¿Adónde vamos? —pregunté en un susurro.

—A la clase de los difíciles —respondió volviéndose un instante y dejando escapar aquella risita clara y ladina que yo tanto temía.

Levanté la mirada y comprobé que en efecto nos dirigíamos allí. Me paré en seco y tironeé hasta soltarme de su mano.

—No, no quiero —me debatí consciente de la firmeza que le faltaba a mi voz—. No debemos ir allí... —La clase de los difíciles, que las otras profesoras llamaban con desprecio «el pelotón de los tontos».

—No tengas miedo, tontita, no va a pasarte nada —dijo Pakutxa melosa, sabiendo que me seduciría con su gracia de encantadora de serpientes que a medias me aterraba y a medias me atraía como un imán.

Al otro lado del vestíbulo en penumbra, una porción de luz se colaba por la puerta del patio dibujando en las baldosas un triángulo perfecto. Desde allí llegaban gritos y llantos, risa y jaleo. Me resultó tentador echar a correr hacia aquel trocito de sol invitador que se derramaba lechoso por el suelo desgastado, y librarme así de la influencia transgresora de Pakutxa. No pude, y la cobardía me hizo temblar como un gatito mojado.

—Es por la señorita Eutiquia —me justifiqué mientras mentalmente enumeraba unas mil razones para huir.

No las llamábamos maestras, ni profesoras. Había que dirigirse a ellas, y para hablar sobre ellas, como señoritas. La mayoría ya no tenían edad para ser distinguidas por ese apelativo. Y las alianzas gastadas y hundidas en la carne de sus dedos gordezuelos tampoco lo habrían aconsejado atendiendo a su estado civil. Pero de entre todas la que menos parecía una señorita era la señorita Eutiquia.

Corrían por el patio leyendas acerca de niños abofeteados, expulsados, castigados y sometidos a todo tipo de horribles torturas escolares. Eutiquia reinaba despótica en su clase de los especiales, o los difíciles, como los llamaban otros. El apelativo con el que un profesor definía el comportamiento de un niño ante sus padres era «un niño difícil», pero cuando los padres no estaban delante y solo escuchábamos nosotros los llamaban idiotas, pencos, zoquetes, lerdos o *zikiñak*. A la clase de la señorita Eutiquia iban a parar niños retrasados, tartamudos, disléxicos, gangosos, portugueses, o niños demasiado mayores que no habían sido escolarizados a tiempo.

No nos mezclábamos con ellos, porque Eutiquia no lo permitía. Ejercía sobre ellos un maléfico poder de tirana ante el que por nada se revelarían, pero ellos, seguramente advertidos por su reina de los difíciles, tampoco hacían nada por mezclarse.

Solían jugar siempre en grupos, sobre todo a perseguirse, sin otro objeto que alcanzarse y golpearse mutuamente, solo para salir corriendo de nuevo en busca de otra víctima. Casi siempre acababan llorando. Después de la lluvia buscaban entre la tierra húmeda limacos gordos y negros como joyas reptantes, y se entretenían aplastándolos bajo sus toscas botas mientras los demás gritábamos a la vez excitados y asustados.

Entonces Eutiquia salía airada de entre el grupo de profesoras que charlaba bajo el asta de la bandera y regresaba al instante trayendo cogidos por las orejas a un par de brutotes aterrorizados que lanzaba sin piedad contra la áspera pared de la escuela, condenados de por vida, y al menos el resto del recreo, a no despegar sus narices de la piedra tosca y pintarrajeada de tiza.

Había un niño que recuerdo particularmente porque siempre tenía el pulgar metido en la boca rosada y entreabierta, y, como consecuencia de su vicio, las paletas proyectadas hacia fuera, cubriéndole la lengua y la piel del dedo una legión de hongos blanquecinos que le otorgaban un aspecto esponjoso, como un diminuto banco de coral, alrededor de una uña casi inexistente. Se llamaba Pablo y se deleitaba en mostrar su deformidad a todo el que, mezclando repugnancia y curiosidad, se acercaba a mirar.

—Ahora no hay nadie allí, hace rato que todos han salido al recreo —dijo Pakutxa.

Me tranquilizó solo a medias. Tomándome de nuevo de la mano recorrimos los últimos metros. La puerta estaba abierta, aunque no invitaba a entrar. En el interior todo parecía tranquilo y en orden, quizá en excesivo orden. Observé las paredes vacías, en las que no aparecía vestigio alguno de los conejitos, los arcoíris, las estrellas y las florecillas rosadas y amarillas que adornaban las paredes de nuestra clase.

Pocos abrigos colgaban de los percheros al fondo del aula porque resultaba que la mayoría de los niños «diferentes», «especiales» o como diablos quisieran llamarlos, eran también niños pobres, procedentes de familias muy numerosas, hijos de viudas, de madres solteras, o vivían con sus abuelos. Nada sobre las mesas perfectamente alineadas, y un olor a aliento amargo y humo acre como un almacén de carne después de un incendio. Me pareció desoladora aquella clase de los difíciles.

—Verás qué horrible —dijo mientras me empujaba al interior.

Sobre la que debía ser la mesa de la señorita Eutiquia, una horripilante cabeza humana descansaba sobre la base de su propio cuello. No tuve dudas de que había pertenecido a un niño pequeño, apenas un bebé, negrito con los labios increíblemente rojos y apretados, el cabello corto y ensortijado y los ojos, que pretendían ser tristes, congelados y nublados para siempre como los de un pez muerto.

—Dios mío... Qué horrible. —Una náusea me revolvió el estómago.

—A que sí. —Rio ella entre dientes.

Me llamó la atención que, estando yo horrorizada, hubiese un tonillo divertido en su voz. Me volví para mirarla desconcertada.

De la puerta de los servicios, donde no habría nunca semáforos de cartulina, ni regresaría jamás un niño sonriente, surgió la figura informe de Eutiquia con su eterna bata gris oscuro que ella llevaba como el hábito de una monja, o el uniforme de un soldado. Nos observó con infinito desprecio de educadora superior, dirigió una mirada breve hacia la puerta, que seguía abierta, y yo pensé que calculaba las posibilidades que tenía de llegar hasta ella antes que nosotras para encerrarnos en aquel mausoleo en el que, esforzada, había convertido su aula.

—¿Qué hacéis vosotras dos aquí?

Dividido mi pavor entre la cabeza del negro y Eutiquia,

que avanzaba por entre las mesas hacia nosotras de un modo fantasmagórico, como si no posara los pies en el suelo o se deslizara sobre invisibles carriles, no era capaz de articular palabra, y menos aún de moverme. Pakutxa sacó algo del bolsillo de su bata y se lo mostró. En respuesta, su rostro se relajó notablemente aunque sin perder el rictus de crueldad.

—Muy bien, ¿a qué esperáis?

Pakutxa se aproximó a la macabra ofrenda yaciente sobre la mesa, la cogió por los mofletes y la giró sobre su base. No pude reprimir un grito, segura de que dejaría un rastro sangriento sobre la mesa. Con dedos hábiles, ella buscó en la zona del *calvarium* un corte oscuro y profundo de pocos centímetros que se evidenciaba claramente entre los cabellos ensortijados del negrito. De alguna parte surgieron dos pesetas rubias que introdujo por la brecha; las oí caer en el interior hueco.

—¿A ti qué te pasa?, ¿eres tonta? —dijo Eutiquia.

No respondí, porque estaba muda y porque Pakutxa me cogió de la mano y me sacó casi en volandas de la clase de los difíciles.

Ya en el vestíbulo acerté a decirle:

—Es una hucha. —El tono en que lo dije ponía de manifiesto mi escasa convicción.

—Claro que es una hucha, la del Domund.

—Pues... es horrible.

—Es grimosa.

—¿Grimosa?

—Absolutamente grimosa.

Explotamos a la vez en una carcajada de *txoriburu* acompañada de gritos y *txaloak* mientras repetíamos una y otra vez con los ojos anegados de lágrimas: «Grimosa, grimosa», y nos reímos así hasta que de la puerta contigua surgió la portera con alarma propia de un incendio y nos mandó al patio de muy malas maneras.

Escuchar el infierno

Entonces

Yo casi nunca jugaba, o, por lo menos, no a los juegos en los que se entretenían los niños.

La mayoría de los días paseaba por el patio con las manos metidas en los bolsillos de la bata, observando los pasatiempos de los otros, ensimismada en mis pensamientos, la mayoría sobre otros lugares en los que hubiera preferido estar en vez de en el patio de la escuela.

A menudo elegía al azar uno de los numerosos balcones de los edificios que daban hacia el patio del colegio, y durante días me dedicaba a imaginar cómo sería la vida de los que vivían allí, si eran felices o desgraciados; envidiosa, imaginaba que aún dormían mientras yo observaba desde el patio... A veces llegaba a vislumbrar presencias huidizas tras el leve movimiento de las cortinas, o me extasiaba ante la visión parcial de un dormitorio ajeno que se ventilaba al fresco de la mañana.

Me encantaba hacer aquello. Mi vigilancia se prolongaba durante meses en que llegaba a establecer todo un entramado de teorías respecto a los pobladores de la casa, y siempre perdía el interés en el momento en que por casualidad sorprendía a sus habitantes en el balcón y comprobaba que la mujer en bata rosa de franela nada tenía que ver con la hermosa durmiente que presentía tras los cristales, o que el insignificante hombrecillo que anudaba la bolsa de la basura con los pantalones del pijama sobresaliendo bajo la ropa de calle nada tenía que ver con el febril partisano que yo había imaginado asilado tras las paredes de aquella casa.

Ansiaba ser adulta solo por ser libre. El modo displicente y despectivo con que los mayores ninguneaban mi presencia, y mis palabras, me mantenía en un constante juicio interno en el que catalogaba, probaba y reprobaba a aquellos adultos paletos y aborregados que me juzgaban sumarísimamente y me condenaban a un oscurantismo al que yo me resistía con mis silencios desafiantes y mis miradas altivas.

En la España de los setenta, los niños éramos poco más que los perros, mascotas aleccionadas y repeinadas que debían tratar de usted a los adultos, besar a las señoras mayores y sentarse con la espalda recta y los zapatos lustrosos mientras había visita, esas visitas indeseadas y sin invitación previa que llegaban a la puerta anunciándose en el momento y que mi madre pasaba a la salita que nunca usábamos y que permanecía intacta el día en que me decidí a dejar aquella casa.

Esas señoras que pasaban el dedo por los muebles mientras mi madre iba a la cocina y me miraban desdeñosas desde sus zapatos de descanso y sus trajes de mezclilla, que olían a naftalina, sudor, y una mezcla de banco de iglesia y menstruación que me movía a la náusea cuando mi madre me conminaba a besarlas.

Sospechaba cómo sería ser adulta y vivir a mi aire sin que nadie me dijese lo que debía hacer, poder hablar o pensar en voz alta, o simplemente, sentarme a leer en mi sillón favorito dejando que el sol se reflejase en mi pelo e ignorando a las visitas, a las que no abriría la puerta.

Pakutxa jugaba casi a cualquier cosa, y casi con cualquier niño, y jamás me invitaba a participar pues de sobra sabía que yo era así, altiva y hosca, y podía hacerme sentir mal tener que rechazar una y otra vez los juegos tontos de los niños.

Era después de un rato, cuando yo ya había dado un par de vueltas al patio y me detenía junto a la barandilla blanca y negra que circundaba el colegio —y era naranja de minio en algunos lugares—, cuando ella venía a hacerme compañía, el rostro encendido y el pelo negro pegado a la frente con esfuerzo y sudor. Llegaba de pronto y se colocaba a mi lado como si todo el tiempo hubiera estado allí, permanecía en silencio durante unos segundos y después me sorprendía con sus típicas observaciones:

—A ti te gusta escuchar, y eso está bien, porque casi nadie escucha, hay muchos mensajes en el aire y en las cosas. Mira.

Y ella misma recorría con la mirada el patio de la escuela, atestado por la reciente explosión demográfica de final de los sesenta.

—¿Los ves?, gritan y corren de un lado para otro como tontos, tienen orejas como tú y como yo pero no saben escuchar.

La afirmación era un tanto particular teniendo en cuenta que era la opinión de una niña pequeña sobre otra niña pequeña. Yo estuve totalmente de acuerdo. Escuchaba, escuchaba a los niños, y sus gritos, su barullo, me resultaban ensordecedores; escuchaba aunque lo único que aspiraba a oír era el sonido de la brisa suave y la campana que indicaba el fin de la jornada. Escuchaba, pero en aquel tiempo todavía no conseguía oír nada más allá del fruto de mis propios anhelos.

—¿Quieres escuchar algo maravilloso?

A las invitaciones de Pakutxa nunca aceptaba abiertamente, componía un gesto de interés y la seguía como una cordera al matadero, resignada, asustada, y un poco intrigada, sabiendo que de ningún modo la experiencia me defraudaría.

Apoyando los pies en la barra baja de la baranda se aupó lo suficiente como para sacar la cabeza por encima. Sin comprender la finalidad de aquello la imité. Lentamente, como si oficiase una graciosa reverencia, giró la cabeza y, sin dejar de mirarme con aquel gesto suyo tan seguro y que quería ser misterioso, apoyó la orejita sobre el pasamanos plano y cerró los ojos, solo para abrirlos un segundo después y apremiarme con la mirada.

Al principio no oí nada, notaba el metal templado por el sol contra mi rostro y el aroma un poco acre del hierro, pero afortunadamente y por casualidad encontré la postura. Toda la oreja apoyada, el pabellón como una ventosa, el sonido se amplificó y escuché. Gritos, risas y llantos, eco de los que se producían en el patio, golpes, siseos provocados por cientos de manitas y botitas del número veinticinco, tocando, golpeando y agarrándose una y otra vez a la barandilla, y de fondo ecos de conversaciones que se producían al otro lado del patio. Busqué con mis ojos los suyos, fascinada, demandando respuestas.

—El infierno —susurró.

—El infierno... —repetí.

Y estuve segura de que así era, porque, aunque de algún modo básico comprendía que aquellos eran los sonidos del patio viajando a través del aire del tubo hueco de la baranda, sospeché también que de entre aquellas reverberaciones de agudos y graves se podía extraer el jugo de otra frecuencia más lejana, o más profunda, proveniente del mismo averno y que en el fondo no se diferenciaba gran cosa del patio de la escuela. Inauguré así un nuevo círculo en el que las ánimas se hacinaban en un patio oscuro y angosto, escarbado en el corazón de la roca negra, en el que reían histéricas, lloraban de pura frustración, golpeaban o eran golpeadas, tocaban, arrastraban manos y pies erosionando la roca milenaria, sus lágrimas se mezclaban con el polvo del suelo y sus pies se cubrían de lodo, chapoteando entre los siseos y los murmullos de millones de conversaciones sin sentido, condenadas a fundirse obscenamente, sin entender nada y en eterna espera de la campana que pusiera fin a su jornada en el infierno.

Nunca he vuelto a escuchar nada tan básico y tranquilizador como el sonido del infierno viajando a través del metal.

Niebla de septiembre

Entonces

Conocí a Pakutxa en nuestro primer día de colegio, una mañana fresca y neblinosa de septiembre de mil novecientos setenta y tres. El patio, una confusión de niños, madres, abuelas. Muchos se saludaban con entusiasmo al reconocer a sus compañeros del curso anterior, más morenos y delgados como consecuencia del verano.

Sin soltar ni un momento la mano de mi madre, observé desalentada cómo algunos de los niños rompían a llorar según se iban aproximando a la puerta de la escuela. La megafonía, que hasta entonces había permanecido muda, cobró vida de pronto con chasquidos y chirridos de micrófono acoplado. Un instante de absoluto silencio se produjo mientras todos los pobladores del patio nos volvíamos hacia el único altavoz, situado en el mástil donde ondeaba la bandera de España.

Una voz ronca de mujer ordenó que los niños formásemos filas frente a la entrada en un lugar que las señoritas nos indicarían. Un chasquido desapacible puso fin a la transmisión.

Mi madre se inclinó sobre mí sin soltarme la mano y con una sonrisa tranquilizadora dijo:

—No te pondrás nerviosa ahora, ¿verdad?

Yo negué con la cabeza aunque las piernas me temblaban y tenía los ojos como platos.

Un nuevo chirrido desde el altavoz nos indicó que la megafonía seguía viva. Enseguida comenzó a sonar una musiquilla retórica acompañada de un coro infantil. «Tiene la Parrala un vestido blanco...»

—¡Vaya por Dios! —dijo mi madre.

Yo la miré extrañada.

—*La Parrala*, es increíble, también pusieron esta canción el día que yo empecé el colegio.

De la puerta de la escuela y con paso propio de un desfile militar salieron las esperadas señoritas, ataviadas con impolutas batas blancas con la excepción de Eutiquia, que con su guardapolvo gris oscuro presentaba un aspecto más adusto si cabía y, por supuesto, más amenazador. Se colocaron junto a la pared, de cara al patio, cada una abrió una carpeta de cartón azul y extrajo de ella una hoja en la que tan solo aparecían impresos los nombres de las clases:

PREESCOLAR A, B, C
PRIMERO A, B, C...

Para cuando conseguimos llegar hasta el lugar que nos indicaba la señorita, un nutrido grupo de madres nerviosas con sus vástagos llorosos se arremolinaban ya a su alrededor. Ella extrajo otro folio de la carpetita azul. Lucía Sotillo, que sería nuestra profesora durante los próximos dos años, se presentó a sí misma sin atisbo alguno de sonrisa y con la voz aguda y áspera que aún recuerdo desapacible. Comenzó a leer la lista de nombres y apellidos de los niños que correspondían a su clase, y, formando una fila, fuimos colocándonos ante ella según nos nombraba.

Agradecí que mi madre no me soltara la mano ni siquiera entonces, mientras que las demás entregaban a sus hijos sumisas. Ella me sostuvo haciéndome saber de ese modo que nuestro lazo era más fuerte y que no desertaría de mi lado hasta que yo estuviese absolutamente segura.

Un nombre tras otro, que nada significaban para mí, y otro niño engrosaba la fila a mis espaldas. Me volví un momento para mirarle y él me sonrió, una sonrisa magnífica de dientecillos blancos aún de leche, como si nada le preocupase.

Solo cuando ya estuvimos dentro de nuestra clase y la sensación cálida de la mano de mi madre comenzaba a esfumarse, descubrí que aquel niño que se sentó a mi lado sin dejar de sonreír era Pakutxa, a quien, con su cuerpo menudo y su cabello oscuro y corto unido a la ausencia de los típicos pendientes de bola de oro, yo había tomado por un chico.

Cada uno se sentó donde quiso. Yo lo hice en el primer sitio que encontré, porque en aquel momento todo me daba igual, solo quería sentarme, quitarme de en medio y hacerme invisible hasta la hora de salir de allí.

La mayoría de los niños continuaron de pie, incapaces de decidirse por un lugar concreto en el que ubicarse. Pavorosos gritos provenientes del vestíbulo nos hicieron estremecer, y no negaré que se me escapó un gemido cargado de angustia y resignación. Busqué la presencia aliada de Pakutxa, y ella me sonrió como si cada día pasase por aquel trance y ya lo hubiese asumido como la parte engorrosa de todo aquello.

Nuestra profesora, la señorita Sotillo, traía a rastras sujeto por un brazo a un niño pequeño, *pottolo*; la montura de carey de sus gafas pegadas con esparadrapo le colgaba de una oreja. Por efecto de los tirones, el jersey azul marino y la camisa de cuadros se habían salido del pantalón, donde seguramente con mucho cuidado los había remetido su madre. Gritaba como un poseso que se quería ir a su casa, y mientras tironeaba de él, la señorita trataba de convencerle esgrimiendo el argumento de que debía imitar a los otros niños, que eran más guapos porque no lloraban y con los que iba a poder jugar y pasárselo muy bien aprendiendo muchas cosas, siempre que fuera un buen niño y dejase de llorar.

Alvarito echó una rápida mirada a los rostros de los aterrorizados parroquianos y decidió que no quería saber nada de todo aquello. De su garganta brotaron horribles y angustiosas quejas a la atención maternal que, por simpatía con la causa, contagiaron a algunos niños, que comenzaron a gimotear.

Por una de las ventanas, un poco bajas y que daban directamente al patio, asomó el rostro desencajado de una mujeruca de mediana edad, que bien habría podido ser su abuela, y le miró con angustia propia de madre añosa.

Las fuerzas del exhausto Alvarito se vieron redobladas nada más verla. Tomando impulso, dio un empellón a la señorita, que se tambaleó un instante como indecisa entre caer o no, y corrió hacia la ventana llamando como loco a su madre.

Tal vez por los ojos arrasados de miedo y lágrimas, o porque todo le importó un bledo, sus puños chocaron con tal fuerza contra el cristal que se rajó de abajo arriba con estruendo seco y cortante de un relámpago; no cayó, se quedó así, herido de muerte y sostenido casi por ensalmo y por la masilla vieja y quebrada. Los efectos fueron casi mágicos sobre Alvarito, enmudeció de pronto, *coitado* y tímido, como sería para siempre; perdido ya todo su interés por la ventana y por su fallida fuga, se sentó a la mesa más próxima sin volverse a mirar atrás, ni siquiera tuvo tiempo de ver cómo su madre le lanzaba un beso mientras retrocedía hasta el fondo del patio tan acobardada como su hijo.

Maruja

Entonces

A menudo llovía, y esto en sí mismo ya era exasperante. El colegio Virgen del Mar carecía de patios cubiertos. Cuando llovía tanto que no se podía salir, nos dejaban jugar en el vestíbulo, en las escaleras, o en la planta superior, donde estaban las clases de primero y segundo de EGB, con la única condición de no entrar bajo ningún concepto en otra aula que no fuera la nuestra. Caótico. La humedad y el frío del exterior se colaban por la puerta abierta de par en par en un intento de ventilar el espacio, que se quedaba pequeño. Cerca del techo se formaba una nube de vapor asfixiante fruto de la evaporación del agua prendida en la ropa, el aliento y el sudor de los párvulos que corrían de un lado a otro. Al menos el patio permitía que los gritos y llantos de los niños se expandieran por el aire disipando así su carga tensa y estridente, allí dentro resultaban ensordecedores, y dar un par de paseos por el vestíbulo oscuro y resbaladizo por el chorreo de cientos de paragüitas y botas de goma y entre miríadas de ansiosos párvulos resultaba ridículo, además de peligroso.

Como mucho, me aventuraba hasta las escaleras, me sentaba en lo alto en algún lugar cerca del pasamanos y a salvo de ser pisoteada o arrollada por los que bajaban corriendo desde allí y procuraba aislarme de todo aquel bullicio. Los observaba con el corazón desolado ante el caos, que debía ser grandioso incluso para Pakutxa, que en los días de lluvia se mostraba aún más misteriosa, fascinante, y me acompañaba durante todo el recreo como si supiese, incluso más que yo misma, de mi profunda desazón.

Llevábamos tres días sin salir al patio y una vez más observé a un grupito de niños que practicaban un curioso juego, cuya mecánica no lograba comprender. Se situaban al borde del tramo descendente de escaleras, que curiosamente permanecía desierto, después, y con extremo sigilo, algunos, los más osados, descendían lentamente, desde donde yo alcanzaba a ver, solo hasta el descansillo, y de pronto, alguno rompía a gritar histérico y los demás le secundaban mientras subían a trompicones las escaleras. En sus rostros, mezclado con el sudor, había visto aquello que realmente había llamado mi atención, miedo, miedo auténtico. Cuando alcanzaban lo alto de la escalera se giraban a mirar hacia atrás y suspiraban aliviados, como el que evita apuradamente un peligro grave.

Pakutxa lo sabía todo acerca de los juegos de los niños, le pregunté al respecto. Ella había estado mirándolos como yo sentada a mi lado.

—Lo que hacen es comprobar quién tiene el valor suficiente para bajar toda la escalera y llamar a la puerta que hay al final.

Yo no sabía de la existencia de puerta alguna, pero una vez conocida no tuvo más sentido para mí aquel divertimento, y así se lo hice saber a mi amiga. Pakutxa me tomó de la mano y me arrastró escaleras abajo; nos colamos entre los niños, que nos miraron como la tropa que recibe refuerzos, y todos a la vez comenzaron a decir no sé qué sobre Maruja, o una bruja, que esperaba allí abajo, al final de la escalera.

Escéptica, los miré de hito en hito, satisfecha, casi pagada de mí misma y del poder que me confería la madurez que me permitía ser distinta, diferente al resto, y, de algún modo, superior a aquellos mocosos crédulos, que, si tuvieran un poco del sentido común que a mí me sobraba, sabrían como yo sabía que las brujas no existían, y que de existir, dudaba mucho que a ninguna se le ocurriese la absurda idea de instalarse en los bajos de un colegio estatal como el Virgen del Mar, porque aquello no pasaría de ser un almacén mal aireado, atestado hasta el techo de trastos sucios e inservibles, y porque, además, no iba a ganar para aspirinas para el dolor de cabeza que le darían sus ruidosos vecinitos de arriba.

Con extrema crueldad, y buscando acertadamente las palabras adecuadas, se lo expliqué al grupito de cándidos. Alguno intentó replicarme con infantil razonamiento, pero su convicción ya hacía aguas y terminé de rematarlos riéndome de ellos. Formando una piña de desaliento, se alejaron hacia el fondo del vestíbulo.

—Crees que lo sabes todo —me recriminó Pakutxa.

Yo aún sonreía ufana, presuntuosa.

—Pero hay cosas que no sabes, de las que no tienes ni idea.

Sabía que Pakutxa me consideraba alguien especial, por eso me dolió tanto su reproche.

—Pakutxa, las brujas no existen, deberías saber que solo son cuentos para niños.

—Solo cuentos para niños, ¿verdad?... Si estás tan segura, prueba a bajar la escalera, llama a la puerta y espera a que te abra; sus manos son como garras, su nariz verrugosa y picuda, sus ropas son negras y están sucias de mugre y sangre seca, sus dientes son grises y afilados y se cubre la cabeza con una capucha que tapa en parte sus greñas.

Yo la observaba con sumo interés, entre divertida e intrigada.

—Pero, Pakutxa, aun suponiendo que las brujas existiesen, esto es una escuela nacional, no un castillo, ni una cueva en medio del bosque. Dime, ¿qué se supone que iba a hacer una bruja aquí? —No me pareció nada malo el razonamiento.

—Bueno, tú que eres tan lista a lo mejor me puedes decir qué es lo que comen las brujas.

—...Niños —contesté—, pero... las brujas...

—Las brujas nada. Si estás tan segura baja la escalera.

Con aire resuelto, emprendí el descenso por el primer tramo de escalera mientras escuchaba a mi espalda los cuchicheos de los niños, que habían vuelto a congregarse en lo alto y me observaban desde allí con profundo disgusto.

Cuando llegué al descansillo y giré para encarar el siguiente tramo de escaleras, tuve la primera visión de la puerta de Maruja —un portón de hierro macizo con remaches redondos de forja—; parecía muy antigua a pesar de haber sido repintada de color crema, como las paredes del vestíbulo y las barandillas de la escalera.

Dirigí una mirada a Pakutxa antes de continuar bajando. Me sonrió satisfecha desde lo alto; a su alrededor los gestos de los otros niños, cada vez más alarmados ante mi actitud obstinada, comenzaban a mostrar signos de preocupación.

Según iba acercándome a la puerta, comencé a percibir unas cuantas sensaciones curiosas. La primera, y de más sencilla explicación, la corriente de aire que se filtraba por debajo del portón colándose entre mis piernas y erizándome los pelillos y la piel.

Sin duda por la sugestión a la que había sido sometida por Pakutxa, en mi mente comenzaron a reproducirse imágenes de los rostros aterrorizados de los niños mientras subían la escalera, como si realmente alguien los persiguiera, y el eco de las palabras de mi amiga, describiendo el aspecto de Maruja. Dientes grises y afilados, ropas negras y mugrientas.

Decidí de pronto que aquello ya había ido demasiado lejos para mi gusto, me daría la vuelta y subiría la escalera poniendo fin a aquel experimento absurdo; ya estaba, las brujas no existían, y no había nada más que decir al respecto.

Fue una inteligente decisión, que no llevé a cabo, porque a esas alturas ya no podía quitar mis ojos del portón. De algún modo sabía que tenía que llegar hasta él, llamar a la puerta y esperar, para probar que allí no había ninguna bruja, porque, si me daba la vuelta ahora, correría escaleras arriba presa del pánico y rompería con ese gesto y para siempre el magnífico equilibrio que reinaba en mi interior.

Cuatro escalones me separaban del portón, bajé con cuidado de no hacer ruido. Como flotando en la corriente que pasaba bajo la puerta, me llegó una cantinela dulce, como un ensalmo que me traía la certeza inexplicable de que allí había alguien, tras la puerta, que de pronto me pareció inmensa, más propia de un cuartelillo de la Guardia Civil que de un colegio del Estado.

La robusta cerradura presentaba un aspecto recio y engrasado, con el ojo para una enorme llave invitadoramente abierto; me aupé un poco, apoyando los pies en el primer escalón y el hombro izquierdo en el marco, y miré a través de la cerradura. Maruja, con sus ropajes oscuros y sucios llenos de petachos y la capucha que le cubría casi toda la cabeza, removía, con lo que parecía ser un remo, el contenido acuoso de un perol de enormes proporciones; entre el vapor que ascendía del puchero pude ver sus manos resecas como esqueletos de esponja retorcidas de modo cruel y sin duda doloroso, las uñas negras y largas faltaban en algunos dedos, y todo su aspecto en general era polvoriento y poroso, casi petrificado.

Sin embargo, ella parecía feliz. Me di cuenta de que mientras removía su siniestra ambrosía no dejaba de canturrear una cancioncilla que yo antes no había reconocido, y que ahora me llegaba con toda claridad.

Huelga decir que no llamé a la puerta, no tenía ningún interés en que ella me abriera, y por otro lado, la señora Maruja estaba bastante ensimismada en sus tareas, y no parecía acertado importunarla.

Con sumo cuidado me descolgué de mi posición y subí sigilosa la escalera, tipi-tapa hasta el descansillo. Arriba todo el grupo esperaba expectante, estudiaban mi rostro en busca de alguna señal, de una pista que les indicase lo que estaba ocurriendo. Yo me detuve un momento, tratando de digerir lo que había presenciado, mientras decidía lo que le contaría a Pakutxa.

Un leve roce se produjo tras la puerta, pensé que los movimientos de una bruja centenaria como Maruja debían de ser bastante lentos y anquilosados; a mi mente acudió la visión de aquellos dedos retorcidos como sarmientos viejos.

Volví la cabeza hacia la puerta y escuché con toda claridad un siseo, un tintineo, y la proximidad de su voz dulce, quizá un poco aguda, entonando su canción.

Salta, salta, salta, pequeña langosta,
no te vayas lejos, voy hacia la costa.
Salta, salta...

El ojo vacío de la cerradura se llenó de otro legañoso y azul, que me escrutó ávido. Siricando.

De puro pánico me vi lanzada escaleras arriba, con tal ímpetu que perdí el equilibrio, y solo cuando llegué arriba, al lado de Pakutxa, me di cuenta de que había subido las escaleras a cuatro patas, apoyándome, como un escalador, también en las manos, y en la huida me había pisado el borde de la *mantala* escolar, descosiéndome casi por completo el dobladillo.

Pakutxa no se rio, ni siquiera cuando le conté lo de la canción que cantaba Maruja; al contrario, se quedó muy seria, calibrando la importancia de aquel nuevo dato. Después de un rato, y cuando yo ya creí que no diría nada más al respecto, dijo, más para sí misma que para mí: «Salta, pequeña langosta..., si te paras a pensarlo, es horrible».

El varadero

Entonces

En la margen izquierda del puerto de Pasajes, perteneciente al municipio de San Pedro, bastante más allá de la zona conocida como la Torre, o Torreatze, se extiende un sendero de anchura apenas suficiente para que pase un coche. Es un desfiladero ganado a la roca y que se alza unos palmos sobre el nivel del mar, de modo que, cuando llega septiembre y las mareas están muy vivas, el agua cubre con cada ola el camino haciendo hervir la grava suelta y blanqueándola de espuma, para escapar después, al retroceder la marea, por los aliviaderos escarbados en el pequeño murete de contención.

Produce una sensación muy curiosa ir caminando por aquella carretera y que de pronto los zapatos se te empapen del agua del mar, que parece surgir de modo misterioso del mismo suelo.

Había pasado por allí muchas veces, llegar hasta el rompeolas formaba parte del paseo largo; el medio llegaba solo hasta la fuente de la Virgen de la Torre, adornada por docenas de tiestos donados por el curandero de Altza. El paseo corto se hacía por el interior del recinto portuario y después de las cinco, cuando cerraban los portones y los camiones dejaban de circular sumiendo la actividad del puerto en una especie de letargo.

Por la mañana, la entrada al recinto del puerto estaba prohibida. Los camiones, los obreros, los estibadores y las grúas se deslizaban por los carriles del muelle, con su delicada cabeza de hipocampo, que sin duda contribuyó a que durante años viviese convencida de que eran animales vivos, como jirafas o elefantes. Mi madre se sorprendió años después: «¿Pero no veías al operario que la manejaba desde el interior?». «Creí que era su jinete», respondí entristecida.

Prefería ir por el puerto que por la parte exterior. Odiaba el olor a corcho y vino del bar Velasco, y las colas de hombres sellando la quiniela. Los charcos amoniacados de la fábrica de hielo, los grupitos detenidos frente a la tienda del fotógrafo Zarranz para criticar los vestidos de las novias y la delgadez de los bebés que se exhibían en el escaparate, y el olor a salazón que siempre traía la feroz corriente de la calle Pescadería y que procedía de los mil secaderos de bacalao que ascendían por la ladera en aquella calle.

La parte del paseo que menos me gustaba era la de la Pescadería, la colla, donde de madrugada estibaban el pescado de las descargas de los bous, y las parejas que entraban a puerto durante la noche.

Miles de cajas de madera se alineaban formando pilas de más de tres metros de altura, expuestas al sol y la lluvia, formando laberintos apestosos de madera renegrida de humedad y sangre de pescado, junto a otras, nuevas, de madera aún dorada que llenaban el aire con su aroma picante y almizclero. Era pasar junto a las cajas o cruzar por el interior de la zona de estiba. Por las tardes, en un intento de ventilar el lugar, o por facilitar el acceso al muelle pesquero, el inmenso hangar a oscuras mantenía todas sus puertas abiertas, también las enormes alcantarillas destinadas a tragarse las tripas del pescado, que años después se tragarían a un pequeño de dos años que se soltó de la mano de su abuelo mientras cruzaban para recibir al padre que llegaba de la mar.

Los buzos de la marina extrajeron el cadáver por debajo del muelle. Lo enterraron en San Pedro, y junto a él a un hermano que nació unos años después y al que bautizaron con el mismo nombre. Nunca entenderé por qué se hacía eso, ponerle a alguien el nombre de un muerto.

Dos más para contribuir a que el pequeño cementerio de San Pedro llegara a ostentar el dudoso honor de tener entre su población (nunca estoy segura de si puede emplearse este término para hablar de los que llenan un cementerio) la media más joven de España. Los niños, el mar, que nutría de muertos jóvenes aquel *herri* de la muerte, y los años putos de ETA, que hicieron coincidir allí a jóvenes miembros de la banda de apellidos gallegos y que ni siquiera habían nacido en Euskadi, que murieron al explotarles la bomba que manipulaban. Y ya en los ochenta, aquel intento de redimirse que había dado en matar a presuntos traficantes de droga, cuando la heroína segaba vidas de jóvenes por docenas, y que dividía a la población en el absurdo de dirimir si eso estaba bien o mal. Aún recuerdo el serrín empapando la sangre en la puerta del bar Náutico.

Otro joven para el recuento.

La primavera, además de lluvia, me trajo el descubrimiento del varadero. Lo rodeábamos por detrás, en nuestro paseo largo hasta el rompeolas. Y nunca fui consciente de que allí pudiera hallarse uno de los lugares más increíbles en los que una niña de cuatro años pudiera llegar a vivir. Hicieron falta cuatro visitas para tomar café con los padres de Pakutxa antes de que mi madre accediera a dejarme pasar una noche en su casa, y es que, de entrada, el varadero podía parecer un lugar poco adecuado para unas niñas tan pequeñas.

Circundado por un alto muro, se accedía a él a través de un portón de madera, semejante al de cualquier fábrica o taller portuario; una vez dentro había que caminar entre las vías, los carriles herrumbrosos que se introducían en el mar descendiendo por una rampa poco inclinada, después de salvar los carreteles que contenían las bobinas de grueso cable de acero, y sortear a los dos perros mastines, que con cara de pocos amigos y muy malas pulgas, nos mostraron los colmillos amenazadores, con el cuello tenso, pugnando por escapar de las cadenas que los contenían.

Las puertas correderas de los hangares abiertos de par en par dejaban a la vista los armazones amarillos construidos en torno a los cascos de varios navíos pesqueros del tipo arrastreros, y una docena de obreros malhablados, vestidos con buzos azules de mahón que pululaban de aquí para allá con las manos negras de grasa y rojas de óxido.

A la izquierda del taller, una estrecha y larga escalera, que resultaba más estrecha aún debido a las macetas de geranios que descansaban en cada escalón, conducía a la casa de Pakutxa. La vivienda estaba construida sobre el taller, de planta cuadrada y techo de azotea, de amplias habitaciones y grandes ventanas que rodeaban todo el edificio. Pero lo más llamativo, para mí, era que por la parte trasera de la casa, y desde el interior, se accedía a un jardincillo sobre el techo del hangar a más de veinte metros sobre el suelo, únicamente protegido por una tosca barandilla de madera a la que mi madre me prohibió acercarme de modo terminante.

Desde el jardín elevado de Pakutxa casi se podían tocar los pinares que había tras el varadero y de los que solo los separaba la estrecha carretera.

En una ocasión, y a causa de un incendio forestal que

descendió por la ladera demasiado rápido, tuvieron que desalojar la casa y, ante la imposibilidad de huir por la carretera, no les quedó más remedio que retroceder hacia las rampas y el mar. Afortunadamente, el fuego se controló a tiempo y pudieron volver a su casa por la mañana, pero la historia del incendio me fascinó hasta el punto en que a menudo imaginaba a la familia de mi amiga, en aquella especie de playa de cemento, mirando aterrada cómo las llamas lamían la pared de su casa.

Por la parte delantera, la panorámica que se tenía desde el jardín de Pakutxa era bastante más surrealista; a pocos metros de donde terminaba la temida barandilla de madera se alzaban, majestuosos, los puentes de dos barcos, estos sí, de gran tonelaje, que, varados como gigantescos leviatanes, esperaban su turno en los carros más grandes del extremo exterior del varadero, preparados para recibir naves de mayor envergadura.

Entre los cascos de los dos barcos se elevaba, aún más alta, una grúa que poseía un sistema de chorreo de arena y agua a presión para el carenado previo a la pintura. Cuando conectaban aquellos caballos de limpieza a presión y los lanzaban contra los cascos de los barcos, millones de minúsculas gotitas, casi como polvo, llenaban el aire creando caprichosos arcoíris artificiales en el jardín elevado de Pakutxa, y chubascos moderados en toda la zona de Ondartxo.

Entre los muchos encantos de aquel particular edén se encontraba Philips, un perro de aguas de pelo largo, gris y, generalmente, bastante sucio, que compartía caseta y pulgas con la docena larga de gatos que vagabundeaban por el varadero. Philips había ido a parar allí en un barco inglés que estuvo embancado en el carro durante dos meses.

No debía de llevar muy buena vida en el barco. Recuerdo que llegó flaco y entristecido por la travesía, y durante el tiempo que la nave estuvo en el carro, Philips no volvió a poner sus patas sobre la cubierta. Solo cuando llegó el momento de zarpar, tras una lacrimosa despedida, el cocinero del buque consiguió embarcarlo después de amarrarlo por el cuello con su cinturón de basto cuero y de propinarle unas cuantas patadas rastreras que el perro intentó eludir mostrándole sus dientes pequeños y romos.

A la orden del maestro soltaron amarras, el buque se deslizó pesado por la rampa y la pleamar lo recibió con un chapoteo torpe, como de barrigazo sobre el agua, que, por un instante, al retroceder el agua dejó a la vista las lanpernas que crecían en la entrega del muro que daba al camino.

Esperamos durante más de veinte minutos a que el práctico se dignase a subir al barco para maniobrarlo en la angosta bocana del puerto, durante los cuales no dejaron de oírse los lastimeros gañidos de Philips, que afligido en extremo aceptaba su destino de perro de aguas con resignación propia de animal apaleado.

Según enfilaba el buque las señales portuarias a babor y estribor, y avanzaba hacia el Cantábrico, los lamentos de Philips iban amortiguándose entre los afilados riscos, hasta que por fin dejaron de oírse.

Aliviados, los obreros regresaron a su faena, la madre de Pakutxa a su labor y su padre a vigilar el cumplimiento de las mil normas vigentes en el varadero.

Solo Pakutxa y yo continuamos en la rampa, mirando el lugar donde ya se había borrado la estela del barco. Pasó mucho tiempo, las piernas me dolían de estar en pie y los ojos de mirar al mar brillante de sol del mediodía, pero como Pakutxa no hacía gesto alguno de querer abandonar la orilla, opté por sentarme allí mismo, a su lado, silenciosa y fiel, en el suelo duro y mojado por el oleaje que provocó el barco al ser botado.

No solía preguntarme si lo que hacía Pakutxa tenía sentido, porque adoraba estar con ella y me conformaba con oírla respirar a mi vera, pero no me sorprendió ver aparecer a Philips nadando agotado, de ese modo tan peculiar en que lo hacen los perros, como si no supieran, pero avanzando bastante rápido, la boca apretada y el pelo sucio y pegajoso de fuel, formando dos guedejas a los lados del cráneo donde colgaban las orejas.

Recuerdo las sirenas. Mi vida se regía por ellas. Eran las del puerto, las de Lasa o Askorreta llamando a sus obreros, la de Meipi, o la de la colla. Y a los demás nos servían como señal horaria, o despertador. Tengo grabado el modo en que la gente alzaba la cabeza en mitad de la calle al escucharlas, casi como si en el cielo se dibujase una señal a la vez que atronaba su aullido. Una sirena avisaba del final de la jornada de trabajo en el varadero; entonces, los soldadores se dirigían hacia el portón, donde un camión con la trasera abierta los recogía y los llevaba hasta el taller correspondiente. Aquel camión hacía cuatro viajes al día trayendo y llevando a los soldadores, los caldereros y los pintores, además de otros tantos cuando había que transportar piezas, cables o carreteles de acero.

Cuando por fin el camión se alejaba en dirección a San Pedro, con su carga de hombres grasientos y cansados, era cuando el padre de Pakutxa nos permitía bajar al varadero, y siempre me pareció curioso que nunca nos avisase sobre los numerosos peligros que allí había para unas niñas, que hasta yo misma, y a pesar de lo que me fascinaba el lugar, o quizá por eso mismo, percibía a mi alrededor. En una ocasión se lo comenté a Pakutxa. Ella pareció pensarlo un instante.

—Mi madre siempre me previene sobre que no nos subamos a los andamios, o que no toquemos las bombonas de gas, o las mangueras, pero a mi padre eso no le preocupa, ya sabe que tengo cuidado, lo único que le preocupa a mi padre son los soldadores y los guardianes de los barcos.

—Ah, los hombres —dije yo, haciendo gesto de comprender perfectamente a qué se refería.

—Claro, podrían abusar de nosotras, por eso no nos deja bajar mientras ellos están aquí.

Teníamos un concepto muy amplio y misterioso de lo que podían ser abusos; no obstante, mirábamos recelosas casi a cualquier hombre que se nos acercase, sobre todo si vestía mono de trabajo lleno de grasa.

Así, desde el momento en que veíamos partir el camión, sabíamos que gozaríamos de absoluta libertad para movernos por el varadero.

No estoy segura de qué parte era la que más nos gustaba, o dónde jugábamos más tiempo. Bueno, esto último es casi seguro, en el interior del hangar; no sé si nos gustaba más, pero allí nos empujaba la lluvia, que era una constante en Pasajes.

Caminábamos entre los barriles de fuel y brea sorteando las mangueras y los tubos, que aparecían tirados por todas partes.

Nos apoyábamos contra la panza de los barcos en reparación fingiéndonos titanes que sostuvieran con sus manos las naves. El eco elevaba por todo el hangar nuestras risas, que retumbaban una y otra vez en los altos techos, para escaparse por alguno de los ventanucos rotos que había al borde de la cubierta.

Al fondo del almacén, junto a los barriles de colores que contenían la patente que después se aplicaría a los cascos, y cuidadosamente amontonadas, había gran cantidad de gigantescas traviesas gruesas como los árboles que alguna vez habían sido ennegrecidas por la grasa y las múltiples quemaduras de soplete, y una especie de película mugrienta las recubría totalmente. De vez en cuando, se percibía un nudo, o un corazón tallado en la madera, con el surco de las iniciales resaltando aún más negro.

Por ellos trepaba Pakutxa como una gaviota acostumbrada a lo escarpado. En lo alto, formaban los troncos una plataforma, y allí, como una vedete, Pakutxa cantaba y bailaba para mí:

Mamá, dame cien pesetas
porque a América me voy.
Mamá, dame cien pesetas
porque a América me voy.
Pero no sé si un día volveré,
pero no sé si un día volveré.

A veces yo la acompañaba en sus canciones, o cantábamos a txandas, aunque yo siempre sentada al pie de la escalera que formaban las traviesas. Cuando ella bailaba, contoneándose y dando pequeños saltitos sobre los maderos, yo observaba sus piernas menudas y morenas, y los muchos cardenales que las adornaban como medallas conmemorativas de otras tantas batallas, mientras negaba con la cabeza sonriendo divertida ante aquella peculiar artista.

Después nos sentábamos en la playa árida de cemento y granito que eran las rampas y mirábamos cómo las olas pequeñitas, constantes, llegaban a la orilla, tímidas, como lengüetazos de un perro apaleado que no sabe qué esperar de su amo sin alma: una caricia o una patada.

Pensé que al mar no le gustaba aquella playa porque no le daba nada a cambio de su constancia; de cualquier otra, podía llevarse guijarros, arena, conchitas..., la vida de algún bañista despistado. En aquella playa, nada había, y aunque a veces, cansado de ser seductor, el mar no lamía tímidamente, sino que azotaba y golpeaba con toda su fuerza el hormigón, nunca tuve noticia de que consiguiera arrancarle ni una lágrima de gravilla, o un quejido desconchado de la piel de la burda rampa.

Los portugueses

Entonces

En marzo llegaron los portugueses. Seguramente, habían estado llegando durante todo el año, pero en marzo llegaron tantos que se convirtieron en el tema generalizado de conversación.

Inmigrantes ilegales, aunque en los setenta el concepto «ilegal» se aplicaba más a cuestiones de ideología política o de comportamiento en público que a las condiciones de trabajo.

Llegaban en trenes atestados, con sus esposas, sus hijos y poco más, y se apeaban en estaciones de nombres vascos impronunciables buscando puertos y fortuna, dispuestos a embarcar en cualquier dirección para pescar, o mercadear, en palangreros, o gaseros, en pincheros, o arrastreros, aunque la mayoría provenían de lugares donde, por no haber agua, ni llovía, y tenían dulces y románticos nombres como Vila do Conde, Casinhas do Rei, Leixoes o Seixal, hermosos nombres para lugares tan crueles que obligaban a sus hijos a partir buscando lo básico.

Pintorescos, con sus gruesas medias y sus chales de lana,

hacían corros y charlaban en la calle, y su hablar, casi a gritos, se nos antojaba tosco, huraño, en parte asalvajado, y desde luego ignorante.

Tenían hijos, muchos, y la mayoría jamás había pisado una escuela allá en sus lugares de origen de bello nombre y cruel hambruna.

Escolarizados en masa, la escuela se vio inundada de pequeños inmigrantes portugueses a mediados de curso. Se los colocó lo mejor que se pudo, procurando atender a su nivel académico, con lo cual la mayoría fueron a parar a primero y segundo de párvulos, aunque por edad les hubiera correspondido estar en tercero o cuarto de EGB. Así llegaron a mi vida Carmen y Rosa. De las dos hermanas, Rosa era la pequeña, en una semana ya estaba adaptada al ritmo escolar, y en menos de un mes hablaba castellano con notable soltura y un acento distraído y gozoso que aderezaba con toda suerte de palabrotas que recitaba seguidas y con entonación, como si declamase un poema.

Carmen era distinta. Altísima, sobresalía su cabeza entre todos los demás, apenas le cabían las piernas bajo la mesa y, sentada en su sillita para párvulos, las rodillas, peladas y huesudas, se le clavaban en el incipiente pecho confiriéndole aspecto de gibosa. Los ojos febriles, y la piel seca sobre la calavera que era su rostro se estiraba hasta casi romperse. La amé en cuanto la vi, desolada en clase, solitaria en el patio y hambrienta siempre de pan y de amor.

Su familia, de las más pobres que habían llegado a Pasajes, ante la imposibilidad de alquilar o siquiera aspirar a compartir una habitación en un piso, se había construido una chabola en el monte en la zona de Mendiola, por la subida del Txorro. Desde allí bajaban las niñas cada mañana, con los toscos zapatos cubiertos de barro, la ropa húmeda de rocío y perfumada de hoguera, y el estómago en ayunas desde la víspera.

Me creció caridad en el corazón, auténtica y bien intencionada preocupación por ellas, hasta el punto de que casi no pensaba en otra cosa que en las niñas durmiendo en el monte, el frío de las noches, la niebla de las mañanas y el barro metido hasta el alma, que las pequeñas se sacaban de las grietas de los zapatos con un palito usado de chupachups.

Su hambre me mortificaba como un vaticinio nefasto que se cernía sobre nuestras cabezas, trayéndome quizá memorias de otras hambres, de otros anhelos que quedarían para siempre insatisfechos y que yo adivinaba agazapados entre las sombras, esperando un soplo de la brisa del mar para hacerse presentes arrasando la vida.

Compartí en cada recreo un trozo de mi bocadillo, ellas lo devoraban con tal ímpetu que pronto tuvo que ser el bocadillo entero. Me quedaba embobada mirándolas mientras daban cuenta de él sin dejar ni las migas, y me sentía secretamente generosa y satisfecha, hasta el instante en que cada mañana mi madre me preguntaba qué quería que me pusiera para el cole, así que le confesé que daba igual el contenido, a las niñas portuguesas les gustaba todo, y yo no tenía corazón para comer mientras ellas miraban, y miraban todo el tiempo lamiéndose el labio inferior, como si con aquel acto primitivo de succión mitigasen en algo el hambre.

Mi madre no dijo nada, pero a partir de ese momento y hasta que Carmen desapareció, llevé cada día tres bocadillos a la escuela y me gusta creer que algunos de aquellos contribuyeron a poner algo de carne en su rostro y brillo en su piel gastada, siendo, como fueron en muchas ocasiones, el único alimento que tomaban las niñas durante el día.

Apenas un mes después de llegar los portugueses llegaron los piojos, y fueron muchos los que quisieron ver la relación. Yo lo recuerdo como un acto festivo, un regalo del azar como el que un año más tarde nos dejaría sin caudillo proporcionándonos otra semana de fiesta. La directora hizo su particular cruzada clase por clase, entró, cuchicheó algo al oído de nuestra profesora, y, como surgidas de la nada, aparecieron en sus manos sendas peinetas de púas estrechas y afiladas. De una en una fueron examinando las cabezas de los niños, y no se me escapó el detalle de que empezaran por las niñas portuguesas.

Separando en dos grupos a los que tenían «miseria» de los que no, resultó que al final de la inspección, de cuarenta y dos niños que había en el aula, treinta y seis tenían piojos en alarmante cantidad, y solo Pakutxa, las niñas portuguesas, los gemelos Moliner y yo nos librábamos de la plaga, que debía alcanzar similares proporciones en el resto del colegio, por lo que al final de la jornada, y en vista de la gravedad de la infestación, se procedió al cierre del centro escolar por el plazo de una semana, hasta que se restablecieran los niveles normales de higiene.

Ni que decir tiene que acogimos la noticia del cierre con gran alborozo y algo de decepción, ante la negativa de los piojos a posarse en nuestras cabecitas.

Remeros

Entonces

En aquellas tardes de primavera, los días comenzaban a alargar y por la tarde aún teníamos tiempo de subir al jardín elevado de Pakutxa para ver pasar las traineras que entrenaban para la bandera de la Concha que se celebraría en septiembre.

Animábamos a la trainera de San Pedro, como habíamos visto hacer a los soldadores.

—*Aupa, mutil!*

—*Aupa, txapeldunak!*

Y una tarde, cuando vimos pasar remando a los de la trainera de San Juan, comenzamos a gritarles abucheos y burlas, como también habíamos visto hacer a los trabajadores del varadero.

—¡No tenéis sasoia!

—¡Mantas!

Sin saber siquiera qué significaban aquellas palabras.

La madre de Pakutxa vino corriendo al oírnos gritar.

—¿Pero qué hacéis? ¿A quién le habéis oído decir esas cosas?

—Los soldadores lo dicen, y algunos pintores también les gritan al pasar... —explicamos.

—Pues muy mal. No debéis decir eso.

—Pero nosotras somos de San Pedro, tenemos que animar a nuestra trainera.

—Sí, señoritas, pero eso no significa que tengáis que insultar a los contrincantes. Ser campeones y ganar la bandera no es solo cosa de remar más rápido. Hay que ser más fuertes, más listos y más templados, pero también muy educados con los contrarios; es un deporte muy duro, y hay que tener respeto. Es muy valiente lo que hacen, y da igual el color de la trainera, así que si no vais a animar al verlos pasar, más vale que estéis calladas y los veáis entrenar en silencio, con respeto.

—Pero... —replicamos.

—¿Os habéis parado a pensar que ellos también son muy buenos, tan buenos como la Sanpedrotarra? ¿Qué pasaría si este año ganan ellos la bandera? ¿Os gustaría que todos los días cuando pasaran entrenando os miraran y se rieran de vosotras?

—No —dijimos a la par muy compungidas.

Cuando Inmaculada entró en la casa nos quedamos en silencio viendo cómo la trainera llegaba hasta la ciaboga y regresaba. No dijimos una palabra, pero cuando los remeros pasaron frente al varadero, creí, incluso en la distancia, ver que nos miraban con fiereza.

La madre

Entonces

Mayo no me defraudó, y pudo hacerlo, por esperado, por ansiado. Ya en los últimos días de abril, nuestros esfuerzos se centraron en la preparación del laborioso cuadrito cosido con lana de colores que constituiría el primer regalo del día de la madre que haríamos con nuestras propias manos. Tanta ilusión me hacía que durante esos días previos al primer domingo de mayo anhelaba el momento de entrar en el colegio para continuar con mi labor.

En la vitrina cercana a mi mesa guardábamos en perfecto orden los pliegos de papel floreado y las cintas de color rosa formando lazos sujetos con celo. Me hacían soñar con el momento mágico de entregarle aquel presente a mi madre, imaginando su rostro, su sorpresa y su alegría al recibirlo. Cuando al fin llegó el día de llevarse a casa el regalo primorosamente envuelto, casi no cabía en mí de gozo y satisfacción, me costó conciliar el sueño, y me desperté temprano, ansiosa, como en la mañana de Reyes.

Entré en el dormitorio de mi madre. Ella leía ayudada por la luz lechosa de la lamparita de noche cubierta parcialmente por un pañuelo de seda azul marino que usaba para tamizar la fuerza de una bombilla con demasiados vatios.

Tomó cuidadosamente el paquete, fingiendo sorpresa y admiración ante la profusión de flores del envoltorio, aunque ella misma había comprado el pliego unas semanas antes. Con cuidado de no romper el papel, que sería reservado para otra ocasión, fue despegando los celos, hasta que quedó a la vista el llamativo cuadrito cosido con desiguales puntadas sobre cartulina con las lanas de colores que ella había rescatado de las viejas cajas de labor, reminiscencias de jerséis, patucos y chaquetas inacabadas.

Me miró sonriendo y me dijo que aquel era el regalo más bonito que había recibido en toda su vida, y yo así lo creía no solo por lo trabajosa que había resultado su elaboración, sino porque realmente me parecía hermoso; con todas aquellas lanas de colores formando las palabras «TE QUIERO, AMA», que Lucía Sotillo escribió sobre la cartulina y yo había repasado con aguja gruesa.

Salió de entre las sábanas y fue descalza hasta la sala, de donde regresó con una caja de chinchetas, sacó un par de ellas y empujando con el pulgar las fijó en la pared sujetando el cuadrito junto a su cama. No volví a sentirme tan orgullosa hasta veinte años después, cuando un día entré en su dormitorio y vi que, cuidadosamente enmarcado, el cuadrito volvía a lucir junto al lecho de mi madre, con las lanas polvorientas y chillonas pasadas de moda, la cartulina descolorida, las esquinas casi por completo destruidas, que delataban docenas de perforaciones por múltiples chinchetas, y las palabras que en los últimos años mi madre no había vuelto a escuchar de mi boca.

Pero lo más importante de mayo duró todo el mes, y comenzó en el momento en el que volteamos la hoja del calendario y ante nuestros ojos surgió la estampa de rosas abiertas en todo su esplendor que decoraba la página del mes.

En lo alto de la pizarra, y aunque aún no sabíamos leer, nuestra profesora escribió: «MAYO, MES DE MARÍA», o, al menos, eso fue lo que nos dijo, y debajo y usando para ello las tizas de colores que guardaba en el cajón de su mesa y que a nosotros nos estaban vedadas, dibujó sobre el fondo negro una virgencilla, casi una niña, con las manos juntas en silenciosa y dulce plegaria que la hacía sonreír, y que nosotros debíamos copiar sobre cartulina azul cielo y pintar con ceras blandas.

Eran fantásticas aquellas ceras grasas, que dejaban, para espanto de nuestras madres, manchas indelebles en la ropa y se nos derretían en las manos por efecto del calor; si apretabas con fuerza, se partían, dejando sobre el dibujo pegotes de color, y si presionabas mucho, la sustancia untuosa se te metía entre las uñas y no había modo de sacarla.

En una ocasión, Pakutxa llevó en las uñas un resto de cera azul durante varios días. Como consecuencia, un dedo terminó infectándose e inflamándose de un modo horrible y bastante doloroso, aunque de Pakutxa jamás se oyó una queja ni entonces ni cuando se caía en el patio y se pelaba las rodillas, ni más tarde, cuando un lobo cruel y sanguinario la devoró por completo.

Fue por casualidad que su madre se diese cuenta. El médico le cortó la uña tanto que dejó al aire la carne viva. Después, con un cepillito y agua caliente le restregó el espacio entre la uña y el dedo hasta que todo el resto de cera azul hubo desaparecido. Le colocó un apósito blanco y le recomendó a la madre que en adelante tuviese más cuidado con la higiene de las manos de la niña.

Pakutxa me contó que su madre se había sonrojado y la había sacado de la consulta mientras murmuraba una letanía de improperios dirigidos al médico.

El fervor

Entonces

Mayo comenzó lluvioso, por lo que tuvimos que quedarnos en el vestíbulo como era costumbre; sentadas en las escaleras, observábamos cómo los niños más audaces se aventuraban a bajar hasta el descansillo de Maruja, y cómo otros, meros espectadores, apenas ponían un pie en la escalera ya estaban gritando y provocando con su alarma la desbandada general. Pero la mayoría de los niños optaban por juegos más típicos, como saltar a la cuerda, a las cuatro esquinas, a coger y parar o al escondite.

Cuando jugábamos fuera, en el patio de la escuela, las profesoras se concentraban al pie del asta de la bandera y, formando un semicírculo, charlaban entre ellas mientras vigilaban nuestras idas y venidas. Pero cuando llovía era distinto, quizá pensasen que jugando en las escaleras y el vestíbulo corríamos menos peligro, o, quizá, asumían el mando, como única responsable del vestíbulo, de la portera. El caso es que en esos días de lluvia ella era la única autoridad responsable de unos cuatrocientos niños durante los tres cuartos de hora que duraba el recreo.

Cuando sonaba la campana y nuestra profesora regresaba al aula, siempre más tarde que nosotras, su aliento olía a café y leche amarga, y cuando se inclinaba para guiarnos, indicarnos o mostrarnos algo, Pakutxa ponía los ojos en blanco y yo contenía la respiración hasta ponerme roja, resuelta a no respirar la fetidez de su aliento.

Pero aquella mañana, y a pesar de que llovía a cántaros, las profesoras no se retiraron al *hamaiketako* para tomar aquel brebaje que les agriaba el aliento. Se reunieron en nuestra clase, alborotadas como damas de honor de una novia añosa, y Lucía Sotillo mandó a Alvarito a dirección, a pedir por favor las llaves del trastero.

El niño regresó a los pocos minutos, y las profesoras abrieron el cuarto contiguo al despacho de la portera. Aquella habitación no despertaba nuestro interés. Olía a papel descompuesto y cagadas de *sagutxo*, y de sobra sabíamos lo que allí había: mesas y sillas viejas, pizarras en desuso, viejos fusiles de madera con los que los niños de otras generaciones marcaban el paso en el patio de la escuela tras la guerra civil y polvorientos mapas del imperio enrollados, formando una pira funeraria de antiguos esplendores.

En unas cajas de madera, al fondo, algunos adornos de Navidad que podrían constituir el único elemento interesante, pero estábamos en mayo y hasta el curso siguiente aquellos brillantes tesoros no verían la luz. Aunque un poco intrigadas, lo cierto es que no nos pareció de relevancia la visita de las profesoras al trastero.

Poco a poco fueron sacando viejas mesas, que iban apilando unas sobre otras contra la pared, formando una torre de tres alturas por cinco mesas de largo. Junto a la primera dispusieron otra fila de mesas, esta vez, de dos alturas, y una tercera de una sola mesa, formando en su conjunto una especie de escalera que en su punto más alto superaba la altura de sus cabezas.

Pakutxa y yo observábamos estas maniobras con gran atención, aunque no nos movimos de nuestro lugar en la escalera, que, como desde la mejor atalaya, nos proporcionaba una visión general y elevada de cuanto en el vestíbulo acontecía.

Del interior de una de aquellas polvorientas cajas sacaron un inmenso cortinaje de seda azul que extendieron sobre la escalonada construcción de pupitres. Subidas a dos sillas que colocaron a los lados, sacudieron la tela, que se hinchó como un paracaídas que, al descender como pájaro, posó majestuoso su piel azul sobre las mesas viejas. Pocos ajustes más hicieron falta para resaltar la evidencia del altar.

Eutiquia, que hasta aquel instante había permanecido en la sombra, dejando que fuesen las profesoras más jóvenes las que cargasen y trepasen a mesas y sillas, surgió malhumorada del trastero resoplando y farfullando incoherencias; restos mugrientos de antiguas telarañas aparecían adheridos a su cabello y a su almidonada bata gris.

Traía entre los brazos, sostenida con una delicadeza que creí imposible en ella, a una niña de corta edad primorosamente arropada con varias toquillas de color crudo. Lucía Sotillo se subió a una silla frente al altar y con gesto de apremio tendió los brazos hacia Eutiquia, que no sin cierta reticencia, y tras valorar la posibilidad y aguante de la silla, acabó por entregarle el cuerpecillo rígido de la virgencita que Pakutxa y yo habíamos tomado por una niñita.

Con gran ceremonia, y aupándose sobre las punteras de sus zapatos de monja, nuestra profesora colocó en lo alto del altar la imagen de María más bella que yo haya visto jamás: una señora sola, sin niño, joven y sonriente, satisfecha, guapísima, con el rostro perfecto de una modelo de labios sensuales, llenos, un poco entreabiertos, dulce, con los brazos abiertos, como dispuesta a acoger, a reconfortar, como una joven y orgullosa madre que espera que los pasos titubeantes de su bebé lo lleven a su regazo.

Los ropajes casi amarillos acogían la escasa luz natural del vestíbulo, transformándola en fulgor solar, cálido y brillante. Los pies, descalzos, confiados, sobre una gran esfera dorada que era su pedestal, y las manos abiertas, extendidas, mostrando las palmas en gesto de entrega.

Pakutxa y yo caímos fulminadas por aquel candor mariano, por aquella belleza de mujer que nos sedujo instantáneamente, sublimando nuestros sentimientos de niñas, para convertirnos desde aquel momento, y mientras duró mayo, en fervorosas adoradoras de María, a lo que sin duda contribuyeron los numerosos actos, misas, rezos y celebraciones que pasaron a sustituir la mayor parte de las clases durante todo el mes.

Desde que habíamos comenzado el curso se había implantado como costumbre rezar al entrar y al salir de clase; durante el mes de mayo, además, rezábamos el rosario cada tarde, aunque nos costaba seguir el tedioso ritmo de la oración. A aquel retrato de María de interpretación libre y ceras blandas siguieron otros muchos, todos de clara inspiración mariana, además de unas cuantas canciones —«Ave, ave, ave, María»— y los relatos de las apariciones a los pastorcitos en la cueva de Iria, o a la dulce Bernadette en Massabielle.

Nos gustaban de modo especial estas historias, relatos tan fantásticos como el más imaginativo de los cuentos, y que, sin embargo, eran ciertos. Comentábamos entre nosotras las historias inventando personajes o añadiendo detalles con los que embellecíamos la versión original, y, sin darnos cuenta, germinó entre nosotras la semilla de la esperanza descabellada de que quizá la virgen, si ella quería, podría aparecérsenos a Pakutxa y a mí. Más de una tarde tuvimos conversaciones al respecto.

—Te imaginas que la Virgen se nos apareciese...

Yo le sonreí ensoñándome e invitándola a continuar.

—Se nos aparecería aquí, en el varadero, sobre el puente de un barco...

—No —la interrumpí yo—, sobre un barco no, mejor sobre esos troncos, como una artista.

—Bueno, da igual —continuó ella—, llevaría ese vestido amarillo que tiene en el colegio, se pondría muy contenta de estar aquí, nos sonreiría y nos daría un abrazo...

—No, mujer, ¿tú has oído que la Virgen haya abrazado a alguno de los pastorcillos, o siquiera a Bernadette?

—No —admitió ella—, quizá es que no se lo pidieron. Yo se lo pediría, y creo que ella querría abrazarnos.

—La Virgen no abraza a nadie, solo se aparece y te da un mensaje para el papa.

—Pues si se apareciese, yo le pediría que me abrazase, tiene que ser una gozada un abrazo de María.

—¿De qué te iba a servir? Total, nadie te iba a creer, como les ocurrió a los pastorcillos. Solo el papa escucharía el mensaje.

—Me conformaría con el abrazo. Además, tú sí que lo sabrías.

—Claro —admití—, yo estaría aquí, contigo.

—No querría contárselo a nadie más.

Yo sonreí.

Botón de clavel

Entonces

Cada tarde, nos sacaban ordenadamente de clase, formándonos como a soldaditos en el vestíbulo frente al altar, ahora casi totalmente cubierto por las flores que todos los niños habíamos ido trayendo; muy cerca de los pies de María, reconocí las mías, un precioso ramo de claveles chinos que mi madre había comprado en el mercado y que había envuelto con papel de celofán y un lazo granate muy elegante.

A la orden de nuestra profesora comenzamos a cantar con devoción y alegría imposibles en otro coro.

El trece de mayo en Cova de Iria
a tres pastorcillos desciende María.

Entonces era cuando se nos unían los niños de las otras aulas, idénticamente formados.

Ave, ave, ave, María.
Ave, ave, ave, María.

Como si de un concurso interclases se tratara, cada profesora iba mostrando a todas las demás lo bien ensayados que estaban sus acólitos con tal canción o cual poema. Rezábamos un padrenuestro y diez avemarías, y al fin llegaba el momento de la celebración que a mí más me gustaba: durante un par de minutos y en voz baja, podíamos rezar pidiéndole a María lo que quisiéramos.

Pakutxa y yo, cada tarde de aquel mes de mayo, pedimos lo mismo, que la Virgen se nos apareciese en el varadero, y cada tarde, cuando salíamos del colegio, nos dirigíamos allí, y sentadas durante horas en la pila de traviesas esperábamos que se produjese la deseada aparición mariana; solo cuando oscurecía y la madre de Pakutxa nos llamaba a cenar, nos levantábamos, postergando el milagro hasta el día siguiente.

Cada tarde, cuando iba a finalizar la celebración ante el altar, las profesoras daban la oportunidad a dos o tres niños de adelantarse hasta los pies de María, y allí en solitario cantar o recitar un poema o, quizá, hacer una petición del tipo:

> Virgen María, yo te ruego que se termine el hambre y la guerra en el mundo, y ningún niño viva sin pan, ropas o juguetes.

Otras veces, eran poemas:

> *¡Oh, Virgen María, botón de clavel!*
> *Mi madre me dice que te ame con fe,*
> *mi madre no engaña, lo sabe muy bien.*
> *¡Oh, Virgen María, botón de clavel!*

A nosotras, esta parte de la celebración no nos gustaba, porque se notaba en exceso la dura mano adulta ensayando la inflexión perfecta en la vocecilla del niño.

Pero una tarde entre «toma, Virgen pura, nuestros corazones» y «hosanna, reina del cielo», Carmen, la niña portuguesa que yo había acogido como protegida, alzó la mano entre todas las cabezas ofreciéndose a cantar para María. Pakutxa me miró un poco alarmada, pues de sobra sabíamos que a Carmen le estaba costando mucho aprender castellano, que hablaba poco, únicamente ante nosotras, y que cuando lo hacía su acento del interior era tan profundo y marcado que aun poniendo mucha atención apenas podíamos entenderla.

Su rostro, de ordinario tenso y huidizo, resplandecía bajo la luz de las candelitas que alumbraban a la Virgen; se estiró inútilmente las mangas de la chaqueta demasiado corta, que dejaban ver sus muñecas morenas y huesudas. A la señal de Eutiquia comenzó a cantar dulcemente.

Tengo un clavel para Maribel.
Cuando se case, se lo daré.
Ya se ha casado, ya se lo he dado,
pero su esposo se lo ha quitado.

No pudo terminar. Mientras Lucía Sotillo enrojecía hasta las raíces del cabello tintado, de dos zancadas más militares que nunca, Eutiquia se colocó junto a Carmen, que permanecía allí, de pie ante el altar como una novia olvidada por todos, y con la rapidez y la eficacia de quien ha propinado muchas, le dio dos bofetadas del derecho y del revés cruzándole la cara, que enrojeció instantáneamente mientras clavaba con furia sus ojos en los otros, sorprendidos más que doloridos, de Carmen.

—¡Pero qué falta de respeto es esta! —bramó—, ¿qué crees que estás haciendo?, ¿jugando con tus compañeros en el patio? Estás ante la madre de Dios, desgraciada.

Con gesto no menos adusto, se dirigió al grupo de profesoras más jóvenes entre las que se encontraba la abochornada Lucía Sotillo.

—Esto nos pasa por llenar el colegio de piojosos asalvajados, que no tienen respeto ni a la mismísima madre de Nuestro Señor.

Después, mientras mi Carmen se deshacía en lágrimas con el rostro cubierto por las manos a los pies de María, Eutiquia se retiró a su aula con desabridos ademanes, mientras propinaba algún que otro pescozón a los integrantes del grupo de los difíciles, que con caras aturdidas, como el que despierta de pronto de una larga y pesada siesta, pero con ojos expectantes del que sabe que así no terminará la cosa, desfilaron rápidamente procurando pasar lo más alejados posible de la implacable influencia de los doctos nudillos.

Un portazo sonoro puso fin a las celebraciones comunes en el vestíbulo; a partir de ese momento, rezaríamos, cantaríamos y recitaríamos por separado.

Volvimos a nuestra clase en silencio solo roto por el llanto de Carmen, que incapaz de contenerse, a pesar de sus muchos esfuerzos, lloró durante los treinta minutos que restaban hasta la hora de salir, sin que en ese tiempo Lucía Sotillo la consolase o le dedicase siquiera una palabra de aliento.

Pakutxa y yo, desoladas por la pena, la escuchamos llorar todo el tiempo, mientras nos mirábamos a los ojos y los demás niños rezaban el rosario.

Cuando sonó la campana y abandonamos el aula, nos apostamos una a cada lado de la niña y la acompañamos durante todo el camino hasta que divisamos la chabola, donde para mi pesar debía dormir Carmen cada noche.

Antes de despedirnos, Pakutxa abrazó a la niña, a la que apenas le llegaba al pecho, y le dijo:

—Carmen, creo que tu canción era muy bonita y, además, la has cantado muy bien.

Ella no había dejado de llorar, aunque ahora lo hacía sin hipar, solo gruesas lágrimas que le rodaban en silencio por el rostro enrojecido, en el que podían apreciarse las huellas blancas de los dedos de Eutiquia.

—Mais, a señorita Eutiquia non gustoulle.

—¿Y qué importa si a la señorita Eutiquia no le gusta? La canción no era para ella, ¿verdad? Yo creo que a la Virgen sí que le gustó.

—¿Sí, *o* crees? ¿Crees que a la Señora *gustoulle*?

—Claro que sí, estoy segura.

Carmen se enjugó los ojos con la escasa manga de su raída chaqueta, y como no tenía pañuelo, se sorbió los mocos poniendo cara de pedir disculpas, se recompuso la ropa con cuidado y se apartó el flequillo de la frente, sudorosa por efecto del berrinche.

—E una canción *preciosa, gústame moito, e* además*, e a única que sei en* español —dijo.

Nos despedimos en el tramo de camino desde el que comenzaba a divisarse la chabola y la grisácea nube de vapor que ascendía desde una olla negra de humo y escasa de insípida comida hervida; yo me di la vuelta decidida a no tener que ver cómo la niña entraba en la lúgubre cabaña. Pero Pakutxa gritó su nombre cuando Carmen ya se aproximaba a la fogata que ardía frente a la entrada de la choza. Carmen se volvió y vino de nuevo corriendo hasta el camino.

Yo, que ya me había adelantado unos pasos, me giré a mirarlas mientras hablaban, Carmen tan alta y desgarbada, los ojos pequeños, la piel tirante sobre los huesos; Pakutxa, tan menudita, la piel morena y los ojos enormes, siempre húmedos de lágrimas que le brotaban con la risa. Su vocecilla me llegó melodiosa como si cantara en falsete, aunque no entendí lo que decía. Vi cómo se despedían, alcé mi mano imitando a Carmen y esperé hasta que desapareció de nuevo entre las árgomas, hacia el humo hechizante que brotaba blanquecino de humedad y ascendía mezclado con las notas de *Pequeña flor* procedentes de un transistor con pocas pilas.

Emprendí de nuevo la marcha y Pakutxa me alcanzó al instante jadeando y sonriendo como siempre.

—Le he pedido a Carmen que nos acompañe en el varadero, ¿te parece bien?

De sobra sabía que yo estaría de acuerdo, así que continuó sin esperar respuesta.

—He pensado mucho últimamente en el tema del milagro.

—Sí, yo también.

—Y creo que estamos haciendo algo mal, porque si no, no se explica que todavía no haya pasado nada.

Yo no respondí, aunque su observación sembró de inmediato la duda en mí.

—Faltan cinco días para que finalice mayo, y María sigue sin aparecer. —Había cierto tono de fastidio en su voz, y es que hablábamos de la Virgen como si se tratara de una niña recalcitrante con la que hubiéramos quedado para jugar, y, obstinada, se negase a presentarse o a dar cualquier tipo de explicación—. Por eso le he pedido a Carmen que venga.

—¿Y tú crees que estando Carmen con nosotras la Virgen querrá aparecerse?

—Sí, creo que a María alguien como Carmen tiene que encantarle.

—A mí me encanta —confesé.

Pakutxa sonrió haciendo un gesto de no hace falta que lo jures. Y añadió:

—Estoy segura de que si la Virgen María quisiera hablar con alguien elegiría antes a Carmen que al papa.

Entonces pasó a exponerme su teoría de por qué Carmen era una perfecta candidata a una aparición mariana. En primer lugar, era portuguesa. No supe si estar muy de acuerdo en este punto, pero lo cierto es que, de los dos casos de aparición mariana que conocíamos, uno lo habían protagonizado tres niños portugueses. En segundo lugar, era pobre o, como decían las narraciones, de origen muy humilde, más humilde no podía ser, y lo más importante, era buena; si la Virgen elegía para verla a niños de corazón puro y alma limpia, con Carmen teníamos el éxito asegurado, porque ella era buena, no como yo, más recelosa, con los ojos huidizos y el gesto adusto, casi siempre crítica y en ocasiones despiadada, o como Pakutxa, con un corazón de oro y una lengua de embustera muy capaz de sonreír por delante y de hacerte grotescas muecas de burla en cuanto le dabas la espalda.

Carmen era buena, de esa manera visceral, como lo son los santos, buena hasta decir basta, de ese modo que raya en la estupidez, ese aire un poco ausente, con la cabeza ligeramente inclinada a un lado, como si alguien le estuviera susurrando al oído la triste lista de los males del mundo con palabras encriptadas que solo ella podía escuchar y descifrar, y sus ojos pávidos, hieráticos, ora de loca, ora de santa; hasta su cuerpecillo nervudo y famélico parecía adecuado para sufrir estigmas o levitar en un suspiro hasta Dios.

El sábado por la tarde, Carmen hizo su primera y última visita al varadero.

Provocar un milagro

Entonces

A la hora señalada los vimos venir por el camino de Ondartxo. El padre, con un anticuado traje de mezclilla que le venía demasiado ancho, y la madre, ataviada como la mayoría de las portuguesas recién llegadas de aquellos lugares de romántico nombre; gruesas medias de lana cubrían sus piernas, zuecos de madera, un chal de vivos colores y el pelo negrísimo, como el de Carmen, recogido en un moño bien prieto y sujeto por una redecilla que tensaba con docenas de punzantes horquillas.

Eran altos y delgados, y había en su modo de caminar algo distintivo, con el porte propio de una pareja de nobles, a pesar de sus míseras ropas, de que vivían en una chabola en el monte y de que ayunaban a menudo por fuerza mayor; caminaban cogidos del brazo dos pasos por detrás de Carmen, y lo hacían con la misma pompa y boato que si se dirigiesen a tomar el té con el gobernador.

Cuando llegaron a la entrada pulsaron el timbre, que sonó ensordecedor en todo el varadero ese día desierto de obreros. Sin esperar, se inclinaron sobre su hija para repetir una vez más las instrucciones que previamente le habían dado y se volvieron por el camino por el que habían venido. Pakutxa bajó a abrir, y yo me quedé en aquel curioso jardín a veinte metros del suelo, viéndolos marcharse altaneros.

Durante aquella tarde de sábado, y para mi deleite, Carmen no dejó de sonreír ni un solo instante. Encantada como una duquesita en su puesta de largo, derrochaba simpatía y buenos modos obsequiándonos a cada momento con aquellas francas sonrisas suyas. Jugamos en los carros, entre los raíles grasientos, y nos columpiamos colgadas en los chigres de izado.

Pakutxa cantó con su voz clara de niña, hechizándome como siempre el modo en que pronunciaba las erres, totalmente afrancesadas, y que a veces en privado intentaba imitar.

Colúmpiame un poquito más,
que quiego veg las estregllas brigllag.
Colúmpiame un poquito más,
colúmpiame un poco más.

Carmen procuraba seguirla y, aunque no acertaba con la letra, tarareaba en voz baja la melodía.

Cuando la madre de Pakutxa nos llamó a merendar subimos las escaleras en fila india, sorteando las macetas de geranios y té verde sin dejar de canturrear, nos lavamos en la pila las manos anaranjadas de óxido y herrumbre, polvo de naves arrancado con chorro de arena y soplete hasta empavonar las planchas, partículas de barcos pegadas a nuestra piel que teñían el agua del pilón como azafrán.

Acogimos jubilosas la merienda de pan blanco y chocolate Pedro Mayo sin leche, duro y amargo, del que dimos cuenta sentadas en un banco a la sombra de una guisantera de vainas verdes y amarillas, en el jardín elevado de Pakutxa. Y así, mientras arrancábamos de las onzas esquirlas de chocolate, le contamos a Carmen nuestro plan para presenciar, o más bien para provocar, una aparición de la Santísima Virgen; claro que nos abstuvimos de confesarle las razones por las que nos parecía una candidata tan cualificada, aunque por un momento temí que Pakutxa, más impulsiva y deslenguada, pudiera ofenderla con alguna de sus apreciaciones al respecto de su origen, su condición o su carácter.

La reacción de Carmen nos sorprendió, aunque cuando lo hablamos a solas Pakutxa y yo, estuvimos de acuerdo en que su humildad y sencillez la honraban, haciéndola, si cabía, aún más digna de María.

—¡Oh, no! ¡Ustedes no saben *o* que dicen, creen que *a* santa Señora se aparece ante cualquiera!

La respuesta nos desconcertó, pero más por el tono decidido y autoritario, hasta el momento impensable en Carmen y propio del que sabe perfectamente lo que dice.

—Hay que ser una santa sobre la que Dios haya posado *os seus* ojos, para con la intersección de *noso* señor Jesucristo ser digna de tal gracia. Una persona —continuó— entre toda la humanidad es elegida una vez cada *moitos anos* para contemplar el rostro *da* Señora y escuchar *a sua* dulce voz. —Recogió las manos sobre el pecho como si sintiese un profundo dolor allí. Después nos miró a las dos, primero a mí, luego a Pakutxa, bajó la mirada hasta las despellejadas punteras de sus zapatos y añadió susurrando—: *Non* somos dignas.

Las tres nos quedamos en silencio con los ojos puestos en su calzado sucio de barro mientras pensábamos en sus palabras, de pronto todo su cuerpo se sacudió por un escalofrío, y cuando elevó los ojos, de nuevo estaban allí la timidez y el candor habituales. Un poco alarmada aclaró:

—No crean que *eu* digo que ustedes no son boas, ustedes son ángeles, y yo... Yo *sou unha* ingrata, *unha* desagradecida...

pero... —su tono se endureció un punto— ver a la Señora *e* un privilegio que a la mayoría *dos* mortales nos está negado.

No sé cuánto tiempo tardamos en cerrar la boca y recuperar la compostura y el hilo de nuestros juegos, pero, durante las horas que estuvimos juntas, no volvimos a sacar el tema de la aparición.

Esa fue la última tarde que pasamos con Carmen, y hasta mucho tiempo después no volvimos a hablar acerca del milagro, y cuando el tema afloró alguna vez en las semanas siguientes, lo obviamos, un poco abochornadas por el atrevimiento.

A las siete en punto, vimos venir por el camino a los padres de Carmen. Cogidos del brazo, caminaban muy juntos, la cabeza de ella un poco inclinada sobre el hombro de él, escuchando atenta sus palabras, y aunque desde el jardín no podíamos oír lo que decían, nos llegó clara la risa de la mujer, coqueta, cargada de sensualidad.

Acompañamos a Carmen hasta la puerta, y la madre de Pakutxa bajó a saludar a los portugueses estrechándoles la mano, alabó la educación de Carmen y la invitó a volver al varadero siempre que quisiera; después, y como para dejar constancia de lo mucho que le agradaba la niña, besó a Carmen en la frente y le puso en las manos unos txanpones y una bolsa de rafia que evidenciaba sin equívoco su contenido: varias prendas de ropa y una tableta de chocolate.

—Son un par de chaquetas mías y un chaquetón de Pakutxa que, si no para Carmen, pueden servir para otro de sus hijos.

La madre de Carmen tomó la bolsa y el padre se inclinó haciendo una especie de reverencia.

—*¡Oh, senhoria!, a minha família e moito obrigada por a sua amabilidade.*

Retrocedí unos pasos alejándome del portón hacia las rampas y dejando a Pakutxa sonriendo satisfecha junto a su madre. Me sentí abochornada por la floja muestra de caridad, que nadie había pedido, y abrumada por el agradecimiento desmedido del padre de Carmen.

Oí un golpe a mi espalda y me volví para ver cómo la madre de Pakutxa aseguraba el portón y nos sonreía a su hija y a mí con cara de complacencia por su buena obra.

—Cielo —me dijo—, sal de ahí o las olas te mojarán los pies.

Para cuando terminó de decirlo, ya notaba el agua fría en el interior de mis zapatos. Retrocedí unos pasos, pero antes de seguirlas al interior de la casa, aún tuve tiempo de presenciar cómo unos metros más adelante, en el camino, la bolsa de rafia salía volando por encima del murete y caía al mar hundiéndose rápida y reparadoramente.

Agua estancada

Entonces

Cuando con el comienzo de la semana regresamos al colegio, el altar de María había desaparecido, no quedaba rastro de las flores, ni de la imagen de la Virgen, ni de las antiguas y polvorientas mesas. No había allí más huella de mayo que unos cuantos botes de mayonesa vacíos, arrimados a la pared, y que aún conservaban un resto del verdín producido por el agua estancada de los ramos al corromperse.

Nos produjo gran desazón la ausencia de la Virgen, y sin poder evitarlo, mirábamos al lugar que había ocupado esperando encontrarla allí, aun sabiendo que aguardaría metida en su caja en el trastero hasta el próximo mayo, que se nos antojaba muy lejano, como en otra vida, y es que mayo, eso lo supe más tarde, siempre es otra vida.

Carmen no volvió a clase, y su silla vacía era la única señal de su ausencia. Carmen no tenía bata que pudiera permanecer colgada en el perchero evidenciando su falta, no tenía carpeta, ni ceras Manley; cuando había que hacer algún trabajo, pintaba con unas usadas, la mayoría partidas, que Lucía Sotillo le dejaba, no sin antes advertirle de que debía cuidarlas especialmente, ya que no eran suyas.

Comenzaron a pasar los días, y ni Carmen ni su hermana regresaban, aunque a menudo faltaban a la escuela, siempre tenían catarro; cuando la bruma del mar se adentraba por la bocana de Pasajes hasta Mendiola, la humedad hacía estragos en su devastada naturaleza.

Algunas noches Carmen se despertaba empapada en sudor, convulsionando por la fiebre; su madre la combatía envolviendo su frágil cuerpecillo en una sábana empapada en alcohol de romero, que para este menester le proporcionaban gratuitamente en la parroquia de Nuestra Señora del Mar.

La fiebre reumática la dejaba postrada durante días, aquejada de terribles dolores, calambres intestinales y náuseas, que se veían notablemente agravadas por la debilidad que le provocaba el ayuno.

Cuando Carmen enfermaba no solíamos ir a verla, no por dejadez nuestra, sino porque sus padres se sentían violentos y avergonzados por la miseria de su hogar. Lonas y plásticos cubrían el suelo en un intento fallido de aislar el cubil, los colchones viejos y mohosos, que llenaban prácticamente toda la chabola, se habían colocado sobre cajas de madera que habían sido de fruta y que en la parte que tocaba el suelo aparecían cubiertas de orín y cardenillo; el ambiente interior, frío e infecundo, como una iglesia abandonada, solo iluminado por un cabo de vela ardiendo dentro de una escudilla de metal que contenía los restos de otras velas apuradas al extremo.

Y yo, en la única ocasión en que traspasé el umbral de aquel lugar que tantas veces había tratado de imaginar y que en mi pequeña y absurda concepción del mundo imaginé como una acampada de verano, sentí tal congoja que al cabo de unos minutos de permanecer en pie oyendo los jadeos febriles de Carmen, rompí a llorar de pura angustia del terror humano y cruel que produce la cercanía de la muerte, la muerte descalza y desnuda de los pobres, la muerte de torso hinchado de hambrunas y de manos plagadas de sabañones ardientes.

Mi llanto vino a rescatarme del pánico, de la dureza descarnada de la niña, que se desgajaba en toses flemosas y ahogadas, del gallo que la sofocaba en su intento desesperado por buscar el aire. Fue como abrir los aliviaderos de un pantano a punto de rebosar, mi llanto salía desde dentro, lágrimas que brotaban del corazón y rezumaban de mi alma quemándome la piel del rostro en su camino a la región a donde van las lágrimas vertidas; yo ni quise ni pude contenerlas.

Los padres de la niña se asustaron mucho al verme en aquel estado, intentaron calmarme con todo lo que tenían a su alcance, me hicieron sentar sobre una de las improvisadas camas, me ofrecieron agua, pan y hasta un blanquecino trozo de chocolate que la madre desenvolvió de entre los pliegues de su delantal. Nada podía consolarme. Se miraron desolados y llegaron a la inmediata conclusión de que mi lloro se debía a la impresión que a cualquiera causaría contemplar la pobreza cruel en primera persona.

La madre de Carmen me acompañó hasta mi casa y se deshizo en disculpas y lamentos ante mi madre como si ella misma fuera la causante de mi disgusto. Antes de irse nos agradeció que nos preocupásemos tanto por su hija y le rogó a mi madre que no me permitiera volver a su casa, y cuando dijo «casa», bajó la mirada, como si le estuviera vedado pronunciar aquella palabra. Después añadió:

—Aquel no es lugar para una niña.

Y yo, que la escuchaba oculta tras la puerta, pensé cómo podía entonces tener allí a sus hijas.

Así que cuando transcurrieron los días sin que Carmen y Rosa regresaran, no supimos muy bien qué hacer; en ninguna de las ocasiones en que Carmen había estado enferma había faltado a clase más de una semana seguida. A mediados de junio mi preocupación ya comenzaba a hacer mella en Pakutxa, que hasta entonces había intentado tranquilizarme prometiéndome que Carmen retomaría pronto las clases, más delgada y pálida de lo habitual, pero tan dulce y encantadora como siempre.

Una mañana, Pakutxa, siempre más dispuesta y decidida, se acercó a la mesa de Lucía Sotillo y le preguntó si sabía por qué Carmen y Rosa Souza no habían venido a clase.

—No vendrán más a la escuela. Sus padres me comunicaron que las niñas regresarían a Portugal.

Lo dijo en un tono neutro, carente de sentimiento alguno, del que proporciona una información que le ha sido solicitada y que por lo demás le trae sin cuidado.

La sonrisa perpetua de Pakutxa se heló en su rostro transformándose en una mueca de incredulidad.

—Vuelve a tu sitio —instó Lucía. Pakutxa caminó arrastrando los pies, lenta, y sin dejar de mirarme a los ojos. Cuando estaba llegando a mi altura, Lucía Sotillo añadió—: No os preocupéis por ellas, es lo mejor que les podía pasar.

Nunca me gustó Lucía Sotillo; desde aquel momento la odié.

Desoyendo las órdenes que al respecto me había dado mi madre, cuando salimos de la escuela fuimos hasta la chabola en Mendiola. El fuego estaba apagado y los colchones, apoyados contra las árgomas secándose al sol; del viejo transistor, siempre escaso de pilas, surgió la voz del locutor que anunciaba el título de la canción que escucharíamos a continuación, *El ritmo de la lluvia*, «por cortesía de almacenes Radio Garibay, que les facilita la hora: son las seis de la tarde».

Sentado junto a los restos de la hoguera apagada, el padre de Carmen fumaba indolente mientras sostenía entre los dedos desmayados un arrugado paquete de Ideales.

—Perdone, señor —le llamé desde el camino sin atrevernos a acercarnos más.

Se giró lentamente y sonrió al vernos. Llevaba el pantalón remendado en las rodillas con petachos de tela que se veía más nueva.

—Son ustedes, esta misma mañana le decía a mi mujer que no tardarían en venir por aquí.

—Nuestra profesora dice que Carmen y Rosa no van a volver a la escuela porque se han ido a Portugal... —susurré.

—Es cierto —dijo el hombre, y continuó fumando tranquilo.

Nos quedamos paradas esperando una explicación más extensa, que al parecer no llegaría. No obstante, no nos movimos.

Apuró el cigarrillo hasta el final y tiró la minúscula colilla entre las cenizas blanquecinas de la fogata, solo entonces se volvió para mirarnos y pareció que se sorprendía de que aún estuviéramos allí.

—Las cosas no son fáciles aquí, desde que llegamos Carmen ha estado todo el tiempo enferma; las hemos mandado a casa de su abuela con unos primos de mi mujer que iban para allá.

—¿Volverán? —pregunté.

—Quizá algún día, cuando las cosas mejoren, pero no de momento...

Sacó otro cigarrillo del paquete y lo encendió con un pequeño mechero de gasolina, aspiró una profunda calada y se volvió concluyendo la conversación. Nos alejamos en silencio.

Pintura para barcos

Entonces

El curso tocó a su fin sin pena ni gloria para el Virgen del Mar, aunque sí con gran alivio para mí, que en aquellos últimos días de junio sufrí horriblemente, confinada entre las paredes del aula, añorando como siempre a mi madre y ahora también a Carmen. Se me quedaba escaso el consuelo de escuchar el infierno o bajar a visitar a Maruja, y a aquellas alturas, ya ni siquiera Pakutxa se mostraba tan alegre como al principio.

Iban a ser nuestras primeras vacaciones escolares y las acogimos con auténtico deleite, tomando por primera vez conciencia de las estaciones, que habían transcurrido lentas hasta traernos el verano, que se prometía largo, sereno, soleado, como una plácida siesta, como solo pueden ser los veranos de la infancia, a la vez atareados, llenos de proyectos no declarados y de aventuras que nos traerían las numerosas naves que atestaban el carro del varadero esperando su turno para ser pintadas y lucir engalanadas el día del Carmen.

Con motivo de la gran demanda de pintores, el varadero

se había visto obligado a contratar a dos docenas de peones que trabajaban a destajo quitando la pintura vieja con sopletes y caballos de arena a chorro. Las planchas de bruñido metal relucían al sol, que ya empezaba a calentar con fuerza, haciendo chorrear la brea embutida con estopa entre los bances de los barcos de madera.

Pakutxa y yo nos bañábamos tranquilas en las rampas de hormigón que ardían bajo nuestros pies con el sol de mediodía. Por la tarde, y siempre acompañadas por el fiel Philips, nos tumbábamos a la sombra en el jardín elevado de Pakutxa, esperando a que transcurrieran las dos lentas horas de digestión a las que estábamos condenadas después de comer. Aprovechábamos, sin embargo, la fina lluvia de gotitas transparentes lanzadas al aire por el caballo de presión al chocar contra los cascos de los barcos y que con aquel sol intenso formaban brillantes arcoíris que nos alegraban el alma, y chillábamos al sentir el agua fría sobre la piel, ya muy bronceada, cubierta por una pátina mate de sal marina.

En aquellas semanas previas al día del Carmen, llegó al varadero el Marita Hasselgard, un carguero cubano, que tuvo una avería a pocas millas del puerto y fue arrastrado por un remolcador, que, a trompicones, lo trajo hasta el carro. Se trataba de un pequeño mercante que se dedicaba al transporte de chatarra, y que iba de vacío hacia Lorient, cuando sobrevino un colapso en el motor principal. Desde el momento en que el Marita Hasselgard subió al varadero vivimos fascinadas por los cubanos. Catorce tripulantes, diez de ellos trigueños, los otros cuatro carey, bien negritos, seis de La Habana, dos de Santo Espíritu, cuatro de Santiago, uno de Guantánamo, y otro, William, nuestro favorito, de Camagüey.

Era William un cubano frondoso de pelo, orondo, satisfecho, los pies planos lo dotaban de un agradable balanceo al caminar, las manos morenas y gruesas como estrellas de mar que se tornaban ligeras como alas de estornino sobre las cuerdas de una guitarra, con la que interpretaba para nosotras dulces baladas que acompañaba con su voz amable y melosa, o guisaba su arroz con frijoles y puerco asado, que, por las estrecheces a las que estaban sometidos por su circunstancia de desarraigo, era a menudo sustituido por birikas troceadas, que saturaban todo el varadero de un intenso olor animal que la madre de Pakutxa aborrecía. William sacaba a la cubierta un caldero y repartía el rancho para toda la marinería, separando siempre un par de raciones que luego nos enviaba con el padre de Pakutxa.

Cuando un navío subía al carro, lo hacía sin carga y sin tripulación. Durante los días que se prolongaba la reparación, únicamente permanecían a bordo el guardián y en contadas ocasiones el capitán. Solo en otras dos ocasiones había habido barcos tripulados en el varadero, y las dos veces se trató, como en esta, de buques extranjeros que estuvieron un par de días en seco. Entonces la marinería había desembarcado por la mañana y regresaba al barco solo a dormir, pero con los cubanos fue diferente, supongo que entonces las relaciones hispano-cubanas no pasaban por su mejor momento, con Franco en Madrid y su paisano Castro en La Habana.

—Y es que los gallegos —solía decir William— tienen un carácter del carajo.

Era una situación que podía llegar a enconarse, porque era la autoridad portuaria la encargada de cobrar tanto los amarres como los servicios del práctico o los remolcadores, y también la minuta por los días en seco y la reparación. A menudo la factura del varadero, o la de cualquiera de los otros servicios prolongados en el tiempo, llegaba a ser tan elevada que más de una vez una compañía naviera en apuros había renunciado a la propiedad de un buque, entregándolo a la junta del puerto como pago.

En el varadero solo había un barco que hubiese permanecido en seco más tiempo que el Marita Hasselgard; era una vieja embarcación para turistas que en el pasado salía por la bahía de la Concha en verano. Se llamaba Aingeruaren pribilegioak. Bueno, había otro, un pequeño barco de vapor del que solo quedaba el pecio medio recostado contra uno de los muros traseros, como los restos de un viejo ataúd contra la tapia de un cementerio. No era legible ni el nombre. Una vez le pregunté a la madre de Pakutxa. Me dijo que estaba allí cuando ellos llegaron y que desconocía su nombre.

Aingeruaren pribilegioak subió al carro una primavera para el repintado tradicional antes del comienzo de la temporada. Debió de pertenecer a una empresa privada que gestionó los barcos de paseo turístico en toda la costa vasca hasta que unos años atrás la Diputación de Guipúzcoa se hizo con el servicio. El Aingeruaren pribilegioak estaba varado en los carros laterales del exterior, y solo desde el jardín elevado de Pakutxa eran visibles los bancos *txuri urdin* que recorrían la doble cubierta. Debió de pillarle allí el cambio de gestión del servicio, las facturas comenzaron a acumularse y la naviera propietaria lo cedió en pago. De eso hacía casi diez años.

—¿Qué significa «privilegios»? —preguntamos a la madre de Pakutxa.

Ella miró al barco pensativa. El color blanco se había agrisado, pero el azul brillante de la bandera donostiarra aguantaba lustroso, aunque, en las entregas, las patas comenzaban a acumular verdín.

—Privilegios son las cosas que puedes hacer o tener

solo por ser tú, como, por ejemplo, dormir en tu camita, ponerte tu vestido azul, o llamar *ama* a tu madre. Solo tú puedes hacerlo, y es solo por ser tú, ninguna otra persona, por rica y poderosa que sea, tiene ese derecho.

—Una persona muy poderosa podría hacerlo —dije.

—Podría, pero no tendría derecho.

—¿Y cuál es el privilegio de un ángel? —preguntó Pakutxa.

—Pues sin duda ha de tener muchos... —respondió ella—, para eso es un ángel. Es puro y perfecto...

—No —dije yo—. El más importante pri-vi-le-jo.

—Privilegio —corrigió ella.

—... privilegio... es que puede volar —sentencié.

—También un pájaro puede volar...

Negué.

—Pero un ángel podría bajar hasta el fondo del mar, y después, si quisiera, volar hasta el sol. Un ángel puede volar de verdad, un pájaro, solo un poco.

El nombre del barco cubano, Marita Hasselgard, no tenía tanto misterio, era el de la hermana de un ministro de la isla caribeña de Mill Walk, cuya familia era propietaria de la naviera, que navegaba bajo pabellón cubano.

Así las cosas, los cubanos no podían poner un pie en tierra, y, por si eso no fuese suficiente, surgieron complicaciones para realizar el pertinente contacto con la armadora cubana que debía hacerse cargo de las elevadas minutas del remolcador, del amarre, la reparación y la estancia en el carro.

Teniendo en cuenta que las relaciones con Cuba eran inexistentes y cualquier contacto con La Habana estaba oficialmente prohibido, la situación se embarulló de tal modo que llegamos a pensar que el Marita Hasselgard nunca volvería a zarpar y sería finalmente embargado como el Aingeruaren pribilegioak. Pero los cubanos no parecían preocupados, deambulaban por la cubierta semidesnudos, dormitaban plácidamente al sol y haciendo un exceso echaban una manguera que elevaban con un cabestrante y se remojaban la vida chillando y jadeando por el frío mientras se reían unos de otros.

Por la noche la cosa cambiaba, apenas se ponía el sol, los cubanos salían a cubierta vestidos con pantalones y camisas blancas, disponían bajo el puente una gran mesa, el aroma del arroz frito y los plátanos con miel llenaba el varadero mezclándose con otros de pintura, brea, óxido y mar; no había que esperar mucho para escuchar la voz plácida de William.

Que se quede el infinito sin estrellas,
o que pierda el ancho mar su inmensidad,
pero el negro de tus ojos que no muera,
y el canela de tu piel se quede igual.

Los negros le acompañaban tamborileando sobre la mesa con las palmas de las manos abiertas, y los de Santiago formaban coro para cantar:

María Cristina me quiere gobernar,
y yo le sigo, le sigo la corriente,
porque no quiero que diga la gente
que María Cristina me quiere gobernar.

Después, según iba avanzando la noche, tomando sus cafecitos pequeños como dedales, las canciones iban tornándose más y más melancólicas. Ya muy tarde y únicamente en las noches muy especiales, los de Santo Espíritu sacaban envuelta en un pañuelo de seda una botella de ron Paticruzao. Con ceremonia propia de quien oficia misa por primera vez servían poco más que un dedo en los mismos potes metálicos en los que habían tomado el café. Algunos lo bebían de un trago lanzando exclamaciones de placer y resoplando suavecito para aliviar la boca. Otros, los más, como William, apenas se mojaban los labios en el brebaje, saboreándolo ensoñados, con la mente quizá puesta en su tierra lejana, caliente y tifonera. En una ocasión, cuando le pregunté al respecto, William me explicó:

—Hay un poco del sol de Cuba embutido en cada botella de ron, solo los necios lo beben de trago abrasándose el alma, si lo reposas en la lengua, lo sientes morir en tu boca, y cuando al fin lo tragas es como si hubieras comulgado.

Avanzaba la noche y las dulces palabras de amor de los boleros sonaban gangosas en sus voces caribeñas, roneadas y tristes. Al final siempre terminaban con Macorina.

Tu pelo, jíbaro y fiero,
una manigua cubana,
para mi amor guerrillero.
Ponme la mano aquí, Macorina,
ponme la mano aquí
después del amanecer
que de mis brazos te lleva
y yo sin saber qué hacer.
De aquel olor a mujer,
a mango y a caña nueva
con que me dejaste al son
caliente de aquel danzón.
Ponme la mano aquí, Macorina,
ponme la mano aquí.

Y según William cantaba, sus compañeros iban poniéndose la mano, ora en el rostro, ora en el costado, ora en el corazón, y casi todos, hasta los más jóvenes, vertían alguna lagrimita de melancolía antes de despedirse hasta el día siguiente.

El lobo

El laberinto

Entonces

Coincidiendo con el día del Carmen, mi madre se compró el Renault 12 verde oliva que forma parte de mi infancia como las canciones, los rezos o la sonrisa de Pakutxa. Casi todas las tardes, venía a recogernos y nos llevaba a la serrería. Allí los padres se sentían a gusto, despreocupados, se sentaban a la sombra en el laberinto de arbusto a charlar o jugar a las cartas hasta que nos dada allí la noche bebiendo sidra amarga y comiendo sardinas asadas, que nunca volvieron a saberme igual cuando las comí en otros lugares.

Nosotras, sin parar ni un momento, revoloteábamos por los alrededores, profundamente interesadas por aquel trozo de mundo tan distinto del varadero y con tanto en común.

La gran diferencia la constituía el aroma. El varadero olía a salitre, a óxido, ácido de soldadura y brea. La serrería olía a bosque, a vacas, a madera caliente y fuego mezclado con otro aroma dulce y amargo a la vez, proveniente de las miles de botellas de sidra vacías apiladas contra la pared del caserío y de los restos que en los días de sol fermentaban en el interior de las botellas, como dorados recuerdos placentarios, soltando su fragante pestilencia, que llegaba al laberinto en vaharadas traídas por el viento templado.

Durante una de aquellas tardes, mi madre nos tomó la única fotografía en la que aparecemos juntas Pakutxa y yo, esta foto que he mirado tantas veces a lo largo de los años aprendiéndome cada detalle, de modo que, si cierro los ojos, puedo reproducir en mi mente la pose exacta de nuestros hombros, la inclinación de mi cabeza, o el modo desmayado en que cuelgan sus manos a los lados del cuerpo herido de muerte y sus ojos inequívocamente delatores de la presencia del lobo feroz, que en los siguientes tres meses la devoraría con saña, sin apiadarse de su ternura o conmoverse por su risa o su llanto.

Cuando ya íbamos a marcharnos, y mi madre tomó a Pakutxa por las axilas para ayudarla a subir al asiento trasero del coche, fue cuando percibió el fuego en su interior.

—Esta niña tiene fiebre —dijo.

La madre de Pakutxa se inclinó por mi lado para tocar experta la frente de su hija, en su rostro la inmediata preocupación.

—Es verdad, está ardiendo, ¿te duele la tripita, o la cabeza? —preguntó.

Pakutxa elevó una mano pálida hasta la frente sudorosa.

—Un poco, la cabeza. —Y sonrió como pidiendo disculpas.

Durante la primera semana de la enfermedad de Pakutxa no me dejaron estar con ella, ya que su médico de cabecera estuvo seguro de que la incesante fiebre, que por otro lado constituía el único síntoma, era heraldo, sin duda, de la incubación de alguna enfermedad infantil que florecería sobre su piel en forma de bochas, ronchas, ampollas o puntitos rojos, y que, además, serían muy contagiosos.

Pero su piel no floreció y, durante unos días, pareció

que la fiebre al fin cedería al Piramidón, así que, descartada la incubación, volvimos a vernos a diario.

Regresé al varadero concluidas las fiestas del Carmen, y el aspecto general me resultó resacoso, después de tantos días de trabajo frenético, solo quedaban en el carro el Marita y un pequeño pesquero de madera, que con los bances al aire esperaba el calafateado.

Por todas partes se veían huellas, traviesas abandonadas, polvo de lijado y manchas de pintura blanca, azul, verde y minio, punteando aquí y allá el suelo del varadero. También Pakutxa parecía sufrir los efectos de abandono y vacío, que con aquel sol brillante de julio les hacía parecer a ambos más pequeños, pálidos, descoloridos, como lavados mil veces hasta desgastarlos. Había en sus ojos una extraña luz, fría, como un reflejo de luna, que nada tenía que ver con el habitual brillo húmedo de lágrimas y risa; inapetente y cansada, se alegró mucho de verme, aunque después no me hizo demasiado caso. Dormitó durante toda la tarde, y cuando al fin despertó no tuvo fuerzas para hacer nada, así que nos quedamos allí recostadas en el sofá y mirando por la ventana el puente del Marita Hasselgard, a la hora en que la fiebre vuelve a subir.

La llamada rítmica y suave a la puerta de la casa nos sacó del letargo, apareció la madre de Pakutxa, acompañada por un hombre al que ya habíamos reconocido en el saludo por su voz templada.

—¡William!, pero si no puedes bajar del Marita —nos sorprendimos.

—Pues ya lo ven, señoritas, he incumplido la ley, ¿qué van a hacer ustedes, llamar a los carabineros para que me lleven preso? —Y unió las manos como si estuviesen esposadas.

—¡No! —contestamos al unísono con nuestras vocecillas agudas—. ¡Nunca!

—Supimos por su papá que no se encuentra usted muy bien, señorita, y he de decirle que nos tiene a todos muy preocupados.

—Pues no os preocupéis, William, solo tengo anginas, ¿a que sí, *ama*? —dijo buscando cómplice los ojos de su madre.

No se me escapó que Inmaculada desvió la mirada huyendo de la de su hija para posarla después en un punto en el infinito donde la mantuvo fija y cargada de aprensión.

—Bueno, señorita, así lo espero, porque vengo a traerles dos nuevas muy importantes; la primera es que mañana el Marita Hasselgard se hará a la mar...

En nuestros rostros se dibujó el disgusto y la pena por aquella partida que en nuestras mentes de niñas habíamos descartado ya para siempre.

William compuso una sonrisa de circunstancias ante nuestra reacción.

—Bueno, no se me entristezcan. La otra cosa que vengo a decirles seguro que les gusta más. —Hizo una pausa mientras sonreía cómplice a la madre de Pakutxa y nosotras nos revolvíamos en el sofá expectantes—. Con motivo de la partida vamos a celebrar una fiesta esta noche, y queremos que ustedes sean nuestras invitadas de honor, y así agradecerles su amistad y el cariño que nos dieron en este tiempo en que estuvimos en su tierra.

Comenzamos a chillar como locas dando saltos en el sofá, mientras Pakutxa interrogaba a su madre y le hacía prometer que iríamos a la fiesta en el Marita.

No sé de dónde sacó Pakutxa las fuerzas aquella noche, pero cualquiera hubiera jurado que la niña no estaba enferma en absoluto. Su madre nos vistió con idénticas falditas de organdí azul y nos peinó, a mí con dos coletas con sus lazos correspondientes, y a Pakutxa con una diadema azul a juego con el vestido que resaltaba entre su pelo corto y oscuro como turquesa entre azabache, haciéndola parecer aún más pálida.

Los cubanos dispusieron en la cubierta baja una mesa aún más larga de lo habitual, valiéndose para ello de los fuertes caballetes abandonados por las cuadrillas de pintores, y la adornaron con estrellas de mar secas, aunque olorosas, y conchas y corales marinos, entre los platos y los potes de metal.

Y aunque durante la cena no probó bocado, Pakutxa estuvo muy animada, sentada a mi lado en el lugar de honor que nos habían reservado en la cabecera, con sus padres a un lado y William al otro.

Los cubanos no dejaron de hacer bromas y chistes subidos de tono, que la madre de Pakutxa desaprobaba en silencio componiendo sonrisas de circunstancias mientras lanzaba a su esposo, que parecía pasárselo muy bien, miradas reprobatorias y cargadas de intención.

Pakutxa y yo llorábamos con la risa fácil y abundante de las niñas solo de ver reír a William, aunque no les viésemos la gracia a los chistes demasiado tontos y rebuscados para nosotras.

Con el café, William sacó su guitarra y comenzó a cantar sones de su tierra. Al rato, y con su ceremonial previo, los de Santo Espíritu sacaron su botellita y sirvieron una ronda, mientras William volvía a explicar aquello de cómo debe beberse el ron para sentir el sol en la boca, y al momento, como animado por el amanecer en su alma, tomó la guitarra y cantó un bolero en el que le acompañó a la voz la madre de Pakutxa, que cantaba muy bien y había deseado hacerlo desde que el Marita llegó al varadero.

Más de una vez se había escondido tras las contraventanas cerradas para tararear los boleros que los cubanos cantaban en las noches de borrachera, y que se colaban entre las rendijas llenando de son toda la casa:

A tu lado vivirán y te hablarán
como cuando estás conmigo,
y hasta creerás que te dirán
te quiero.

Pero si un atardecer
las gardenias de mi amor se mueren,
es porque han adivinado
que tu amor se ha terminado
porque existe otro querer.

Y de nuevo, sones de merengue y chachachá...

Ama, yo quiero saber,
de dónde son los cantantes,
pues los encuentro galantes y
los quiero conocer.

Pakutxa y yo bailábamos coquetas con todos los marineros que se prestaban, mientras sus padres la observaban a medias preocupados y sorprendidos por el derroche de energía, la sonrisa espléndida de la niña, que no conseguía iluminar sus ojos, oscurecidos por un miedo universal y antiguo, y que hablaba un lenguaje quedo y familiar para todo hombre o mujer, anciano o niño, sin distinción de credo, raza o posición social, y que portaba un mensaje que, sin embargo, se negaban a reconocer.

Con la luna bien alta, y después de haber interrumpido la fiesta durante los cinco o seis minutos en los que la pareja de carabineros asomaba por la curva del cantil para echar el vistazo de rigor al Marita Hasselgard, los de Santo Espíritu volvieron a hacer rular la botella, mientras William regresaba de su camarote con una pequeña cajita de cartón entre las manos; del interior sacó una armónica de metal plateado y cachas de nácar azul, que hasta entonces había dormido envuelta en un paño rojo de terciopelo. Exclamaciones de admiración secundaron los movimientos precisos y reposados de William.

Llevándose a los labios el instrumento comenzó a tocar una pieza alegre y cumbanchera que sus compañeros tararearon, mientras Pakutxa y yo sonreíamos embobadas por la pericia de William y los hermosos destellos que arrancaba de las cachas brillantes de la armónica según la conducía a un lado o al otro.

Así continuó la fiesta hasta muy tarde, me di cuenta porque de pronto pareció que la madre de Pakutxa no hacía otra cosa que mirar el reloj y darle codazos a su marido, que canturreaba medio abrazado a un negro; animado por el ron que había aceptado en demasiadas ocasiones, se sentía incapaz de levantarse de la mesa, como si tuviera el trasero soldado al banco.

Al fin, harta de esperar la reacción responsable del esposo le dijo a William:

—Queremos agradecerles de todo corazón esta maravillosa fiesta, la cena ha sido estupenda, y la compañía muy grata, les echaremos de menos cuando se hayan ido, pero, aunque nos gustaría quedarnos toda la noche, ya se hace tarde para las niñas. —Y mientras decía esto, miró a su esposo, como valorando para quién se había hecho más tarde.

—¡No! —nos quejamos a dúo Pakutxa y yo.

—Además —añadió—, mañana por la mañana tenemos que llevar a Pakutxa al hospital para que le hagan unas pruebas. —Al final su voz perdió toda autoridad y tembló un poco.

El marido se soltó del abrazo del otro hombre y pareció

de pronto totalmente sereno, el rostro serio y la mirada preocupada que el ron había disfrazado durante unas horas.

Los miembros de la marinería expresaron quejas y ruegos para que nos quedásemos un poco más, pero William, más cabal, dijo:

—No, compañeros, la doña tiene razón, ya se hizo tarde para las pepillas, y, además, ustedes también tendrán que estar frescos por la mañana si es que quieren zarpar, así que lo mejor será que vayamos terminando.

—Toma, niña —dijo, y entregó la armónica de plata y nácar a Pakutxa, sin hacer caso de las protestas de sus padres.

—Quiero que tengas un recuerdo del viejo William y sus compañeros, porque desde mi país nunca más podré llamarte, ni siquiera escribirte, así que, si te pones en la rampa y tocas esta armónica, confío en que el viento lleve hasta mi isla las notas de tu música, y de ese modo yo sabré que nos recuerdan todavía.

Nos abrazamos a William y lloramos mientras reíamos viéndole llorar; jurando que nunca los olvidaríamos, descendimos por la escalera del andamio, y Macorina, más triste que nunca, nos despidió desde la cubierta del Marita Hasselgard:

Tus pies dejaban la estela,
y se escapaba tu saya,
pisando la guardarraya
que al ver tu talle tan fino
las cañas azucareras
se echaban a los caminos
para que tú las molieras
como si fueses molino.
Ponme la mano aquí, Macorina,
Ponme la mano aquí.

La luna es un tiburón
que va tragando a mi vida.
Ponme la mano aquí, Macorina,
ponme la mano aquí.
Ponme la mano aquí, Macorina,
ponme la mano aquí.

Y esta última estrofa triste y desgarrada en la voz llorosa de William se quedó grabada en mi mente como un mal presagio, y aunque al minuto siguiente creí borrada la sensación, durante los meses que siguieron se me presentó como una aparición mal exorcizada, tomando sentido cada una de sus palabras, y llegando a tener para mí connotaciones maléficas.

El lobo

Entonces, desde entonces y siempre

Sangre fluyendo por el caudal de riego al ritmo acompasado y cumbanchero de su corazón de niña. Glóbulos, como rojas ovejas, sedosas y dóciles, rebaño de vida y energía, obedientes, sumisas al ritmo que el misterioso sistema central marcaba en cada instante, como un patrón de galeras golpeando una y otra vez sobre la tensa piel del tambor de la vida.

En un momento maldito, que no fue distinto de otro cualquiera, una de aquellas ovejas sumisas, rojas y sedosas, que durante años estuvo activa y fue madre de miles de otras células, dejó de escuchar el sonido del tambor, se rezagó, tembló, dejó de fluir serena y confiada y comenzó a dar tumbos frenéticos, dirigida por otro ritmo más anárquico y hostil que surgía de su propio interior.

El tamtam del infierno operó en la buena ovejita una metamorfosis salvaje. Entre la lana roja surgieron pelos grises y afilados, el pequeño cráneo servil se abombó dando paso al hocico obsceno y babeante de la fiera, y las finas patitas, que siempre la habían llevado a donde mandaba el patrón, se transformaron en horribles garras, demasiado armadas para pasear entre las mullidas ovejitas.

El lobo feroz, violento y completamente loco de dolor antiguo, que antes había sido roja ovejita en el caudal, avanzó, casi cegado por la furia y el hambre, devorando a sus hermanas sin pudor alguno y sin que su crimen le saciase jamás. Condenado a ser un asesino, acometió engullendo y destruyendo feroz, avanzando ciego por el caudal, y aunque entre las rojas ovejitas surgieron hordas de blancos perros pastores, a estas alturas el lobo se había fortalecido ya con la carne de sus hermanas, y las dentelladas de los perros blancos apenas le afectaban mientras continuaba devorando, en su incursión vertiginosa, ovejas rojas y perros blancos.

Los perros parían incesantes camadas de mastines blancos que, nada más nacer, enviaban contra la bestia. Pronto, aquel que había sido un buen rebaño quedó considerablemente mermado. Fieros perros blancos por doquier, excitados y decididos a defender a cualquier precio al rebaño y a terminar con el enemigo. El efecto fue devastador.

El lobo alcanzó su madurez y comenzó a dividirse una y otra vez, y en cada nueva división de la célula retransmitía su malformación y su locura; en muy poco tiempo los hermanos del lobo navegaron por el caudal a miles, como hordas de invasores frenéticos dispuestos a establecer sus colonias por todo el organismo de Pakutxa.

Aquel fue el comienzo de uno de los tipos más violentos de leucemia. El lobo tardó apenas tres meses en devorarla por completo.

Una ventana perdida

Entonces

Había que tener doce años para poder entrar en la residencia sanitaria Nuestra Señora de Aránzazu durante el horario de visitas; entonces, eran muy rígidos con la normativa. Solo dos visitas por paciente, y estaba prohibido pasar comida, aunque en aquellos años «la residencia», o «la resi», que era como todo el mundo llamaba al hospital, tenía una comida espantosa, así que el que podía llevaba a los enfermos comida de casa. Una especie de ujier con gorra de plato y un perforador como los de los picas del trolebús inspeccionaba y taladraba con saña la pieza verde de cartón que permitía entrar a los familiares de los enfermos y, de vez en cuando, requisaba un paquete de galletas, o una tartera con carne guisada.

Yo no tenía la edad, no podía entrar. Algunos enfermos, los que podían, se ponían la bata y bajaban a reunirse con los miembros de su familia que no lograban entrar, pero las defensas de Pakutxa estaban tan bajas que quedaba por completo descartado que pudieran sacarla desde su planta hasta el vestíbulo de la entrada principal, con sus enormes baldosas pulidas y siempre atestado de gente que parecía la misma en cada ocasión.

Bolsas con comida, cajas de galletas, bocadillos grasientos envueltos en papel de estraza, ancianos en bata y zapatillas, los dos celadores vestidos con uniforme gris y gorra de plato, reminiscencia de tiempos de gloria vana, y un olor espantoso entre orina, penicilina y tienda de ultramarinos.

Aquel era el único lugar al que se permitía acceder a los niños que visitaban a sus familiares enfermos, y allí se mezclaban obscenamente con la muerte y la podredumbre, la peste de vagón de tercera y la corriente helada que penetraba por la puerta abierta, de par en par, en infructuoso intento de ventilar aquel osario.

Todos los fines de semana de aquel mes de agosto acudí al hospital acompañada por mi madre.

Mis recuerdos de Pakutxa en aquellos días se limitan a su carita lejana y pálida asomando desde lo alto, en la ventana, sostenida como un bebé entre los exánimes brazos de su madre.

Movía la mano, saludándome, y yo la imitaba desde siete pisos más abajo. Aquellas visitas, que con tanta ansiedad esperaba durante toda la semana, me dejaban, sin embargo, un sabor amargo en la boca y una terrible sensación de fraude en el corazón, porque después de verla aparecer en el recuadro oscuro de la ventana y de responder a sus saludos durante poco más de un par de minutos, siempre me asaltaba la sensación de que aquella niña bien podría no haber sido Pakutxa, sino otra cualquiera, porque desde aquella distancia su rostro, veinte metros por encima de mí, era poco más que un óvalo pálido en el que sus ojos húmedos de risa y su boca rosada de niña pequeña aparecían como tres manchas grises e indefinidas, igual que en una mala fotografía ampliada demasiadas veces.

Me preguntaba si ella también se sentiría así, y si desde

allí arriba conseguía distinguir en mi rostro algo más que manchas oscuras en el lugar donde estaban mis ojos y mi boca, y si a ella también le asaltaba la duda de que la niña del vestido de tartán escocés que la saludaba casi perdida entre los coches del aparcamiento era yo.

Así transcurrió aquel agosto de mañanas brillantes y noches azules, húmedas y cálidas como no recuerdo otro, negociando una evidencia, que podía no serlo, a siete pisos de altura.

Una sucesión de días lentos, preñados de lluvia que terminaban en galerna infernal cada tarde, agosto cansado y maldito para siempre, cuatro fines de semana ansiados, cuatro tardes, cuatro visitas que apenas sumaban ocho o diez minutos de fugaz visión del rostro añorado de Pakutxa, cuatro domingos angustiosos y fatuos que se han quedado para siempre adheridos a mi piel como una mortaja mojada.

Travesía por el desierto

Entonces

Y de nuevo septiembre. Pareció que la sola mención del mes barría de un plumazo cualquier vestigio de verano. Mañanas de niebla y tardes de sol empobrecido fueron acercando en vanguardia el regreso al colegio.

Como el año anterior, cientos de niños abarrotaban el patio del Virgen del Mar, la mayoría acompañados por sus madres en su primer día, y como el año anterior, allí estaba yo, cogida firmemente a la mano de mi madre mientras observaba descorazonada las incesantes idas y venidas de los niños, los crujidos de la megafonía, la voz impersonal que desde la secretaría nos indicaba dónde debíamos colocarnos, los chasquidos de los acoples y el coro infantil cantando *La Parrala* a cuarenta y cinco revoluciones por minuto.

Elevé los ojos hacia mi madre en muda súplica de aliento, suspiré, abrí la boca para decirle que no podía soportar aquello, que la siniestra cantinela brotando entre la niebla desde el maltrecho altavoz removía dentro de mí vísceras de las que desconocía el nombre, que la letanía ensordecedora de los gritos de los niños me sacudía el alma gastada y enlutada, que no podría soportar el aliento de Lucía Sotillo y que, si me obligaba a entrar en el aula y sentarme junto a la silla vacía de Pakutxa, yo huiría volando por la grieta sangrante que era la ventana desmasillada de la escuela para no regresar jamás.

De mi garganta no salió sonido alguno, los ojos se me llenaron de lágrimas que hirvieron al contacto con la luz, contribuyendo junto a la niebla a borrar aquella visión. Lloré, y fue mi llanto profundo y desgarrado. Brotó desde aquellas vísceras desconocidas, creció como una riada interior, llegó hasta mi garganta y salió a trompicones haciendo tambalear mi cuerpo en bruscas convulsiones de puro pánico.

Mi madre se abrió el chaquetón y yo apoyé el rostro contra su vientre; sin dejar de llorar, abracé su cintura bajo la protección que me brindaba su gabán, buscando quizá recuerdos imborrables de un tiempo pasado y uterino.

Lloré sin intentar contenerme, asustada por la violencia del acto, que hasta me dolía en la espalda cada vez que hipaba, el cuerpecillo temblando arrasado, el tórax sacudido por profundos suspiros y los pulmones ardiendo por la falta de oxígeno.

Así pasé mucho tiempo, abrazada a mi madre bajo la protección que del mundo nos brindaba su chaquetón; con los ojos cerrados y la cara apretada contra su vestido empapado de mocos y lágrimas saladas, que, pegado a su piel, había dejado de ser barrera entre su carne y la mía.

Poco a poco el llanto se agotó y las lágrimas remitieron en una retirada hacia algún lugar oscuro y ominoso en mi interior, dando paso a una resaca de suspiros dolorosos y convulsiones brutales que se empeñaban en tensar mi cuerpo gomoso de pelele, alternados con periodos de absoluta calma húmeda.

Me encontraba exhausta, lastimada y purificada, como si acabase de nacer en un mundo mojado, cálido, oscuro, y pensé de un modo casi instintivo que sería bueno quedarme allí, respirando el aroma de la piel del vientre de mi madre, fundida y confundida en su abrazo con la perpetua sensación un poco mareante de sofoco uterino.

Tomando mi cabeza con las dos manos, mi madre separó mi rostro de su cintura para poder mirarme. La luz hizo estragos en mis ojos arrasados, pero aun así percibí como una entidad manifiesta la quietud casi fantasmal del patio, no había niños, ni madres, la megafonía había enmudecido al fin, solo la niebla seguía allí.

No me soltó de su abrazo, no dijo una sola palabra. Enfilamos el camino embarrado y peligroso de la salida del recinto escolar, y como a una sonámbula, me guio consternada hasta nuestra casa. Me quitó la ropa, me metió en la cama y me dormí inmediatamente.

Como si no hiciese menos de dos horas que me había levantado, un sueño profundo, solo importunado por los gruesos suspiros que agitaban mi cuerpecillo maltrecho por el berrinche; después, nada, solo sueño, cuarenta horas seguidas de un sueño denso y profundo, como un corto paso hacia la muerte, cuarenta horas como cuarenta días en el desierto, como cuarenta jornadas de lluvia, cuarenta horas durante las que mi madre no dejó de vigilar mi ausencia, asustada en muchos momentos, tentada de despertarme en otros. Madre, abrumada, sobrepasada, me dejó dormir hasta que desperté dos días más tarde.

Años más tarde le pregunté por qué no me había despertado.

—Porque no estabas allí. Veía tu cuerpo flácido, como desinflado, tus manos flojas y tu pelo húmedo de sudor, pero bajo tus párpados no había nada, como si hubieses partido a un lugar al que yo no podía llegar. Temí que si intentaba despertarte quizá no pudieras volver de donde quiera que te encontrases, así que me senté a tu lado y esperé hasta que regresaste del desierto.

La piel invisible

Entonces

Volví a la escuela el lunes siguiente, confundida entre el jaleo, que en una semana ya era rutinario en el patio del colegio.

Me colé en mi clase y ocupé mi lugar, silenciosa y discreta. Cuando Lucía Sotillo entró en el aula, deslicé en su mano una nota de disculpa que mi madre había escrito la noche anterior.

La rutina de las horas de clase que se iban sucediendo hueras me resultaba bastante más soportable que el recreo. Salía al patio a vagar solitaria entre el barullo de los niños y a buscar huellas de Pakutxa allí donde nadie parecía recordarla. Apoyada en la barandilla imaginaba que en cualquier momento saldría corriendo entre los grupos de niños, que jugaban ajenos a mis tribulaciones, y se colocaría a mi lado para envolverme en una conversación curiosa o para invitarme a algún juego misterioso del que solo ella conocía las reglas.

A veces, buscando consuelo, me inclinaba sobre la barandilla para escuchar la nana del infierno, pero solo lograba oír los sonidos del patio reverberando en el interior del tubo hueco.

Cuando llovía era aún peor: los ecos enloquecedores del vestíbulo atestado se me antojaban insoportables sin ella, tanto que en media docena de ocasiones fingí dolor de estómago solo para poder refugiarme en la cocina frente a una humeante y nauseabunda taza de manzanilla.

Otras veces me sentaba en la escalera y mis ojos vagaban sobre las cabezas de los niños como los de un suicida vagarían sobre las heladas aguas que le acogerían.

Siempre me sentía tan triste que me parecía imposible que alguien no lo notara, y tan ajena a todo aquello que mi cuerpecillo de niña comenzó a perder sus límites lógicos, desdibujándose como un garabato trazado en la arena a la orilla del mar, lamido por las olas hasta desaparecer.

Poco a poco me volví invisible. Cada día asistía al colegio, cada día ocupaba mi sitio en la mesa de los párvulos, leía mi lección en la cartilla, coloreaba absurdos dibujos sin salirme de los márgenes y hacía mis restas y mis sumas; por lo demás, era inmaterial. Nadie me hablaba ni me importunaba, jamás nadie me pegaba ni se metía conmigo, nadie me preguntaba, nadie quería mis respuestas, y de este modo mi carne fue perdiendo consistencia, mi piel se transparentó hasta que fue poco más que niebla en el patio, o sombra en la escalera.

Tomé conciencia del nuevo régimen, un plano y una dimensión nuevos, y lo alimenté para reforzarlo y mantenerlo a base de templanza y una breve oración que musitaba casi constantemente: «¡Oh, dulce María, que no me vean, que no me vean!».

Un nuevo estado de gracia me elevaba otro grado por encima de los demás permitiéndome el acceso a un mundo que hasta entonces me había estado vedado, y que de pronto se abría ante mí regalándome un abanico inmenso de sensaciones y conocimientos que no me interesaban en absoluto, y que, sin embargo, entendía y absorbía como por ósmosis.

Qué maravilloso entender de pronto tantas cosas que antes se me escapaban, el mundo de lo invisible, de lo intangible, un lenguaje nuevo en que yo me embebía como en lengua materna, llenando los poros de mi nueva piel con sabiduría antigua que me traían las miradas cómplices, los secretos susurrados al oído de los traidores, los roces intencionados, las palabras torcidas, las lágrimas abortadas, el nombre de la muerte...

Por fin veía lo que hasta entonces me había sido vedado; lo que había permanecido a oscuras salía a la luz como desenterrado de un yacimiento del tiempo y la memoria, en estado puro, una visión de la realidad hace tiempo extinta y olvidada por los caídos, los que han perdido sus dones.

Pero seguramente el privilegio más sagrado de cuantos se alcanzan con la invisibilidad es poder ver a los otros invisibles, porque hay otros. Pasan a nuestro lado con el gesto armonioso que les proporciona el conocimiento y la templanza de sus almas solitarias, no los oímos acercarse, porque sus pasos son silencio y brisa; si nos saludan posando su mirada en nosotros, nos sentimos de pronto desconcertados porque sus palabras son secretos y plegarias, y si nos acarician, no reconocemos sus manos, porque sus gestos son antiguos... y nuevos, y cuando se alejan dándonos la espalda solo queda paz.

Tenía sesenta y dos años, un traje de mahón azul marino y una boina negra que se ajustaba a la cabeza calva y bronceada. La piel tersa en las mejillas se plegaba como un abanico en torno a sus ojos y a su boca; en la comisura de los labios finos y brillantes, colgaba, casi siempre, un coronas negro que fumaba lenta y profundamente, como si del interior de cada cigarrillo extrajese algún tipo de savia oxigenadora y vital para él.

Yo, que hasta aquel momento me había dedicado a dar las vueltas de rigor por el patio, me detuve ante la barandilla en el punto que me ofrecía un ángulo de visión más abierto entre los edificios que circundaban la escuela y, apoyando las manos y la barbilla en la superficie plana, dejé que mi mente viajase lejos impulsada por la brisa y el reprís que proporciona ser de aire.

Él había estado recortando los maltratados setos de hortensias que crecían desafiantes por la campa lampiña de hierba, de tan pisoteada, y que se extendía en una parcela de terreno un poco inclinado hasta el muro del edificio de Telefónica. Reunió las ramitas fruto de la poda en pequeños hatillos que fue colocando sobre una carretilla vieja que estaba a mi lado y que hasta aquel instante me había resultado tan transparente como su propietario.

Nuestras miradas se cruzaron, y yo recordé que le había visto antes en muchas ocasiones, vaciando las papeleras, cambiando bombillas fundidas, llevando su carretilla llena de tierra o basura, o barriendo el patio mientras nosotros dibujábamos virgencillas.

Conocía su nombre, Rogelio, pero eso nada significaba, no era más que un nombre; otros conocían el mío, Lucía Sotillo lo citaba cada día al pasar lista, yo dejaba que viesen mi brazo alzado para justificar mi presencia, y eso era todo. Se equivocan los que creen que es nuestro nombre lo que nos identifica: yo tenía un nombre y nadie podía verme, nadie me conocía.

Me miró, y el desconcierto de sentirme descubierta dio paso a una alegría casi eufórica al comprender que, en medio de aquel desierto de desesperanza, había hallado una entidad gemela, uno de aquellos seres de aire, un oasis en la llanura ardiente de mi soledad.

Me coloqué ante él y le tendí mi mano como lo hacen los niños que aún no saben caminar solos. No me dijo nada, ni siquiera me sonrió, al menos no con los labios; pasó a mi lado y sin dejar de mirarme empujó la carretilla a través del patio atestado hacia el lateral del edificio de la escuela, que formaba una calle estrecha y sombreada por la que se accedía al gimnasio.

Había allí una puerta de hierro pequeña y pesada, sin pomo ni asidero y sin ningún tipo de placa o cartel que indicase su utilidad. Rogelio buscó entre el montón de llaves que colgaban de su cadera, sujetas por un mosquetón, una larga y plana con la que abrió la puerta. La oscuridad nos recibió acompañada por el olor a tierra, fuego y basura seca, compuesta de pan duro, *txustarrak* de manzana, volutas de lapicero y papel, que durante años relacionaría con las calderas del Virgen del Mar.

Rogelio dejó la carretilla a un lado y, casi a tientas, descendió dos docenas de peldaños de cemento anchos, y no demasiado altos, sin duda ideados para bajar por allí con el carretón cargado. Le seguí, aunque rezagada, pues mientras bajaba iba absorbiendo los detalles de aquel mundo subterráneo y cálido que se abría bajo mis pies en nueva versión de Aladino.

Al final de la escalera, una caldera plateada con Furnex relucía bajo la luz anaranjada de una bombilla de pocos vatios que colgaba demasiado alta, casi perdida en el techo; las paredes desnudas, de ladrillo refractario, y la marea creciente de folios de papel usado, cuyo destino final sería contribuir a alimentar las calderas junto al resto de desechos producidos en el colegio, aderezados por el aroma de piel de naranja y bocadillos de Nocilla resecos, fruto de las papeleras del patio.

Por lo demás, y a pesar del tufillo dulzón de la basura seca, el sótano estaba limpio y ordenado. Había dos grandes cajones de herramientas apoyados contra la pared y una pila de palés de madera y cartón, que en muchas ocasiones me sirvieron como asiento mientras observaba a Rogelio alimentar la caldera. La escasa ventilación la proporcionaban dos estrechos respiraderos a la altura del techo, por los que en ocasiones llegaban flotando los sonidos amortiguados del patio de recreo.

Durante la segunda quincena de septiembre visité la caldera cada día; por la mañana, antes de entrar al colegio, uno de los momentos que más me gustaba, pues la lisura del aroma y la tibieza del fuego redimido en la mañana me permitieron escapar incólume de la mortecina influencia de la niebla; sin excepción durante los recreos, que, gracias a mi nuevo refugio, dejaron de ser la tortura durante la que debía mantener a toda costa el particular pulso con la materia; un lugar donde descansar, donde descuidar mis límites y dejar de musitar mis plegarias de invisibilidad.

En ocasiones charlábamos, aunque la mayoría de las veces permanecíamos en silencio, él abriendo y cerrando la portezuela de la caldera para observar sus entrañas ardientes o vigilando los manómetros que medían el particular pulso del volcán. Yo, medio recostada en un montón de cartones, observando sus quehaceres, y adormilada por la nana que surgía del incesante crepitar del fuego.

A menudo me regalaba pequeños tesoros, casi siempre inservibles, que hallaba entre la basura al vaciar las papeleras, aunque, de entre todo aquello, alguna que otra vez salió algún juguetito seguramente muy llorado por su legítimo dueño, además de gomas de borrar, lapiceros casi nuevos y una colección completa de cabezas de animalitos de plástico de las que se ponían como remate en los lápices.

Yo le correspondía contándole anécdotas del verano con Pakutxa, de los cubanos, o de mi Carmen querida; él me escuchaba atento, sonriendo cuando yo sonreía, y sonriendo cuando yo no podía. Le hablé de la bruja Maruja, de la cabeza del negro y del sonido del infierno, y hasta le confesé que sospechaba que la niña que me saludaba desde la ventana del hospital podía no ser Pakutxa. Alguna vez lloré, y él me consoló, aunque no recuerdo que jamás me tocara, claro que tampoco guardo memoria de que hablásemos en concreto de ninguno de estos temas, lo que sí sé es que cada visita a la caldera fue una *tournée* por el confesionario, en el que nunca obtuve absolución o perdón, pero sí refugio.

No sé qué pensaba Rogelio de mí, qué le parecía todo aquello, o si mis visitas se le antojaban, como a mí, desconcertantes o curiosas.

Fumaba despacio mientras me escuchaba, de vez en cuando se sacaba el cigarrillo de entre los labios y lo miraba, blanco reluciente contra sus dedos oscuros y aplastados, como si fuese un objeto extraño, incongruente, después suspiraba y volvía a colocarlo medio colgado en la comisura de su boca.

Si se hacía alguna pregunta, jamás me la trasladó, y si mi presencia le importunaba lo más mínimo, nunca dio señales de ello.

Yo necesitaba bajar a la caldera, como Dante necesitó bajar al infierno, a por respuestas, a por silencios, a por refugio, y allí los hallé, en el silencio, en la palabra, en lo que se dijo y, sobre todo, en lo que no se dijo; nunca me preguntó por qué iba allí, no se le ocurrió insinuar que aquel no era lugar adecuado para una niña y que debería estar arriba, correteando con los otros, y, sobre todo, no cayó en la trampa facilona de prometerme que todo se arreglaría y que las cosas volverían a ser como antes.

El infierno

Descenso a la materia

Entonces

El siguiente domingo, vacío, nefasto y en mi mente maldito para siempre. Mi desesperación alcanzó su cota más alta cuando descubrí aterrorizada que Pakutxa ya no podía levantarse de la cama para responder a mis silenciosas súplicas siete pisos más abajo, mientras me horrorizaba la certeza de saber que, si bien podía albergar alguna incertidumbre sobre la identidad de la niña que me saludaba desde lo alto en semanas anteriores, no me cupo la más mínima duda de que la niña que agonizaba sin fuerzas ni para saludar era mi Pakutxa.

Frustrada y asustada por el pálpito negro de un hecho que apenas comenzaba a discernir, volví a casa sentada en el asiento trasero del Renault 12 verde oliva de mi madre, intentando parecer interesada en su conversación, solo para no preocuparla.

Cuando llegamos a casa, la *ama* me invitó a sentarme frente a ella y debió de pensar que aquel era el momento adecuado, porque intentó explicarme que algunas enfermedades son más importantes que otras; unas duran menos y otras más; unas, unos días; otras unos meses; otras, las peores, jamás se curan; que Pakutxa tenía la desgracia de sufrir una de las del tipo que no se curan, y que a veces, cuando el cuerpo estaba muy enfermo y ya no podía más, el espíritu volaba lejos para liberarse del dolor y la esclavitud...

Eran palabras que sin duda había ensayado previamente, se notaba por el tono falto de convicción y porque las palabras salían a chorro, sin modular, como cuando una beata paleta lee en misa el domingo un retazo de la Biblia y pronuncia el nombre de Yahvé como quien dice un taco.

Cuando terminó se quedó en silencio, mirándome, tratando de atisbar en mis ojos dudas o certezas.

—¿Se va a morir?

La pregunta la hizo retroceder por su crudeza, pero siempre se lo agradeceré, fue honesta.

—Sí —contestó.

Aunque nunca volvimos a hablar de la enfermedad, como no hablábamos de mi padre, ni de por qué estiraba la colcha sobre la cama de aquel modo obsesivo hasta hacerla parecer incómoda o irreal. Nunca hablábamos de las cosas reales, como si el silencio sobre lo que ocurría en nuestras vidas nos defendiera de la crueldad implacable de la realidad.

Fue una tarde de octubre, después de acabar las clases y de rezagarme como tenía por costumbre acariciando la formica fría de la mesa vacía de Pakutxa; salí al vestíbulo, agrisado por la escasa luz del atardecer otoñal que agonizaba en las ventanas, no sin antes lanzar una escueta mirada al hueco de la escalera de Maruja. De pronto, su existencia se me antojó ridícula, y el recuerdo imborrable de su ojo azul, un sueño lejano y añorado.

Salí despacio al exterior, dando tiempo a que los últimos grupos de madres y retoños se alejasen por el camino de barro. Acelerando el paso, casi corrí hasta la puerta de la caldera, la empujé con firmeza y un suspiro aliviado se me escapó al sentir cómo cedía ante mi empeño.

Apenas un par de minutos para despedirme de Rogelio hasta el día siguiente, tiré del portón para salir y me di de bruces con Maite Sarriá, una profesora añosa y lesbiana que impartía clases de religión católica a los de segundo grado.

—Vaya, vaya, mira lo que tenemos aquí, ¿se puede saber qué hacías tú en las calderas, señorita?

Maite Sarriá llamaba a todas las niñas «señorita» y a todos los niños «caballerete»; se decía que en todos los años de su vida docente jamás llamó a un alumno por su nombre o apellido.

Yo no contesté, la miré desafiante, un poco fastidiada por el descuido que me había llevado a bajar la guardia haciéndome visible a los mortales y aterrada por la certeza de que aquel suceso no quedaría en un tropezón fortuito.

Hui decidida a no participar en el número circense que se avecinaba. ¿Cómo hubiera podido una mocosa de cinco años explicar a una beata castrense y cincuentona que mi alma agonizaba en la cama de un hospital mientras el lobo la devoraba sin piedad, que mi mejor amigo era un anciano que ejercía de mudo barquero en el paso del Aqueronte de mi infierno particular?

Un infierno que yo prefería mil veces al ruido del patio, las revisiones de cabezas, o el hambre de los portugueses, ahora sabía que no existían los milagros, mayo pasaría yermo y Carmen ya no cantaría a María, porque estaría trabajando en una fábrica de salazones mientras William tocaba sus sones de tierra caliente que yo nunca volvería a escuchar porque los gallegos tenían mucho carácter y a Macorina le faltaban manos para tapar mis heridas.

Eché a correr por el desfiladero embarrado y apenas sostenido por varios puntales temblorosos que los operarios del ayuntamiento habían colocado durante la primavera anterior, después de que una tromba de agua se llevase al barranco buena parte del camino.

Poco a poco frené mi paso hasta recuperar un ritmo normal, me volví para mirar atrás y me pareció que el patio quedaba muy lejos. Casi a la vez, la sensación de alarma que me había producido el encuentro con Maite Sarriá se diluía en la distancia y su implícita amenaza perdía fuerza hasta desaparecer.

Vivíamos muy cerca de la escuela y desde que comenzó el curso había logrado convencer a mi madre de que me dejase regresar a casa sola, y no porque no me gustase que mi madre viniera a buscarme, pero me gustaba más aún la sensación de regresar al hogar después de una jornada gris de melancolía y certezas que prefería no afrontar, y sentía que era mejor mantenerla alejada de la crueldad de aquel lugar y encontrarla sentada en su sillón sosteniendo entre las manos un libro que apartaba en cuanto me veía entrar; entonces yo ocupaba su lugar en el sillón mientras ella iba a la cocina a prepararme la merienda, un bocadillo siempre dulce del que yo daba cuenta mientras ella se interesaba por los pormenores de mi jornada escolar.

Por eso, cuando la vi a lo lejos, viniendo a mi encuentro por el camino, antes que la sensación de alarma me asaltó otra de fastidio por los placeres perdidos. Según nos íbamos acercando y los rasgos de su rostro iban aclarándose ante mis ojos, presentí que aquel encuentro en el camino tenía otro objeto que el de acompañarme.

Abrumada por el pálpito me detuve en seco, intentando, supongo, detener la inercia de los acontecimientos, incluso pasó por mi cabeza la posibilidad de girar sobre mis talones y regresar corriendo a las calderas, a refugiarme de... Pero no lo hice, esperé allí, incapaz de decidirme, clavada en el suelo, a que mi madre llegara hasta mi lado para decirme que Pakutxa había muerto.

Se inclinó para hablarme.

—Hija... —dijo.

Me tomó de la mano y tiró de mí. Yo no me moví.

—¿Qué tengo que hacer ahora? —pregunté para evitar sus palabras.

—Creo que deberías de ir a su casa... Quiero decir —suspiró—... a casa de sus padres.

Negación

Entonces

El portón del varadero estaba abierto. De las argollas clavadas en la pared colgaban huérfanas las cadenas de los mastines que oí ladrar en la distancia tras las puertas de los hangares.

Subí las escaleras advirtiendo apesadumbrada el abandono que presentaban las macetas de geranios y té, secas y amarillentas, reminiscencias de agosto. La puerta de la vivienda estaba cerrada, pero no tuve necesidad de llamar, cuando iba a hacerlo un hombre la abrió desde dentro, pasó a mi lado sin verme y encendió un cigarrillo acodado en la balaustrada.

El amplio recibidor desembocaba directamente en la salita con vistas al varadero desierto. La madre de Pakutxa estaba sentada en un sillón parecido al que mi madre utilizaba para leer. Llevaba un traje gris muy elegante, que nunca le había visto puesto antes, sostenía en una mano un plato y un pocillo de café, y en la otra, desmayado sobre el regazo, un pañuelo blanco y pequeño perfectamente planchado y almidonado, que parecía puesto allí como para crear un efecto.

Los ojos de Inma estaban secos, grandes, brillantes, pero vacíos, no había llorado. Se había peinado la melena hacia atrás, y la sujetaba con una diadema de terciopelo negro.

Estaba bellísima, elegante, distinguida, serena, como una reina durante una recepción. A su alrededor otros hombres y mujeres que conocía de vista llenaban hasta atestarla la reducida salita. Algunos tomaban café, otros cuchicheaban en voz baja; podría haber sido una fiesta, de no ser porque el ambiente era quizá demasiado sosegado.

Como si uno de aquellos enormes carreteles de varadero tirase de mí, fui acercándome a la madre de Pakutxa, aterrada por la fuerza de la pregunta que se formaba en mis labios pugnando por salir, la pregunta que mi mente se negaba a formular, porque no, no, no quería conocer la respuesta. Por más que me resistí luchando contra el destino, y a pesar de que me arrepentía mientras brotaba de mis labios.

—¿Dónde está Pakutxa?

Ella se revolvió un poco, como si acabase de despertar de un sueño largo y profundo, me miró y dijo:

—Pakutxa se ha ido al cielo.

Después bajó la mirada hasta el plato y el pocillo que sostenía en la mano y pareció sorprenderse de verlos allí, se inclinó y los dejó sobre la mesa con un movimiento suave y silencioso, retomó su postura en el sillón y no añadió nada más.

—No —dije yo, y debí de decirlo muy alto porque varios de aquellos adultos se volvieron a mirarme. Pero aunque la reté a contradecirme con mi mirada ardiente de furia rebelde y dolor desesperado, solo conseguí que apretase los labios mientras ladeaba la cabeza en gesto de negación—. No, no, no —repetí.

Esquivé su mirada entornando los ojos para no aceptar

la terrible verdad que asolaba los suyos, para no saber lo que ella sabía, para no tener aquella sensación de desespero que me trepaba por el pecho. No. Emprendí una absurda huida en dirección al jardín elevado.

Durante los tres meses que el lobo había tardado en devorar por completo a Pakutxa, sus padres apenas se habían movido de su lado, y cada uno de los días de aquellos tres meses se evidenciaba en el abandono en general que presentaba el varadero; en el jardín era aún más evidente que en las macetas de geranios y té de la entrada.

Me senté en el mismo banco en el que aquella tarde lejana habíamos merendado pan y chocolate sin leche, acompañadas por Carmen, y pensé en las palabras de Inmaculada («al cielo»). Elevé los ojos para verlo, pero una gruesa capa de nubes me devolvió el reflejo rojizo de la potente iluminación del puerto.

—Maldito —musité, y rompí a llorar.

Y allí estuve llorando, sola, rota de dolor, de rabia y de pena, sin que nadie viniera a consolarme, a ponerme una mano en el hombro o a tratar de explicarme que los niños muertos se transforman en ángeles que Dios ama especialmente. Y aunque mientras lloraba estuve segura de que mi llanto no cesaría jamás, casi sin darme cuenta mis ojos se secaron, y a pesar de que conscientemente me esforcé por romperme de nuevo y dejar así salir mi pena, no conseguí que una sola lágrima más brotase de mis ojos.

Y así el dolor se quedó dentro, lo sentí crecer y expandirse en mi interior, desde las diminutas uñas de mis pies hasta el hueco tras mis ojos yermos, ocupando, conquistando y echando raíces como mala hierba entre las vísceras sin nombre, atenazadas y apenas sostenidas por mi piel transparente.

En ocasiones la realidad nos alcanza de un modo lento, como aletargado. Al igual que el rayo llega antes que el trueno, la certeza es más rápida que el dolor, y nos sacude con la violencia y la precipitación de la realidad mucho antes de que retumbe el trueno ensordecedor en nuestras almas; pero el dolor siempre llega, a mí me sorprendería en silencio, suave y napante como la marea que solía lamer mis pies en aquella rampa de hormigón, pero sería mucho mucho más tarde. Me puse en pie, esperé unos minutos a que el mareo remitiese y entré en la casa.

Me recibió el aire un poco viciado y la sensación de vacío que ya antes había percibido y que no había querido reconocer. La casa estaba limpia y ordenada como jamás la había visto.

Ni rastro de los juguetes y cachivaches de Pakutxa que a menudo aparecían atravesados por el pasillo, apoyados junto a la puerta del jardín o recogidos en un desordenado montón junto a la leñera.

Desconcertada me dirigí a su habitación, un cuarto amplio y cuadrado como todas las habitaciones de la casa y con un gran ventanal que miraba al mar sobre los carros del varadero, al que hoy alguien le había cerrado los portillos de madera dejándola en la oscuridad.

Encendí la luz. La cama de Pakutxa con su colcha de blonda blanca estaba cubierta de flores que alguien había dispuesto dibujando en el centro un hueco de forma alargada, suficiente para que la niña se hubiera acostado allí; a su lado, la otra camita gemela, donde yo solía dormir cuando me quedaba en el varadero.

Sobre la colcha impoluta destacaba la pequeña cajita azul en la que dormía la armónica de William. La cogí en mis manos y tras pensarlo un segundo me la metí bajo el jersey sin dejar de vigilar la puerta por si alguien venía.

Al salir pasé de nuevo junto a la cama de Pakutxa y me detuve un instante. Tuve de pronto el impulso de tocar la superficie blanca y lisa entre las flores, extendí mis dedos, quizá esperando hallar tibieza, esencia, una huella de mi niña. Las puntas de mis dedos llegaron a rozar el encaje áspero y duro, y al inclinarme el vapor almizclero de las flores me envolvió por completo, pero no hallé vestigio alguno de Pakutxa. Avergonzada por el atrevimiento y azorada como si hubiese osado tocar una reliquia, apagué la luz y salí de la habitación.

Caminé hasta la entrada, atraída como una polilla por la luz de la salita que se reflejaba piadosa en el cabello suelto de Inmaculada, maravillosa entre el humo de los cigarrillos, el tintineo de las copas y el susurro quedo de aquellos adultos asustados que musitaban como si Pakutxa durmiese en la habitación contigua y fuera a despertarse en cualquier momento y a aparecer en camisón, descalza y despeinada caminando por el pasillo.

Me empapé de aquellos detalles, de aquel mundo detenido: los sillones de cuero, las flores azules de plástico, la pequeña mesita de té con su revistero perfectamente ordenado...

Con la mano puesta en el picaporte de la puerta, dediqué una última mirada al grupo, y por casualidad mis ojos se encontraron con los de la madre. Al verlos comprendí que aquella elegante serenidad que exhibía solo era el traje que la profunda pena lleva por fuera, que en ella, como en mí, había echado raíces fuertes y profundas, y que, para hacernos más insufrible el tormento, nos secó los ojos de lágrimas, y dejó en ellos algo que con los años vi demasiadas ocasiones en otros ojos de otras gentes. Una mañana, casi veinte años después, llegaría a reconocerlo en mi propia mirada, al verme como una desconocida reflejada en el espejo del baño del hostal más asqueroso de la tierra, el lugar donde moriría.

No me despedí, a pesar de que cuando empujé la puerta sabía que nunca regresaría a aquella casa. Bajé las escaleras y los pies me condujeron a la rampa de hormigón.

En el silencio de la tarde bien entrada, la marea creciente fue bálsamo en mis heridas. Hubiera dado cualquier cosa por estar en otro momento, en otro tiempo, pero no deseaba estar en otro lugar, así que allí permanecí un buen rato, quieta, sin adelantar un paso, esperando ansiosa que las olas me anegasen los zapatos. La presencia húmeda y peluda de Philips me sorprendió de pronto, y di un respingo al sentir su hocico empujándome en la palma de la mano.

—¡Philips! —Me agaché y lo abracé contenta de verlo. El perro consintió que durante unos segundos su cabeza peluda reposase en mi hombro, después se deshizo del abrazo y se alejó lentamente caminando por la orilla y mojándose levemente el pelaje, que, como zarcillo, se enredó en torno a sus patitas en homenaje a sus días de perro de aguas.

Sentí cómo mis zapatos se encharcaban de agua de mar, de su frialdad y su sal, que una vez seca dibujaría un cerquillo blanquecino en el cuero granate.

Mi madre me llamó desde la puerta y regresamos a casa caminando en silencio. Las calles resplandecían bajo la fina lluvia que había comenzado a caer, los focos huidizos de los coches arrancaban destellos fugaces del suelo mojado y yo temblaba de fatiga y de frío, consumida por un fuego interno que como fiebre afloraba solo en algunos puntos de mi cuerpo.

Al entrar de nuevo en aquel lugar familiar de aromas y presencias, todo se me antojó distinto, más pequeño y gastado, como si en lugar de unas horas hubiera estado fuera durante varios años, y al regresar a la casa de mi infancia, los recuerdos engrandecidos por mi mente infantil se ajustasen bruscamente a una realidad vulgar y gris.

Caminé por el pasillo recorriendo cada estancia y apreciando detalles que hasta aquel momento habían escapado a mi atención.

Los agujeros de polilla en el marco del espejo de la entrada, las viejas fotografías, bodas enlutadas de abuelos que no había conocido, desvaídas, incongruentes sobre el papel floreado del comedor.

La cama inmensa y dura como un potro de tortura que mi madre cubría con una colcha de ganchillo que ella misma había tejido y que después alisaba con las manos durante largo rato, hasta que el resultado final la complacía y la cama parecía un monumento a la desesperanza. La fotografía de mi padre con el uniforme de la marina, la sonrisa perpetua detenida para siempre en la pose ensayada y manida de militar español, y el sempiterno velón de aceite ardiendo frente al retrato y cubriendo el cristal con una pátina oscura, como de incendio.

La cocina pequeña y atestada por los nuevos electrodomésticos que alineados ocupaban toda una pared enfrentados en franca competencia con la carbonera, la antigua cocina de leña, y un pilón tan profundo que mi madre solía bañarme allí y que constituía el mobiliario original de la cocina, mamotretos inmensos e inamovibles que mi madre aborrecía y cubría con tapetes de cuadros y macetas de alegrías, empeñada en disimularlos.

No me detuve, fui directa al balcón, que era largo, pero muy estrecho; desde siempre había habido allí un banco largo y demasiado alto, que cuando yo era más pequeña estuvo destinado a sostener macetas con el fin de evitar que yo trepase sobre él y pudiera asomarme a la barandilla. Durante el último verano, nuestras macetas también habían sufrido lo suyo aquellos bochornos interminables de finales de agosto.

La *ama* las había exiliado bajo el banco dejando libre toda la superficie. Me senté allí, apoyé los brazos sobre la barandilla y la cabeza sobre estos. La *ama* se sentó a mi lado y permaneció en silencio pasándome suave una mano por la espalda, arriba y abajo, arriba y abajo. Carraspeó un par de veces y tragó saliva antes de hablar.

—Quizá no deberías ir a la escuela durante unos días.

El ofrecimiento me pareció magnífico, en cualquier otro momento lo habría acogido encantada.

—Quiero ir —dije.

Ella se removió un poco, confusa.

—¿Estás segura?

—Sí.

Yo sabía que ella estaba pensando en aquella mañana al comienzo del curso y en los dos días durante los que estuve durmiendo; sin embargo, no insistió.

—Está bien, pero si cambias de idea...

Apoyé la cara contra la barandilla fría, maciza; agradecí que la piedra no trajese sonidos del averno.

—Hija, si tú quieres, este fin de semana podemos ir al cementerio... Es la fiesta de los santos difuntos y el camposanto estará precioso.

—¿Difuntos? ¿Qué es eso?

—Quiere decir el día de todas las personas que han muerto —explicó.

—¿De Pakutxa también?

—Sí, también de Pakutxa. —La voz se le quebró un poco y tardó un par de minutos en volver a hablar—. ¿Entramos ya? Hace un poco de frío.

—Yo voy a quedarme un poco más —musité— a mirar el cielo.

—El cielo —repitió ella muy despacio.

—Inmaculada dice que Pakutxa está allí —dije elevando los ojos.

—Y tú, ¿qué crees?

Tardé un poco en responder.

—Yo... todavía no sé dónde está.

No quise mirar de frente a la *ama*, porque sabía que estaba llorando, pero aun así no se me escapó el gesto con el que calibró la altura del banco, mi grado de tristeza y la posibilidad de que un día me decidiese a volar tras Pakutxa; y así lo hice, aunque eso fue mucho después, casi en otra vida.

—Voy a preparar algo para cenar —dijo y entró en la cocina.

Esperé hasta oír la tele para volver a elevar mi plegaria al cielo.

—Maldito, maldito, maldito... seas.

Privilegio perdido

Entonces

El día después de morir Pakutxa amaneció brillante y despejado y, a pesar de que ya estaba muy entrado el otoño, el sol templó mi espalda mientras caminaba hacia el colegio. El patio, todavía poco poblado, brillaba como un espejo por efecto del rocío en el pavimento pulido hasta el desgaste por miles de pequeños pies.

Me dirigí a la caldera casi reconfortada por la sola idea de hallar refugio. Empujé la puerta con el hombro, apoyando todo mi peso, esperando el ansiado alivio de notar cómo se abría. Antes incluso de dejar de empujar, tuve la seguridad de que estaba cerrada con llave. Retrocedí un paso para mirar el portón; la angustia crecía dentro de mí, nunca en todo aquel tiempo la había encontrado cerrada. A aquella hora de la mañana Rogelio debería estar alimentando la caldera. Dudé unos instantes. Volví a acercarme y haciendo bocina con las manos me apoyé en la rendija de la junta y le llamé a gritos, asustada.

—¡Rogelio! ¡Rogelio!

No hubo respuesta, cerré el puño y llamé con los nudillos, pero entre mi escasa fuerza y el tamaño y consistencia de la puerta, el efecto fue apenas audible.

Me desesperé, ¿por qué no contestaba?, ¿dónde podría estar si no estaba allí?

Me invadió entonces una nueva sensación, más fuerte, de estar siendo observada, de ser la víctima propiciatoria de una conspiración, de saberlo con absoluta certeza y, sin embargo, no poder hacer nada por evitarlo.

Loca de pánico lancé una patada a la puerta, y luego otra, y otra, que resonaban en el interior como martillazos. Con cada golpe se me resquebrajaba la piel invisible, y una masa informe, como gelatina, brotaba desde mi interior mientras docenas de ojos de los ya muy numerosos pobladores del patio se posaban sobre la niña que, sin dejar de llamar a gritos, aporreaba la puerta de la caldera con todas sus fuerzas.

La mano increíblemente pesada y caliente de Lucía Sotillo casi me abrasó la piel al agarrarme por los hombros, ayudada por una profesora auxiliar, una chica joven que llevaba un corrector en los dientes y se cubría la boca con la mano cada vez que hablaba.

Mi cuerpo, ya totalmente transformado en gelatina fría, se escurría entre sus dedos como helados garfios de estibar. El fuego que ardía en sus manos derritió mi piel, y aunque apenas me resistí, me condujeron casi a rastras hasta el despacho de dirección.

Abrí los ojos cuando me soltaron sobre un asiento de fieltro frente a la mesa de la directora.

Ana María Garrido me miraba como a un insecto desde detrás de sus gafas gigantescas de montura de concha; fumaba un cigarrillo tras otro, dejando por doquier un rastro de ceniza y humo, a pesar del cartel metálico que sobre su mesa recordaba la prohibición de fumar y que yacía medio sepultado entre papeles y ceniceros. Fumaba de ese modo obsceno en que lo hacen algunas mujeres, como si estuvieran haciendo una mamada, y aunque yo con cinco años nada sabía sobre ese tema distinguía perfectamente la diferencia entre el modo pausado y casi descuidado de fumar de Rogelio, con el cigarro medio colgado, abandonado entre sus labios, las caladas lentas y profundas, y aquella especie de succión babosa que era el modo en que fumaba Ana María Garrido.

La miré desconcertada y un poco sorprendida por el efecto que me brindaba la ventana que tenía a su espalda. Dos plantas tan marchitas como ella misma agonizaban a los lados de sus hombros, y la luz cruel de aquella mañana se filtraba entre sus escasos cabellos dibujando un cráneo blanco y grande que yo percibía con total nitidez.

—He tenido noticia de que en las últimas semanas has pasado demasiado tiempo en las calderas en compañía del bedel, el señor Rogelio. —Al nombrar a mi amigo hizo un gesto hacia un ángulo muerto a mi espalda y comprendí, aun sin volverme, que él también estaba allí.

»Este hecho no ha escapado al claustro de profesores, que, reunidos, decidieron informarme a mí y a la asociación de padres. Has de comprender que a todos nos llame la atención que una niña tan pequeña pase su tiempo con el bedel de la escuela, en lugar de estar jugando con sus compañeros, que es lo que debería hacer una buena niña.

»Por más vueltas que le he dado no alcanzo a comprender qué atractivo puede tener para ti estar metida allá abajo entre basura y telarañas, y luego —carraspeó— está la otra cuestión, la razón por la que te hemos hecho venir aquí y por lo que tu madre será informada.

Yo la miraba desafiante y abrumada a la vez por aquel despliegue de contingencia sintiendo cómo mi corazón latía loco de miedo en mi pecho mientras en mi mente germinaba una pequeña semilla de insurrección, mezclada con los retazos rotos de mi oración inútil que ya ningún dios escuchaba.

Se tomó unos segundos durante los que fumó en silencio sin dejar de mirarme.

—Dime, ¿qué hacíais allí abajo?

No contesté.

—¿De qué hablabais?

—Déjeme a mí —rogó Lucía Sotillo.

La directora se repantigó en su sillón cediendo a mi profesora la voz cantante en el interrogatorio. Se acuclilló ante mí y me habló con dulzura evidentemente fingida.

—Dinos la verdad, no tengas miedo, no va a pasarte nada. —Sonrió con la boca torcida y acercándose más a mí susurró ansiosa—: Rogelio... ¿El señor Rogelio... te tocaba? —Tragó saliva—. ¿Te... besaba?

Su aliento amargo me envolvía y la proximidad de su rostro casi me permitía sentir el calor de su piel tensa y enrojecida.

—¿Te pidió alguna vez que le tocases tú a él? Piénsalo y dinos la verdad.

—¿Acaso te ha dicho él que no lo cuentes?, ¿te ha amenazado? —intervino la directora.

El suspiro hastiado y asqueado de Rogelio fue audible.

Me giré en la silla y le vi sentado en otra idéntica a la mía, el rostro ceniciento, el gesto crispado. En el espacio que cubrían nuestras miradas percibí, como un golpe lanzado desde muy lejos y con lentitud pasmosa, la envergadura real del abismo que ahora discernía con cruel claridad y que hasta aquel momento ni siquiera había vislumbrado.

—¡Rogelio! —chillé—. Pakutxa... —Y rompí a llorar incapaz de terminar la frase; mi vejiga se aflojó y la orina caliente empapó mis bragas, mi vestido y la silla de fieltro azul chorreando hasta el suelo; nadie pareció reparar en ello.

—¿Qué ha dicho? —preguntó una voz a mi espalda.

—¿Qué es lo que ha dicho? —le coreó otra.

Lucía Sotillo se irguió, apartando su rostro del mío, y esa fue la única ocasión en la que percibí algo parecido a una emoción en su voz.

—Era una de mis alumnas de su misma edad, ellas eran muy amigas, siempre estaban juntas... La niña tenía leucemia, falleció ayer.

—Por el amor de Dios, ¡pobre niña!, ¿por qué no se me ha informado antes de este aspecto? —preguntó la directora.

Un tenso silencio se impuso entre los asistentes al circo, roto únicamente por mi llanto mal contenido por las manos con las que me ocultaba el rostro.

—Está bien, acabemos con este desagradable episodio de una vez. A partir de este momento queda terminantemente prohibido volver a las calderas o a cualquier otro lugar en compañía del señor Rogelio. Durante las horas de recreo permanecerás en el patio donde tu profesora pueda verte. Cuando vengas al colegio entrarás directamente a tu aula y a la salida te irás a tu casa sin entretenerte por el camino. ¿Ha quedado claro?

Yo no contesté, la miré entre mis dedos sin dejar de llorar de rabia.

—Y a usted, Rogelio —dijo dirigiéndose al ángulo muerto a mi espalda—, ya le hemos dicho bastante, si estas circunstancias vuelven a repetirse, será despedido de modo fulminante y, además, me encargaré de que no encuentre trabajo en esta provincia. No tengo nada más que decirle, vaya a ocuparse de sus quehaceres.

Lucía Sotillo me tomó de la mano y de un tirón me sacó del despacho y me arrastró por el pasillo con paso firme. Me apretaba tanto que me hacía daño. Con la otra mano yo intentaba en vano despegar de mis piernas el vestido empapado. Alejándose, aún alcancé a ver la espalda de Rogelio; caminaba rápido, como si huyese de allí, de toda aquella mezquindad.

Al fondo del pasillo distinguí la figura de mi madre y en su rostro, ese gesto de pesar que comenzaba a ser habitual en ella cuando me miraba.

Días lentos de intensa ira

Entonces

Transcurrieron los días lentos y silenciosos, así es como pasan los días de duelo; solo la llegada del fin de semana consiguió animarme ante la perspectiva de la visita al cementerio en el día de todos los difuntos.

El sábado por la mañana acompañé a la *ama* al mercado, allí compró un gran ramo de gladiolos blancos y rosados. Yo no estuve muy segura de que a Pakutxa le hubieran gustado, ella nunca había tenido flores como aquellas. Había tenido campanitas blancas, las flores que los niños llaman zapatitos del Niño Jesús, margaritas rosadas, flores meonas, esas flores amarillas que si las coges por la noche te meas en la cama, y las lilas perfumadas que crecían como plaga en su jardín elevado, pero nunca tuvo unas tan grandes y vistosas; lo pensé largo rato, pero no le dije nada a la *ama*, que se afanaba disponiéndolas en un gran ramo que por la tarde llevó hasta el cementerio recostado en el hueco del brazo, como si en lugar de flores llevase a un niño muy pequeño.

Aquel lugar me pareció majestuoso. La gran verja de hierro negro mate que franqueaba la entrada estaba abierta de par en par; en el interior, tal y como la *ama* había prometido, flores por todas partes, velas encendidas a pesar de que apenas eran las cuatro de la tarde y bastante gente vestida de domingo que pululaba entre los panteones. Y, sin embargo, había allí algo que no terminaba de convencerme, algo que no cuadraba, un vestigio de irrealidad propio de un decorado.

Caminé detrás de mi madre por los pasillos que separaban las tumbas. Sin titubeos, ella se dirigió hacia el paseo central, buscó con la mirada como cuando se busca en un bar a un amigo con el que se ha quedado.

—Aquí es —dijo mostrándome una superficie cubierta por varios ramos y algunas velas, todas apagadas.

Me había sorprendido la facilidad con que mi madre la había encontrado; a mí, todas las tumbas me parecieron similares, así que se lo pregunté.

—Ya conocía el panteón, del día del entierro. Además, su nombre está escrito en la lápida, ¿lo ves ahí?

Mientras mi madre disponía las flores, leí con bastante trabajo todos los nombres que aparecían grabados a cincel, pero no pude encontrar el de mi amiga.

—Su nombre no está —dije.

—Sí que está. —Y me indicó—. ¿Ves? Ahí. Francisca Emazabel Romero.

—¡Francisca! —exclamé—, esa no es Pakutxa.

La *ama* trató de explicarme que su verdadero nombre era Francisca, que Pakutxa solo era un diminutivo cariñoso. Pero yo sabía que se equivocaba, yo conocía a Pakutxa desde hacía mucho tiempo, los profesores la llamaban Pakutxa, sus padres la llamaban Pakutxa y ella me lo había dicho el día en que la conocí. «Me llamo Pakutxa.»

Cientos de personas se congregaron como obedientes abejas en torno a su reina, la misa de todos los santos difuntos dio comienzo y durante la hora larga que duró la ceremonia yo no dejé de leer y releer los nombres de la lápida, en particular aquel que mi madre asignaba a Pakutxa. En dos o tres ocasiones tironeé de la manga de su abrigo y conseguí que se inclinara lo suficiente como para susurrarle al oído:

—¿Estás segura de que es aquí?

—Sí, cariño, es aquí.

Terminó la misa, y las mujeres formaron grupitos de paseo por todo el cementerio. Se detenían ante cada panteón y comentaban entre ellas el estilo con el que estaban dispuestas las flores, si había suficiente cantidad o si las familias venían a visitarlas a menudo o no. Con ojo de tasador experto calculaban el precio de las flores y mostraban especial interés por los ramos que llevaban un membrete de floristería cuidadosamente colocado a tal efecto.

Me agaché y cogí dos minúsculas florecillas, unos zapatitos del Niño Jesús que crecían en el murete entre las grietas embarradas, y las deposité sobre la losa fría que cubría a Francisca. Una señora bastante vieja se paró a charlar con mi madre, mientras yo insistía en releer una vez más aquel nombre tallado en la piedra y que, por más que me esforzaba en asimilar, seguía pareciéndome imposible, como un nombre extranjero.

De muy lejos me llegaba a retazos el eco de la conversación, palabras que la anciana repetía una y otra vez como una letanía. Lástima, niñita, resignación, voluntad de Dios, desgracia, pena, angelito...

Tiré de la manga de mi madre hasta que me prestó atención.

—¿Cuándo va a empezar la fiesta, *ama*?

—¿Fiesta? ¡Ah, la fiesta! Ya ha comenzado, durante todo el día de hoy se celebra la festividad de todos los santos difuntos. Esta es la fiesta, cariño. —Se volvió y continuó hablando con la vieja.

Me separé unos pasos, deslicé una mano en mi bolsillo y saqué la armónica de William. De pronto, me trajo recuerdos de brisa caliente, del aroma del varadero, las manos de William, noches de fiesta y Pakutxa.

Tomé aliento, me la llevé a los labios y comencé a intentar tocar *Tengo un clavel*. No habían sonado cuatro acordes cuando de un tortazo la vieja me hizo callar. En mi mejilla florecieron rojas y calientes las huellas de sus dedos de arpía, y la armónica salió despedida y fue a parar entre las flores que cubrían la lápida.

—¿Pero qué haces? —me gritó a su vez mi madre.

Comencé a llorar y mis lágrimas fueron de pura vergüenza. Me avergoncé de ella. Humillada y sorprendida al mismo tiempo, el rostro arrebatado, la mejilla encendida, inflamada.

De nuevo aquel gesto en los ojos de mi madre. Se avergonzaba de mí y yo me avergonzaba por ello. Pero a mí me fortalecía, y para ella era un hacha talándole los pies. Se enfadó. La ira de mi madre se volvió contra la vieja.

—¿Por qué le ha pegado a mi hija? ¿Con qué derecho? ¿Quién se cree usted que es? —le gritaba demandando respuestas.

—Deberías darle más educación y un tortazo a tiempo para que tuviera más respeto en un lugar sagrado como este —fue su respuesta, mientras me dedicaba miradas llenas de desprecio y se giraba buscando apoyos entre las parroquianas.

Mi madre bajó la cabeza y yo la miré a medias decepcionada y segura de que no replicaría, pero se adelantó un paso hacia la vieja y le dijo:

—Usted no es quién para ponerle la mano encima, usted no entiende nada, solo tiene razón en una cosa. —La vieja hizo un gesto de complacencia al comprobar que le daba la razón al menos parcialmente—. Este —dijo mi madre— es un lugar sagrado, porque si no llega a serlo le doy una hostia que la mato, hija de puta.

La vieja abrió la boca incrédula ante aquel desacato. Cuando salíamos del cementerio me volví a mirarla, todavía seguía allí plantada ante la tumba de aquella niña desconocida, boqueando como un pez fuera del agua.

Mi madre me cogió de la mano de un modo muy parecido a como me había agarrado Lucía Sotillo días atrás y me arrastró hacia la puerta del cementerio. Yo entre lágrimas iba sollozando.

—¿Pero no es la fiesta de los muertos? Yo solo quería tocar para ellos, para Pakutxa, a ella le gustaba...

—¡Cállate! —ordenó mi madre.

Yo me di cuenta de que algunas personas se habían vuelto para mirarnos con gesto adusto. Insistí.

—A ella no le gustaban esas flores, nunca tuvo flores como esas y no se llamaba Francisca, se llama Pakutxa.

Me di cuenta entonces de que lo que había percibido al entrar en el cementerio era lo mismo que noté en casa de Pakutxa.

El mismo olor almizclero de flores para difuntos, parafina, humo y perfume barato sobre la ropa sudada del domingo, que volvería a su percha esa noche a esperar al domingo siguiente. Incluso la gente hablaba igual, susurrando, como si temiesen despertar a alguien. Lo grité a pleno pulmón.

—¿Tenéis miedo de despertarlos?

Mi madre se paró en seco, me miró a la cara y me dijo:

—No debí traerte aquí.

—No, claro que no, te has equivocado, *ama*, este no es un lugar bonito, aquí no hay ninguna fiesta y, además, Pakutxa no está aquí.

El vínculo estrecho de mágica intimidad casi sacra que nos había unido a mi madre y a mí desde mucho antes de que yo naciese, cuando apenas era una sombra de vida, y que ambas nos habíamos comprometido a mantener se rompió en el momento en que entre dientes musitó:

—Estás loca.

Bruscamente sobrevino el vacío. Sentí que en ese abismo se desvanecían todos los deseos, las esperanzas y el límite estrecho de la realidad en el que había pugnado por mantenerme toda mi vida. El vacío se había abierto bajo mis pies como la ladera de un acantilado que se precipita hasta el mar. Cada gesto, cada sonrisa, cada canción se agotó y se consumió sobre sí misma como una llama que se extinguiera en mitad de la noche.

Con un último tirón, mi madre me condujo hasta la reja del cementerio, yo me dejé llevar silenciosa y sumisa; roto el hechizo para siempre, nada me importaba. Con pasos de borracha salí del camposanto embebida por la calidez cerosa de las velas que ardían proclamando con fuerza el aroma mareante de los crisantemos.

Depresión sin alas

Entonces

Definitivamente perdida mi condición etérea, dejaba pasar los días largos y silenciosos, preñados únicamente del anhelo de salir al patio y permitirme, agarrada a la vieja barandilla metálica, ignorar con desdén enfurruñado la mirada cansina pero implacable de Lucía Sotillo.

Había momentos en que los dos meses transcurridos desde la muerte de Pakutxa se me antojaban muy poco tiempo, algo tan reciente y raro como el despertar de una pesadilla.

Todo había sido tan precipitado desde el momento de su muerte que a menudo me ensoñaba rememorando los días cálidos de julio con su plácida y lenta tibieza, o los otros más densos de agosto, y hasta imaginaba que a lo mejor Pakutxa no había muerto y lo que ocurría es que aún estaba en el hospital, que poco a poco mejoraría y una de estas mañanas neblinosas y brillantes se detendría a mi lado junto a la barandilla y me diría:

—¿Quieres escuchar el infierno?

Otras veces, dos meses me parecían una eternidad, eran

esos los días en que la echaba más de menos, quería a toda costa recordar su voz, sus gestos o sus ojos siempre húmedos de risa, y solo lo conseguía a medias, notaba entonces cómo su imagen se me iba nublando, y aunque recordaba, por ejemplo, el modo delicioso en que pronunciaba las erres, no lograba escuchar en mi recuerdo la inflexión de su voz. Dibujaba en mi mente las breves líneas que definían su cuerpo, imaginaba su silueta grácil y pequeña, y en un par de ocasiones, hasta creí adivinarla en los cuerpos de otras niñas, o entre los jirones de niebla.

La incipiente sonrisa se me abortaba en la boca al comprobar una y otra vez que Pakutxa ya no estaba. Y así el frío, hijo bastardo de la profunda pena que me secó los ojos para que no pudiera llorar, se adueñó de mi mente anestesiándome el recuerdo y dándome a cambio nada, y no la nada piadosa en la que poder refugiarme, una nada vacía, yerma, seca y cruel.

Me aupé un poco y apoyé melancólica la oreja sobre la superficie plana y fría de la barandilla, de inmediato me llegó el eco lejano del averno y durante un par de minutos estuve escuchando, absorta, desencantada, sintiéndome traicionada, como el niño inteligente y lógico, pero aún muy pequeño, que descubre la verdad sobre los Reyes Magos y que llora desconsolado, maldiciendo no porque no existan, sino por la crueldad de haber sido privado demasiado pronto de un privilegio.

Aquello no era el infierno, sino el sonido viajando por el interior de la barandilla plana, el roce de cientos de pequeñas manos y pies tocando, golpeando, y el eco de otras tantas gargantas infantiles, los llantos o los gritos de placer o excitación infantil.

Sentí una caricia breve en la espalda y me incorporé sorprendida, como alcanzada por un rayo. Me volví. Rogelio me miraba fijamente desde el centro del patio. Bajé de la baranda y caminé hacia él.

Las pautas más importantes de mi vida en los últimos tiempos parecían estar regidas por la influencia fatídica de las fechas. Un par de meses desde aquella visita al cementerio, un par de meses desde el fin de la magia con mi madre, un par de meses desde aquella mañana en el despacho de Ana María Garrido. Solo un par de meses, y, en ese tiempo, miles de minúsculas arrugas se habían congregado en torno a sus ojos y su boca, y el tono de su rostro era gris y apagado como su mirada; aun así sonrió un poco. Me detuve frente a él.

—Rogelio —pronuncié su nombre con voz queda pero preñada de una fuerza sobrenatural, como un encantamiento contra el mal.

—Me voy —dijo—... Me han jubilado... Aunque, de cualquier modo, yo ya no podía continuar aquí.

Le miré en silencio, asimilando lo que aquello supondría para mí. Él debió de reconocer la desesperación en mis ojos, porque se acercó un paso más y trató de explicarme lo que yo ya sabía.

—No te traiciono, pequeña, no quiero que pienses eso, es solo que esto me resulta insoportable y aquí ya no puedo serte de ninguna ayuda. Lo entiendes, ¿verdad?

Yo asentí. Quería decirle que no se preocupara, que yo también huiría si pudiera y que..., pero secos los ojos y helada mi alma, me quedé mirándole en silencio.

Un chillido como de gaviota nos forzó a volver la mirada. Lucía Sotillo venía hacia nosotros casi corriendo, forzando los pasos dentro de su falda gris de tubo.

Rogelio me tendió la mano. Había en el gesto algo de desesperación y yo no lo entendí muy bien, pero le ofrecí la mía, desconcertada. Él me la estrechó como suelen hacerlo los adultos y recuerdo que pensé que quizá lo hacía por evitar el revuelo que causaría si me abrazaba. En el hueco que quedó entre nuestras manos adiviné la presencia de un papelillo en varias dobleces. Lucía Sotillo casi llegaba a nuestra altura mientras él me rogaba:

—Llámame.

Una mano increíblemente pesada aterrizó sobre mi hombro y de un fuerte tirón me apartó de él. El papelillo revoloteó y como una mariposa muerta quedó tendido a mis pies. Furiosa, Lucía Sotillo se agachó lo justo para manotear el papelillo que rebelde se escurrió de entre sus dedos hasta en tres ocasiones; cuando al fin lo atrapó, lanzó un gritito de satisfacción y deshizo la doblez, leyó el mensaje del interior y lo deslizó en el bolsillo de su bata.

—¡Fuera de aquí! —bramó—, si vuelve alguna vez o se acerca a la niña, le denunciaré a la Guardia Civil.

Rogelio no respondió, pero la miró con feroces ojos llenos de desprecio y hastío.

Ella retrocedió un paso intimidada y solo cuando él se alejó dándonos la espalda se atrevió a repetir:

—¡Fuera! —Pero lo hizo en tono suficientemente bajo como para que Rogelio no pudiera oírla.

Siempre, nunca, absolutamente

Entonces

Gelatina. En eso se transformó mi cuerpo sometido a la presión constante de Lucía Sotillo con sus miradas sucias y preocupadas, de mi madre, con sus miradas cobardes y preocupadas, y de los otros niños, crueles y preocupados únicamente por su mundo despótico y pequeñito.

Apenas dos semanas duró mi gesta de resistencia. Al cabo de ese tiempo caí enferma, presa de terribles fiebres que me mantuvieron en cama durante casi dos meses. Y cuando ya parecía que estaba a punto de recuperarme, paperas, sarampión, varicela, como por ensalmo, una tras otra, muy probablemente contraídas en la atestada salita de espera de mi médico de cabecera de donde apenas salía para volver a entrar.

Sufrí casi todas las enfermedades infantiles, y cuando no tenía ninguna, tenía fiebre. La *ama* estaba desesperada y, como no confiaba demasiado en el criterio de los médicos de la Seguridad Social, comenzó un peregrinaje que nos llevó por las consultas de al menos media docena de médicos y otros tantos curanderos sin que ninguno acertara a explicar la causa de mi débil salud.

Fue una vecina, la señora Antonia, una mujer que siempre había tenido el pelo blanco; de joven fue aña, decían que también nodriza; tomaba el fresco a la entrada del portal y nunca se mezclaba con las demás comadres porque había tenido un hijo de soltera y eso, según decía mi madre, marcaba para toda la vida.

Regresábamos de una de aquellas infructuosas visitas al médico y mi madre se disponía a cogerme en brazos pues yo me encontraba exhausta, incapaz de subir sola las escaleras hasta el tercer piso.

—Lo que le pasa a esa niña es que no quiere ir a la escuela.

Mi madre adelantó un pie, lo apoyó en el primer escalón y alzándome por las axilas me sentó sobre su muslo.

—Ese colegio le trae malos recuerdos después de lo de su amiguita; es normal, Alicia, párate a pensarlo, ir allí cada día debe resultarle insufrible.

Mi madre la miró con gesto a medias preocupado e incrédulo.

—Créeme, sé bien lo que digo, mi hijo fue al Virgen del Mar hasta que tuvo ocho años y, aunque él nunca se quejó, yo sé que le despreciaban, incluso algunas de esas hijas de puta le tomaron ojeriza y a menudo, esto lo he sabido con el tiempo, hacían comentarios al respecto de su padre. A las viudas mal no se las ha mirado nunca, pero a las solteras con hijos, otra cosa es. Yo le notaba triste y un día hablé con él, bendita la hora. ¿Quieres saber qué me dijo? Dijo: «*Ama*, si tengo que volver, me mataré». Me faltó tiempo para solicitar plaza en el seminario y con todo lo que puedan decir de los curas allí le fue bien, con el tiempo hizo carrera y ahora se gana bien la vida. Pero lo más importante es que yo sé que aún me está agradecido por sacarle del Virgen del Mar.

—Antonia, hace mucho tiempo de eso, ahora las cosas

ya no son como antes y yo soy viuda, no... Bueno, no es el mismo caso —dijo la *ama*.

—Alicia, hija. Hay cosas que no cambian y siempre siempre son como antes.

Aquella noche la *ama* se sentó a los pies de mi cama y me observó en silencio mucho tiempo. Yo sabía que por su cabeza rondaban oscuros pensamientos y por dos veces estuve casi segura de que se disponía a decirme algo, algo que preparaba en su mente con exquisito cuidado.

En otro tiempo, tiempo de magia entre nosotras, la habría ayudado iniciando yo la conversación o invitándola a arrancarse con mirada expectante. En lugar de hacerlo, cerré los ojos y la ignoré fingiendo dormir. Al fin se levantó, me arropó, me besó en la frente y salió de la habitación. Regresó al instante, encendió una pequeña lamparilla de aceite que mantenía ardiendo toda la noche a los pies del Niño Jesús, que descansaba en su cunita perdido en el amplio estante. Rezó una oración breve y se inclinó de nuevo sobre mí.

—Hija, ¿quieres volver a esa escuela?

—Nunca —contesté.

Aquel curso ya no regresé al Virgen del Mar, en septiembre comencé a asistir al Colegio Eucarístico de las Hijas de Jesús.

El Colegio Eucarístico de las Hijas de Jesús no era ni remotamente parecido al Virgen del Mar. Era como marcaban las reglas de la época un colegio femenino y de uniforme. De amplias instalaciones casi lujosas comparadas con los colegios del Estado.

Gimnasio, sala de proyecciones, salón de actos, capilla, un patio cubierto para cuando llovía y otros dos exteriores en los que, para mi tranquilidad, no había vestigio de barandillas metálicas. Una valla de madera rodeaba el contorno del patio de recreo y un muro de piedra antigua protegía de miradas del exterior todo el perímetro del convento.

Pronto descubrí que podía desarrollar de nuevo mis facetas más etéreas, que por lo visto la invisibilidad estaba bien vista en los colegios religiosos y me atrevo a decir que era, además, bastante recomendable, casi una norma implícita en los amarillentos estatutos: mantenerte en el anonimato, no sobresalir del montón, no hablar a menos que fueses preguntada y no salirte jamás de la fila; en suma, ser invisible.

Durante los años que pasé en aquel colegio esa fue mi norma. Ocupaba mi lugar anónimo entre el grupo casi marcial, sensación reforzada por los oscuros uniformes y los cuellos duros de almidón.

Transparente mi carne y mis gestos, sin apenas mezclarme, durante los recreos permanecía solitaria dando vueltas por el patio como un recluso entumecido. En raras ocasiones me vi obligada a participar de los juegos, y cuando lo hacía, el hecho formaba parte de la estrategia de camuflaje dirigida a pasar lo más desapercibida posible.

Afortunadamente, un par de años más tarde descubrí que podía refugiarme siempre que quisiera en la oscura capillita del colegio. Ni que decir tiene que poco había de fervor religioso en mi gesto, simplemente iba allí.

Nadie me hizo jamás un comentario al respecto, pues si ya estaba bien vista la introspección y el silencio en todo el colegio, mis constantes visitas a la capilla, lejos de verse como una huida o un síntoma de insociabilidad, se aceptaban como un rasgo de responsabilidad e inteligencia, recogimiento y sentido común, que tan solo se vieron reflejados en forma de escuetas notas apreciativas al pie de mi boletín de calificaciones.

El infierno

Entonces

Como un absurdo error de la naturaleza, la adolescencia lasciva y pustulenta, cacareado y maravilloso prefacio de la tan esperada libertad que me traería el ser adulta, me pareció, por el contrario, tortura, el tiempo del desencanto y de la sordidez.

El sacrificio previo a la vida que, sin embargo, a mí se me antojaba el final, la pérdida definitiva del privilegio de la invisibilidad que se hacía incompatible con mi cuerpo, traidor a mi propia causa, y se revelaba en dolor agudo en mis pechos duros e incipientes, emergiendo de mi carne como los puños crispados de mi alma ahogada en una eclosión lenta y febril, avisando como heraldos malditos de la inminente llegada de la menstruación, que, como fuego líquido entre mis piernas, quemó mi vientre y mis muslos y zanjó definitivamente la posibilidad de volver atrás, de escaparme como gelatina entre los dedos y de bajar de nuevo a dormitar en el corazón cálido de las calderas, de bailar bajo los arcoíris artificiales en el jardín elevado de Pakutxa o de esperar confiada a que María quisiera aparecérseme y honrarme con un milagro.

Maldita entre los puros, atrapada en una vorágine de locura que se extendía imparable por mi cuerpo, hinchando mis pechos y llenando mis caderas. Aborrecible, mi piel se estiraba en un intento vano de contener la carne grasienta y sucia que se apoderaba de mi cuerpo de niña. Luché con todas mis fuerzas, no comía; a pesar de la férrea vigilancia a la que me sometía la *ama*, me las arreglaba para pasar los días ingiriendo la más mínima cantidad posible de alimento; a veces, durante una sola comida conseguía beberme hasta dos litros de agua helada que contribuían a calmar los calambres estomacales que me provocaba el hambre, y cuando no era suficiente me encerraba en mi habitación y hacía abdominales hasta que el dolor muscular y la inflamación me hacían caer exhausta en el suelo de madera, y allí permanecía durante horas en las que el oído pegado al suelo me traía ecos de voces y pasos de otros pisos.

Los costados me dolían y las caderas se me clavaban en la piel formándome horribles cardenales, que más tarde, desnuda frente al espejo, yo acariciaba como triunfos ganados a la podredumbre que amenazaba mi cuerpo.

Dormía en el suelo sin cubrirme siquiera con una manta, tiritaba de frío y de placer sabiendo que con mi sacrificio conseguía quemar un poco más de la energía que mi cuerpo invertía en intentar calentarme. Con la cara pegada a las vetas ennegrecidas de mil barnices escuchaba los mordiscos de las carcomas abriendo desfiladeros bajo el barniz; detenían su trabajo cuando las vibraciones transmitían el temblor en la madera de los pasos de mi madre hasta mi puerta.

—Hija, ¿estás bien? —decía sin atreverse a abrirla.

—Sí.

—Te he dejado un poco de pescado rebozado en el horno.

—Vale, *ama*.

—Hija...

—...

—Hija...

—... qué.

—Nada... Hasta mañana.

De nuevo sus pasos alejándose por el pasillo y silencio.

Desnuda frente al espejo, mi cuerpo delgado, flaco, casi de chico; me hacía sentir orgullosa ver cómo le ganaba la partida. Mis pechos duros, diminutos apenas se marcaban bajo los jerséis, las caderas huesudas, severas y escasas, el trasero pequeño y redondo como de niña, los brazos delgados colgando a los lados de mi cuerpo sin carne, las costillas dibujadas una a una; las clavículas huesudas dejaban un hueco perfecto en mi tráquea, en la que eran perceptibles los anillos que la formaban.

Yo no vomitaba, vomitar me parecía asqueroso, no, yo no; no era necesario porque simplemente no comía, así que nunca tuve que enfrentarme a un cargo de conciencia semejante como para forzarme a vomitar.

Cuatro años de sacrificio y purificación en los que luché y vencí a un demonio que quería crear un cuerpo donde no debería haber nada. Yo sabía que no era Peter Pan: él no quería dejar de ser un niño, yo había enterrado mi infancia junto al pequeño cuerpo de Pakutxa.

Nunca me había gustado ser pequeña, la niñez suponía un tiempo de oscurantismo e ignorancia del que siempre había querido escapar imaginando otra vida, otra libertad, otra soledad.

Yo no era Peter Pan, porque, aunque él no lo sabía, si tenía el firme propósito, Peter nunca dejaría de ser Peter, aunque su cuerpo se hinchase y se estirase hasta aparentar ser adulto. Yo era Campanilla, un hada, un ser místico y mágico, apenas un destello en medio de la oscuridad, una entidad etérea que caería fulminada si la obligaban a ser material, a tomar un cuerpo.

La *ama* mientras tanto me arrastró de un médico a otro, de un psiquiatra a otro. Los tratamientos y las sesiones se prolongaban más o menos dependiendo de la paciencia que demostraban para tolerarme silenciosa y cabizbaja, sin ceder ni participar jamás en sus provocaciones, ni en sus juegos. Mi madre desistió por fin cuando ante mi último terapeuta, medio ahogado y apopléjico, al que había acudido de buena gana durante los últimos dos meses, confesé que mientras transcurría la hora de lo que mi madre creía que eran sesiones de terapia, el buen doctor y yo nos habíamos dedicado a follar sobre el diván mientras ella esperaba en la salita contigua para pagar las minutas escandalosas de mi tratamiento.

Las lágrimas de la *ama* me pesaban y me empapaban como las lágrimas de Alicia inundando mi país de las maravillas.

La odiaba. Odiaba a mi madre con el instinto primario en que los fetos abortados odian a la suya. Ella que debía amarme, ella que no me aceptaba, blandía contra mí el argumento del amor maternal para encadenarme al cuerpo imposible que quería crecer bajo mi piel y rogaba temblorosa junto a mi cama pidiéndome por mi vida, por lo que más quisiera, que comiera, sin saber que esas eran exactamente mis razones para no hacerlo.

Alma inmortal

Entonces

La mañana de mi diecisiete cumpleaños me desmayé en la cocina y me golpeé la cabeza contra la leñera. Cuando unas horas más tarde desperté en el hospital, mi madre me sostenía una mano amoratada y frágil. Me miró a los ojos y en su cara vi la desolación y el sufrimiento inhumano propios de sometimientos místicos que para siempre sería el rostro que veo en ella cuando la recuerdo.

—Hija, tienes que escucharme, tienes que saber la verdad, te lo he pedido muchas veces y no has querido atenderme, pero ahora es distinto, porque ahora estás enferma. El médico ha sido muy claro, hija. —Las lágrimas comenzaron a rodar por su rostro impertérrito de santa—. Hija, si no comes... Si no comes te vas a morir, vas a morir, hija mía.

Solté mi mano de entre las suyas.

—Tranquilízate, madre, no voy a morir. —Por un instante su faz se iluminó como si presenciase un milagro—. No voy a morir, madre, porque yo ya estoy muerta.

Cuando salí del hospital dos semanas más tarde, y avalada por la opinión del médico que dictaminó que nuestra convivencia agravaba más mi tendencia autodestructiva, me fui a compartir piso con dos chicas.

Mi madre accedió a pagar el alquiler con la condición de que ella pudiese seguir supervisando mi alimentación y de que no descuidase los estudios. Comencé a dormir de vez en cuando con un chico rubio casi tan flaco como yo que nunca me proporcionó placer, ni me dio calor, pero me gustaba observarle desnudo, dormido en postura fetal chupándose el pulgar y cubriéndose los genitales con la otra mano.

Celebré mi dieciocho cumpleaños con las piernas abiertas en un potro mientras una doctora fastidiada me practicaba un aborto a la vez que atendía una llamada por el «manos libres».

Lo pagó la *ama* y yo preparé dardos cargados de puro veneno para contestar a los reproches que llegarían más tarde, sabiendo como sabía cuánto respetaba ella la vida. Aún resonaba en mi cabeza el relato manido de tanto contarlo de cómo decidió tenerme cuando todo estaba en contra y de lo feliz que se sentía por haber tomado una decisión de la que nunca se había arrepentido.

Pero esta vez no lo hizo. Esperé postrada en la cama hasta que no pude más, entonces pulsé la perilla de aviso a la enfermera, y fue ella la que me dijo que mi madre se había marchado. Mi mirada se perdió en la nada y ella viendo mi abatimiento intentó suavizarme el trago.

—Quizá ha salido a comer algo, ya verás como vuelve.

Pasaron tres años antes de que mi madre regresara a mi vida y, poniendo de manifiesto lo poco que le importaba cualquier cosa que yo pudiera hacer, llegó tarde.

Resignación

Hace poco

Yo me guarecía de la lluvia bajo los arcos de la entrada al registro civil cuando la vi venir a lo lejos, entre los coches aparcados en la calle, caminando con paso seguro, aunque parecía haber sustituido su habitual gesto resuelto por otro más incierto, casi resignado.

Llevaba gabardina y zapatos marrones, el pelo rubio, algo más oscuro que el mío, recogido en un moño y el enorme paraguas de cuadros que recordaba desde pequeña.

Cuando llegó a mi altura se detuvo y tomándose su tiempo me estudió con gesto tierno, aunque sin sonreír.

—Estás muy delgada, hija.

—¡Hola, *ama*, gracias por tu apreciación, llegas tarde!

—Lo siento —dijo. Aunque su voz denotaba que no lo sentía en absoluto.

Suspiré impaciente, resuelta a no dejarme envolver en su juego de estudiada afabilidad.

—Bueno, no importa. —Retrocedí un par de pasos para cogerme del brazo del hombre que hasta entonces había permanecido apoyado en el murete bajo las ventanas—. *Ama*, te presento a Fernando, mi flamante y nuevo esposo. —No quise evitar el retintín chulesco en mis palabras. Me quedé mirándola esperando la reacción a lo que yo sabía que era una bomba.

La expresión en el rostro de mi madre no varió un ápice.

—Te dobla la edad —dijo sin mirarle siquiera—. ¿Para esto me has llamado, hija? Dime, ¿qué pretendes?, ¿qué esperas que haga, o diga?

Era su tono hastiado, casi aburrido lo que más me enfurecía. Me revolví nerviosa, miré a Fernando esperando que no se sintiera violento por aquello, pero a él no parecía haberle importado; entretenido en encender un cigarrillo miraba hacia otro lado.

—Me pregunto —dijo realmente interesada— qué clase de explicación das cuando acudes a lugares como el juzgado.

Miré a mi madre, me sentía disgustada, contrariada, quizá porque había esperado una reacción más brusca por su parte. Volví a pensar que había algo distinto en su rostro, que parecía gastado y sereno como el de una santa incorrupta del medioevo.

—Hace tiempo que solucioné eso, pero no te he llamado para discutir contigo aspectos burocráticos que, además, no tienen ninguna importancia. Solo quiero tu bendición, *ama*.

Se rio, y su risa fue blanca y seca, y cesó bruscamente para dar paso de nuevo a aquella expresión como de dolor lavado.

—Naciste bendita, no necesitas nada más.

Bajé la mirada contrariada; no, no, no, aquello no estaba saliendo bien.

—No me refiero a eso, *ama* —susurré, porque apenas tenía fuerzas para alzar más la voz.

—Fuiste bendita hasta que renunciaste —susurró ella.

—No, no me refiero a eso. —Mi voz temblaba, pero di un paso y me coloqué frente a ella.

—Bendíceme, madre —rogué.

Meneó suavemente la cabeza sin dejar de mirarme. Y susurró:

—Bendita seas.

—No, no, así no. Tienes que decir: «Celeste, hija mía, yo te bendigo...».

—Celeste, ¡oh!, Celeste... —dijo con infinita tristeza—. No puedo, ¡tú no eres mi hija!

Pateé con fuerza el suelo en un gesto infantil de pura rabia y frustración.

—Muy bien, *ama*, entonces creo que no tenemos nada más que hablar. —Esperé en vano una respuesta, pero mi madre apretaba los labios abortando toda posibilidad. Suavizando el tono todo cuanto pude le dije—: Habíamos pensado invitarte a venir con nosotros a celebrarlo, pero no estoy segura de que siga siendo buena idea.

—Tienes mucha razón, hija, no hay nada que celebrar, lo mejor será que me vaya.

—¡Adiós, *ama*! —dije cortante.

—¡Adiós, hija! —En su tono había una marcada nota de resignación que me enfureció aún más. Se volvió, abrió el paraguas y salió de nuevo bajo la lluvia.

—*¡Ama!* —llamé casi desesperada. Ella se detuvo—. ¿No vas a desearme que sea feliz en el día de mi boda?

Se dio la vuelta y musitó:

—No basta con desearlo.

Se giró y continuó su camino sorteando los coches aparcados, hasta que solo pude ver su paraguas bamboleándose a lo lejos.

El doble de todo

Hace poco

Mi madre tenía razón, mi marido me doblaba la edad y en menos de un mes comenzó a doblarme el cuerpo a hostias y el alma a mordiscos de dignidad que me arrancaba a dentelladas cada vez que le perdonaba. Claro que no fue así desde el principio, el principio nunca es así.

Fernando era comprensivo y paciente con los errores de su protegida, me guiaba, me instruía y me ayudaba, a su modo, a ser, estar y encontrar equilibrio y perfección. Al poco de conocerle dejé de trabajar en bares de copas, su mujer no tenía ninguna necesidad de estar aguantando a babosos detrás de una barra mientras tuviese un marido que podía mantenerla y, en el peor de los casos, si alguna vez quería trabajar, desde luego que no sería contoneando las tetas mientras servía copas. No su mujer.

—No creo que tenga nada de malo servir copas, es un trabajo como otro cualquiera, está bien pagado y durante mucho tiempo me permitió pagar el alquiler.

—Celeste, no quiero tener que volver otra vez sobre el mismo tema, ahora eres mi mujer, y mi mujer no me va a poner en vergüenza. ¿Quieres hacer algo?, pues limpia esta casa, aprende a cocinar y cuida de tu marido, eso es lo que tienes que hacer, eso es lo que espero de ti. No deberías volver sobre este asunto, sabes que me pone enfermo tener que discutir contigo.

Después salía de casa y a veces no regresaba hasta la madrugada. Cuando volvía, casi siempre un poco borracho, se metía en la cama mientras yo, que fingía dormir, lo escuchaba lloriquear durante un rato, después venían sus manos buscándome las bragas mientras se retrepaba sobre mí e inmovilizándome con su peso y rogándome que me estuviera quietecita.

—¡Oh!, pequeña, esto es lo que querías, ¿verdad? Esto es lo que mi puta quiere, ¿pero qué pasa, estás llorando? ¿No te apetece follar con tu marido? A lo mejor te pone más cachonda que los tíos te miren las tetas en los bares. ¿Eh, puta?

Me impedía cualquier movimiento, el rostro vuelto hacia un lado mientras él me mordía los hombros y dejaba chorrear sus babas sobre mi cara; apenas conseguía penetrarme, se corría, se daba la vuelta y caía en un sueño profundo y plagado de pesadillas en el que balbucía palabras ininteligibles que me mantenían en vela toda la noche.

Solía esperar un rato hasta estar segura de que estaba bien dormido, porque si percibía el más mínimo movimiento me aprisionaba con sus brazos y me mantenía así durante horas. Cuando su respiración se tornaba profunda y mucosa, me deslizaba fuera de la cama escurriéndome hasta quedar sentada en el suelo, salía a gatas de la habitación y, si conseguía cerrar la puerta sin que él se diera cuenta, corría a ducharme con agua tan caliente que me quemaba la piel mientras me frotaba con furia para borrar de mi cuerpo la saliva odiosa de mi marido y, en vano, otras manchas para siempre indelebles que mancillaban mi orgullo y mi dignidad y no se quitaban con agua y gel.

Tras la noche de oscura brutalidad llegaban los días de calma en los que me colmaba de regalos que traía a casa un repartidor de El Corte Inglés. Vajillas, juegos de toallas, cuberterías, libros de cocina, robots de limpieza... y de encuentros amorosos en los que yo siempre acababa con la ropa destrozada y él jadeando a mi lado después de haberse corrido, muchas veces, sin siquiera sacársela de los pantalones.

—Pequeña, tú sabes cómo hacerme feliz, eres maravillosa.

Y en esos momentos, odio reconocer que me sentía tan bien que hasta llegué a pensar que después de todo no era un mal hombre, solo un tipo difícil, pero que al fin y al cabo cuidaba de mí. Eso era suficiente.

Siempre le esperaba en la cocina, sabía que allí era donde a él le gustaba encontrarme, con la mesa puesta y ocupada en algo apropiado. Alguna vez me había sorprendido leyendo o tumbada en el sofá viendo la tele y eso había sido suficiente para enfadarle.

—¿Qué le pasa a mi mujercita? ¿No tienes nada que hacer? Pues a mí me parece que tienes la casa llena de mierda, ¿qué esperas, que venga de trabajar y tenga que plancharme las camisas mientras tú te tocas el chocho?

Al oír la llave en la cerradura me apresuré a esconder en el cajón de las servilletas la novela que había estado leyendo, me situé frente a la cocina de espaldas a la puerta, encendí el fuego y comencé a remover el potaje con una cuchara de madera.

—¡Hola, cariño! Estoy aquí en la cocina. —En mi tono se percibía el tanteo, lanzaba una sonda para intentar vislumbrar por el tono de su voz de qué humor venía hoy.

No contestó al saludo, le oí quitarse la gabardina y dejar las llaves en la bandeja del recibidor. Dejé de remover las alubias y concentré toda mi atención en escuchar sus movimientos. Entró en el dormitorio y se demoró allí unos segundos, después sus pasos se dirigieron al salón y un minuto después lo adiviné pasando a mi espalda por el pasillo en dirección al baño y a las dos habitaciones vacías que había al final del corredor. Solté la cuchara de madera y me abracé la cintura para contener mi cuerpo, que comenzaba a temblar.

Fernando entró en la cocina y yo, intentando dominar el pánico, le hablé dulcemente mientras removía de nuevo la comida.

—Esto está listo, comeremos enseguida, ¿tienes hambre?

—Tenía hambre... pero se me ha quitado de golpe al ver cómo tienes esta casa.

Permanecí quieta escuchándole acercarse por detrás.

—En el revistero del salón todavía está el periódico de ayer, en el baño me he encontrado la pasta de dientes abierta sobre el lavabo y, por si esto fuera poco, la ventana de la habitación de atrás estaba abierta de par en par. ¡Qué poco te importa que yo trabaje como un cabrón para pagar las facturas de la calefacción! Mientras tú te tocas el coño todo el día, yo trabajo, y cuando llego a mi casa con la sana intención de descansar, ¿qué me encuentro? ¿Dime? Y mírame cuando te hablo, hija de puta.

Obediente me fui dando la vuelta para mirar a mi marido.

—Yo... —Tragué saliva—. Abrí la ventana para que se fuese el olor del potaje. Y...

—Ya, y después se te olvidó cerrarla porque estabas demasiado entretenida leyendo mariconadas. ¿Qué creías, que no me enteraría?

El temblor se extendió a todo mi cuerpo y ya me fue imposible controlarlo.

—No...

—No te atrevas a negármelo, cerda —gritó.

Una bofetada estalló en mi oído, el dolor me envolvió la cabeza como una toalla caliente, y un pitido agudo parecido a un aullido comenzó a sonar en mi interior; después, ya no estaba del todo allí, me sentía zarandeada y golpeada, noté que mis rodillas se habían vuelto de agua y se negaban a sostenerme y cómo mi marido me agarraba por el pelo y me arrastraba hasta el dormitorio, sentí cómo se tumbaba sobre mí y me arrancaba las bragas sin dejar de gritar. Pero yo no podía entender nada, no podía escucharle bien porque aquel aullido llenaba por completo mi cabeza y no me permitía oír nada más.

Solo cuando él se rindió exhausto y babeante y se tendió a mi lado cesó el clamor que tañía en mi interior. Y lo que me horrorizó fue tener la certeza de que aquello había brotado del mismo centro de mi alma. Se me estaba rompiendo el verdadero ser, la entidad etérea que constituía mi parte más auténtica, mi verdadero yo.

Me recompuse los jirones de ropa y recogí los restos de lo que habían sido mis bragas mientras miraba largamente a mi marido. «Puedes romper mis bragas o molerme a hostias —pensé—, este envoltorio maldito está condenado a pudrirse, pero no debes tocar al ángel, porque si no...»

Me dirigí a la cocina. Las alubias se habían pegado un poco, pero no olían a quemado, con un poco de suerte salvaría la comida.

El dominio del idiota

Hace poco

En los días que seguían a las palizas la pauta también era siempre la misma. Yo, silenciosa y distante, pasos pequeños y mirada perdida en el vacío. Él, torturado por la pesadumbre de haberme dañado, buscando mis ojos en petición de clemencia, me traía pequeñas chucherías que abandonaba sobre la mesilla de noche mientras yo fingía dormir.

Hablaba tan bajo que su voz apenas era un susurro. Se encargaba de las tareas de la casa y me cuidaba llevándome la comida a la cama cuando estaba tan dolorida que no podía levantarme durante días.

Este parecía ser su auténtico dominio, el tiempo en el que alcanzaba la plenitud, su satisfacción, los días en los que era mi enfermero, en los que me curaba los cortes y hematomas que él mismo me había infligido, o cuando me llevaba en brazos hasta la ducha y permanecía en pie tras la mampara mientras el agua caliente caía sobre mi cuerpo y yo dejaba que la orina fluyese entre mis piernas mezclada con sangre.

Todo lo hacía con la mirada baja de quien siente una

profunda vergüenza. Y, cuando al fin nuestros ojos se encontraban, gruesas lágrimas corrían por su rostro, se abrazaba a mi cintura y lloraba amargamente con la cara enterrada en mi vientre mientras me rogaba que le perdonase, él decía que sin mí no podría vivir, que me amaba y que aquello no se volvería a repetir. Yo me resistía un rato pero pronto acallaba las voces que en mi interior gritaban que no y las sustituía por el eco de la promesa que él me hacía transformada en juramento, un juramento violado, roto, que llegó a no significar nada cada vez que yo le perdonaba y juraba que no volvería a permitir que me pegase otra vez.

No me sorprendió saber que estaba embarazada. Hacía un par de semanas que no me encontraba bien, estaba cansada y somnolienta, y cuando en los últimos dos días comencé a notar mareos por las mañanas estuve casi segura.

Tampoco me sorprendió la reacción de mi marido, que había recibido cada regla de los últimos seis meses como una auténtica catástrofe. Cuando le pedí que me comprase un Predictor al volver del trabajo, me abrazó sonriendo.

—Pequeña, ¿crees que puede ser? ¿Estás segura? ¿Cuánto retraso llevas?

—Apenas una semana —contesté, aunque en realidad llevaba casi tres—, lo mejor es que no te hagas ilusiones por si solo es un retraso.

Pero yo estaba segura, los pechos me dolían de un modo especial, y cuando Fernando no estaba en casa me pasaba horas observando mi cuerpo menudo, consumido por los ayunos y que aún conservaba huellas amarillentas de la última paliza.

Aquel cuerpo que conocía tan bien, mi dominio; y mi dominio me dio todas las pistas que necesitaba y que solo yo podría reconocer, señales que mil expertos no habrían interpretado, el leve rubor rosado alrededor de los pezones y el ligero ardor que partía de las axilas y se extendía por todo el pecho, la presencia dura y emergente de mi útero a través de la fina piel de mi vientre. Me observaba con deleite notando, en ocasiones de un día para otro, cambios casi imperceptibles que me hacían sonreír ensoñada mientras experimentaba por primera vez algo parecido al afecto por mi cuerpo.

Las baterías de cocina y las mopas atrapapolvo dieron paso a un chorreo constante de regalos para el niño: patucos, ositos, ropita, una pila de revistas sobre la maternidad y unos cuantos libros sobre cuidados en el embarazo y los primeros meses del bebé, que Fernando se empeñó en que leyera después de haberlo hecho él.

Con la misma obsesión y tenacidad con la que siempre se había preocupado de la limpieza de la casa, se volcó en planificar el embarazo perfecto: me prohibió el tabaco, elaboró una cuidada dieta que me obligó a seguir a rajatabla, tiró a la basura todos los alimentos de la lista de los poco recomendados y cada tarde, cuando llegaba del trabajo, me llevaba a caminar durante una hora a un parque arbolado donde el aire era suficientemente puro para su gusto.

—Este niño será perfecto, pequeña. Le darás el pecho cuando nazca para que se críe sano, aunque tengo mis dudas de que con esos pellejillos vayas a ser capaz de alimentarlo.

Los días pasaban lentos y enervantes. Inquieta por la privación de café y tabaco, que era lo que peor llevaba. Por un lado, abrumada por la evidencia del embarazo, por el temor a no saber estar a la altura de la prueba y, por otro lado, el deseo de tener a mi hijo entre mis brazos y de ver su rostro; esto me producía tal ansiedad que comencé a tener sueños en los que paría un bebé del que todos decían que era muy hermoso, me lo entregaban envuelto en una toquilla y cuando me inclinaba sobre él descubría que no tenía cara.

Las pesadillas se presentaban casi cada noche y cada vez los detalles de aquel horror se iban tornando más vívidos hasta que llegó a ser tan real que me despertaba llorando acongojada y permanecía despierta durante horas sin poder borrar de mi mente el recuerdo del sueño, tan fresco como si fuera real; solo con la llegada del amanecer, y después de que Fernando se fuera a trabajar, conseguía conciliar un sueño profundo y vacío. Un poco avergonzada, se lo comenté a mi ginecólogo en la siguiente visita.

—No se preocupe, es más frecuente de lo que puede pensar. Esos sueños en los que los bebés no tienen cara, les faltan los dedos de los pies o las orejas, el bebé se parece a alguien odioso para la madre o resulta ser un parto múltiple en el que no dejan de salir niños son muy corrientes y están causados por la ansiedad que produce la novedad de tener un hijo, sobre todo en las primerizas; le aseguro que su bebé está perfecto, y en la última ecografía tenía cabeza y cara —remató sonriendo.

La razón y el equilibrio

Hace poco

Hubo una mañana hacia el cuarto mes en la que desperté de una de mis pesadillas temblorosa y cubierta por una capa de sudor frío; permanecí varios minutos sentada en la cama mientras intentaba, sin éxito, recordar el contenido del sueño, que por alguna razón me pareció de vital importancia.

Me puse una bata y sin calzarme me dirigí a la cocina, la luz del sol daba de pleno en la ventana filtrándose entre las hojas de los coleos. La visión de la luz agranatada entrando en la cocina me apartó lo suficiente del maldito sueño como para dejar de devanarme los sesos durante un rato.

Llené una taza con leche mientras soñaba con un café negro y cargado, sonreí, y después un cigarrito. El deseo creció en mi interior como la marea en un maremoto, los dedos me temblaron de ansiedad y deseé fumar más que nada en ese momento.

Escondido bajo la bandeja de los cubiertos tenía un paquete para emergencias, al que no había tenido que recurrir más que una vez durante la primera semana en que dejé de fumar. «Después de desayunar —me prometí—, me fumaré un par de caladas, nada más», pero la perspectiva de la humeante taza de leche insípida me hizo cambiar de idea. «La ansiedad es lo peor —me dije—, cuanto antes me la quite, mejor.»

Encendí uno y le di una profunda calada dejando el cigarrillo colgar de mis labios; mientras me ataba los lazos de la bata y notaba el humo descendiendo hasta el fondo de mis pulmones, sentí un leve mareo y sonreí.

—Si es que ya no tengo costumbre —susurré.

La puerta se estaba abriendo, estaba segura, mi corazón perdió un par de latidos, me saqué el cigarrillo de la boca mientras abría el grifo, lo apagué bajo el chorro y abrí la ventana para arrojarlo fuera. Entonces me di cuenta de que tenía los pulmones llenos de humo, me estiré desesperada sobre la encimera de la cocina y expulsé el humo, que de un modo que me pareció terrorífico permaneció flotando inmóvil frente a la ventana. Me quedé quieta allí mirándolo como el presagio de un gran mal.

—Pequeña... ¿pero qué has hecho?

Sin volverme para mirarlo, adivinaba su gesto de profunda contrariedad.

—¿Has estado fumando? Dime que no me has desobedecido, dime que no me has decepcionado.

Me giré muy despacio intentando en todo momento no perder el control y conseguir mirarle a la cara. Temblaba y me protegía la tripa con ambas manos, pero había en mi rostro una determinación que él no había visto nunca antes.

—Ha sido solo una calada. No fumar me produce mucha ansiedad y he leído que eso es más perjudicial para el niño que un poco de humo... —Y cuando terminé de decirlo nuevas fuerzas brotaron desde mi interior haciéndome sentir segura de una manera que desconocía y que surgía del mismo lugar donde vivía mi hijo. Vi a mi marido avanzar hacia mí y se me ocurrió que mi fortaleza le enfurecía más de lo habitual. Una certeza atronó en mi mente clara como una sentencia. «Me va a matar», pensé.

—¿Y encima me lo dices en mi cara? ¡Hija de puta!

Su mano abierta me alcanzó. Me golpeó en el rostro tirándome contra la fregadera.

—No me pegues, por favor —rogué.

—¡Hija de puta!

Me agarró por un brazo y de un tirón me puso en pie, solo para volver a derribarme, esta vez de un puñetazo que me alcanzó en la oreja lanzándome contra la mesa; la cadera paró el golpe con un crujido horrible, la pelvis cedió y me derrumbé arrastrando en mi caída el mantel, el pequeño azucarero y el tazón de leche, que se estrelló junto a mi cabeza partiéndose en dos trozos casi iguales y empapando de leche tibia mi pelo desparramado por el suelo.

Fernando gritaba enloquecido. Se sentó a horcajadas sobre mí sujetándome los brazos con sus rodillas, aplastándome los pulmones y sin dejar de gritar insultos mientras me golpeaba en la cara con los puños cerrados. Yo, inusualmente consciente y presente en mi martirio, esperaba a que su furia fuese decreciendo y parase por fin.

Un par de minutos más y pareció que comenzaba a cansarse. Dejó de golpearme y enmudeció, sustituidos sus gritos por extenuados resoplidos. Se incorporó un poco y estuve segura de que había terminado. Aparté los brazos con los que me había cubierto el rostro, abrí los ojos y, al verle sonreír, un grito profundo brotó de mi garganta mientras seguía aterrorizada el avance de sus manos hasta mi entrepierna, los dedos salvajes buscaron la suave tela de las bragas mientras yo gritaba enloquecida.

—No, no, no, no, eso no.

Él se sacó de la bragueta un miembro blando y pobre con el que intentó en vano penetrarme mientras sentía la brutalidad de los envites en mi vientre atacando el útero, y rogaba que resistiera un poco más. Enardecido de furia ante la flacidez de su miembro inservible, me penetró con la mano. Primero con dos dedos. Grité desesperada al sentir forzado mi interior. Dio un fuerte tirón que ardió en mi cadera y me hizo aullar de dolor.

—¡Lo vas a matar! ¡Para, cabrón, déjame! —le exigí.

Pero mi inusitada resistencia pareció excitarle aún más.

—¡Cállate, puta, yo sé lo que quieres!

Entonces me introdujo la mano entera, rompiendo, desgarrando, mientras jadeaba como un loco furioso.

Grité aterrorizada y mi grito afloró mezclado con un rezo fervoroso clamando la piedad de Dios.

—¡No, no lo permitas, Dios mío!

Y mientras gritaba pensé que hacía más de veinte años que no me dirigía al Dios que se llevaba a los niños al cielo para que fueran ángeles; y, a la vez que naufragaba en medio del terrible dolor, sentí una marea caliente que se derramaba desde mi interior brotando como fuego entre las piernas.

Fernando se detuvo en seco y me miró a los ojos desconcertado y sorprendido, como un niño al que su juguete se le ha roto sin querer. Levantó la mano ensangrentada y pareció realmente extrañado, aflojó el brazo con el que me sujetaba el cuello y comenzó a temblar.

—¡Oh, pequeña! ¿Qué...? Lo siento... ¿Qué ha pasado? Yo, yo...

Retrocedió hasta sentarse en el suelo sobre el charco de líquido amniótico y sangre que seguía fluyendo de mi interior como una oleada que me obligaba a retorcerme en el suelo presa de fuertes calambres, que me recorrieron la espalda y me paralizaron las piernas.

Cerré los ojos concentrándome en sentir en mi interior alguna señal de que mi hijo aún seguía vivo. Visualicé mi útero profanado, abierto como una manzana alcanzada por una saeta; la placenta huérfana colgando inútil como tallo al que se le ha arrancado la flor.

Abrí los ojos lentamente. Él se inclinó sobre mí mientras murmuraba:

—Todo saldrá bien, pequeña, ya lo verás, voy a llamar al médico, diremos que fue un accidente.

Me sobrepuse al paralizante dolor físico para sustituirlo por otro más antiguo y poderoso, el de la certeza de que Fernando me había arrancado a mi hijo de las entrañas con sus propias manos.

Estiré los brazos entumecidos alcanzando a tocar los restos de la taza de leche que reposaba junto a mi cabeza, los dedos yertos se cerraron con fuerza en torno a una de las mitades y, concentrando mis escasas fuerzas en mover el brazo, lo lancé contra la garganta de mi marido, que seguía inclinado sobre mí intentando componer una historia creíble para los médicos.

El borde de la taza hizo un corte desigual y escalonado que no pareció tan grave al principio; estuve segura de que había fallado y solo le había causado un corte superficial.

Fernando me miró incrédulo y abrió la boca para decir algo que no se entendió porque entonces su cuello dejó escapar el aire y la tráquea quedó visible, blanca y cartilaginosa, como el fuelle de un acordeón. Solo un segundo después la sangre lo cubrió todo. Roja y densa, la vi derramarse como leche hirviendo, mientras Fernando intentaba contenerla con sus manos ensangrentadas con la vida de mi hijo. Apenas diez segundos de boqueos inútiles y se desmoronó sobre mi pecho.

Solté el fragmento de taza y metí la mano bajo la chaqueta de Fernando, palpé los bolsillos mientras rogaba que no se hubiera dejado el móvil en la oficina. Él nunca permitió que instalasen teléfono en casa ni que yo tuviera un móvil.

Empujé el cuerpo a un lado. Quedó boca arriba con la herida obscena y sucia abierta que aún manaba sangre casi negra; aun así estuve segura de que estaba muerto, y me alegré.

Si no lo hubiera estado, la muerta sería yo. No me habría importado, no en otro momento, pero hoy Fernando se había equivocado, hoy no lo había hecho por mí, lo hice por mi pequeño trocito de entraña, mi *birika* amada, mi gisajo esforzado.

Marqué el número de urgencias e intenté parecer coherente mientras contestaba a las preguntas del médico, que me pedía que no dejase de hablar y que no me durmiese. Habría sido imposible, porque el dolor comenzó a llegar en fuertes contracciones, tan intensas y seguidas que apenas tuve tiempo de entender que estaba de parto.

Un nuevo calambre recorrió mis entrañas y la espalda se me arqueó mientras encogía las piernas y notaba cómo una gran bola de fuego, que se había gestado en mi interior, pugnaba por salir arrancándome las tripas a su paso.

Apoyé los codos en el suelo y jadeé en una parodia de parto mientras el muñequito de trapo que había vivido en mi alma nacía muerto.

Lágrimas negras

Ahora

Rompí a llorar; suaves, silenciosas, densas lágrimas brotaron de mi alma. Lágrimas distintas a todas, las lágrimas que, lo supe, nunca dejarían de manar aun después de que mis ojos se secaran, lloraría para siempre, con lágrimas invisibles para los demás, lloraría hasta que muriera, lágrimas que había visto muchos años antes en el rostro de Inmaculada, lágrimas de madre, lágrimas negras e intangibles, una exclusiva cosecha reservada para llorar por los hijos muertos, un buqué selecto para ser llorado eternamente.

Continué llorando mientras la policía echaba la puerta abajo, mientras los médicos me intubaban, mientras me trasladaban en la ambulancia. Lloré en silencio, dulcemente, no por la sangre que seguía escapándose entre mis piernas, ni por mi vida fracasada, ni por mi feroz marido, no lloré por los golpes en el rostro, ni por los desgarros en la vagina. Lloré dulcemente maldiciendo al cielo ladrón que se llevaba a los niños para que fueran ángeles, mientras me preguntaba una vez más por qué no me llevaba a mí. Cerré los ojos, abandonada al cansancio que me empujaba hacia las sombras. Escuché desde muy lejos las voces de los sanitarios que llamaban a Pakutxa, y me abofeteaban tratando de impedir que me durmiera.

Y entonces regresé al jardín.

Volver

Un poco entonces, un poco ahora

El jardín. Estar de nuevo allí me hizo sentir feliz, noté el sol cálido sobre la piel del rostro, que elevé para admirar el arcoíris que se dibujaba en mitad de aquel cielo azul del verano; escuché el siseo del caballo de agua chocando bruscamente contra el barco para multiplicarse en millones de microscópicas gotitas que comenzaban a mojarme el pelo.

Me pasé la mano por la frente para apartar el flequillo mojado, que quedó pegado sobre mi oreja derecha, y reí con carcajadas frescas y llenas que me brotaron del pecho, de un lugar cálido y luminoso que creía apagado hacía mucho tiempo. Risas de niña que recibieron como respuesta el eco de otras.

Pakutxa bailaba y canturreaba una canción cerca de la barandilla de madera que circundaba el jardín, la frontera que se interponía entre nosotras y el vacío que se abría a nuestros pies, y nos separaba de los carriles plateados que brillaban veinte metros más abajo con el mismo sol que nos acunaba.

Pakutxa llevaba un vestido sin mangas, de grandes flores azules; los pies, apenas cubiertos por unas sandalias que dejaban entrever sus deditos morenos como los de una gitanilla, reluciendo mojados y templados.

Reí de nuevo, elevé los brazos sobre mi cabeza y comencé a dar vueltas y más vueltas sobre mí misma contagiada por la alegría de Pakutxa y por la cancioncilla tonta que después de un rato dejó de tener sentido. Intenté avanzar hasta el lugar donde ella bailaba, pero mis pies resbalaron sobre el barro que se había formado y que se reblandecía con asombrosa rapidez engulléndome, primero hasta los tobillos, después hasta las ingles y enseguida hasta el cuello; traté de gritar, pero la boca se me llenó de barro, agité los brazos con fuerza, intentando atraer la atención de Pakutxa, pero ella seguía bailando y riendo con la cara elevada al cielo y cubierta de gotitas que se mezclaban con las lágrimas que siempre le anegaban los ojos cuando reía así.

El barro me cubrió los míos y todo fue oscuridad durante un rato; después, un suave resplandor comenzó a brillar entre las tinieblas, como cuando de niñas mirábamos al sol a través de una de aquellas caretas de soldador abandonadas en el varadero.

A pesar de que poco a poco la intensidad de la luz fue aumentando, me obligué a mantener los ojos abiertos, aunque solo conseguía ver la luna, una luna radiante e hiriente. ¿Cuánto tiempo había pasado bajo el barro? ¿Cuándo se había ocultado el sol para dar paso a la luna? Cerré los ojos y los abrí de nuevo. Era la luna más redonda y luminosa que hubiera visto jamás.

Una mueca dolorosa, que había querido ser una sonrisa, se me formó en el rostro tumefacto cuando me di cuenta de que mi luna blanca, grande y terrible era solo una lámpara de luz cruel sobre mi cabeza. Intenté decir algo, llamar. La garganta me ardió como si hubiese respirado en el interior de un incendio, mil dardos perforaron todas mis terminaciones nerviosas bajo los oídos, y me desmayé.

Cuando volví, además de la luna lámpara, apareció ante mí un rostro femenino.

—¿Cómo estás? No intentes hablar, ahora vendrá el médico a verte.

Intenté decirle que quería beber, pero una nueva punzada de dolor me hizo gemir.

—No hables, relájate, enseguida viene, ya lo verás. —Me hablaba con cierta impaciencia, como a una niña pequeña y recalcitrante—. Tranquila, tranquila.

«Estoy tranquila —pensé—, solo quiero un poco de agua; no, mejor mucha agua, me muero de sed.» Estuve segura de que enloquecería si no lograba beber.

El rostro de la enfermera volvió a aparecer eclipsando la luna, me sonrió y fue sustituido de inmediato por el de un hombre en la cincuentena que me miró con gesto preocupado.

—Hola, soy el doctor Quiroga, ¿sabes dónde estás? No intentes hablar, si puedes asiente, si no, cierra los ojos una vez para decir sí, dos veces para decir no, ¿lo has entendido?

Cerré los ojos.

—¿Sabes dónde estás?

Un parpadeo.

—¿Recuerdas cómo llegaste hasta aquí?

Dos veces.

—¿Recuerdas quién te hizo esto?

Apreté los ojos con fuerza y las lágrimas rodaron por mi rostro escociéndome en algunas heridas de las que fui consciente en ese instante.

—Sé que duele, pero estás bien, o lo estarás. Te recuperarás. Te hemos operado porque tenías la cadera rota y la pelvis desplazada, también te hemos practicado un legrado para limpiar tu útero de los restos del aborto, entre una cosa y otra has perdido mucha sangre.

»Te estamos trasfundiendo una unidad y recibirás varias transfusiones más en las próximas horas, rápidamente notarás que recuperas fuerzas. No intentes moverte, porque te dolerá. Además es importante que no lo hagas para que la cadera cicatrice; en cinco o seis días te levantaremos a una silla y en un par de semanas volverás a ponerte en pie, aunque tendrás que ir con cuidado al principio.

Yo desvié la mirada de su rostro y traté de ver la luna. No me importaba lo que decía, solo quería agua.

—En la cara tienes algunas contusiones y cortes.

Me tocó suavemente el rostro forzándome a mirarle de nuevo.

—Presta atención a lo que te digo, es importante. Lo más urgente es el pómulo, lo tienes fracturado y habrá que operarte, pero por ahora hemos preferido esperar hasta que estés un poco más fuerte. El cirujano vendrá a verte mañana, no te preocupes —dijo componiendo media sonrisa—, eso se arregla relativamente fácil; de momento lo más difícil ya está hecho, se ha detenido la hemorragia y estás consciente.

Atenazada por la sed, me llevé la mano derecha al cuello y al hacerlo noté un tirón en el brazo en el lugar en que la aguja se hundía en mi carne.

—Agua —musité. Y el esfuerzo de decirlo pareció arrancarme tiras de piel seca de la garganta.

—Enfermera, traiga un poco de agua y désela a pequeños sorbos.

Oí cómo la enfermera salía.

El médico me sonrió.

—Enseguida regresará con el agua, no bebas mucha de una vez, o la vomitarás.

Cerré los ojos.

—Te pondrás bien, he hablado con un colega de psiquiatría para que se pase mañana, vas a necesitar ayuda para superar esto, y nosotros intentaremos dártela en la medida en que esté en nuestras manos.

Parpadeé dos veces, pero el médico no me vio porque se había vuelto hacia la enfermera, que regresaba con un vaso de agua y una pajita que introdujo entre mis labios rotos e inflamados. Bebí y el agua fue como seda líquida acariciando mi interior en llamas, sorbí de nuevo, pero la enfermera me retiró la pajita.

—Es suficiente por ahora.

El rostro del médico volvió a aparecer ante mí.

—Hay otra cuestión con la que no quisiera tener que molestarte ahora... La policía quiere interrogarte en relación con lo que pasó con tu esposo, ¿lo recuerdas?

Un parpadeo.

—No te preocupes, recupérate y, cuando veamos que estás preparada, los avisaremos... Intenta estar tranquila, no creo que tengas ningún problema, con nuestra declaración y el informe que vamos a mandar al forense podrás alegar defensa propia sin que nadie lo cuestione.

Me giré hacia la derecha para mirar el vaso que reposaba sobre la mesilla.

El médico lo tomó y me acercó la pajita a los labios.

—Ya sabes, pequeños sorbos. Y una cosa más, ¿quieres que avisemos a alguien?

Parpadeé dos veces. Cuando acabé de beber cerré los ojos y permanecí así hasta que oí al médico salir de la habitación.

... Y no volver

Ahora

Dr. Ariza. Leí de nuevo su nombre impreso en una tarjeta plastificada que colgaba sujeta con una pinza metálica del bolsillo de su bata blanca. Aunque me negaba a reconocerlo, aquel hombre había despertado mi interés desde que había entrado en la habitación sonriendo abiertamente y presentándose por su nombre.

—Soy Andoni, me parece que el doctor Quiroga ya te había comentado que pasaría por aquí a hacerte una visita. Bueno, pues aquí estoy, voy a intentar echarte una mano.

Lo dijo como si viniera a ayudarme a empapelar o a una mudanza.

Intenté protestar.

—No necesito ningún loquero.

Pero él me interrumpió.

—Vale, vale, una tregua, dame una tregua, un par de minutos, por piedad. Hoy llevo un día terrible. He pinchado viniendo hacia aquí, he llegado tarde, y ¿a que no sabes a quién me he encontrado de frente según entraba en el hospital?... Al director del centro. Es un tío majo, pero me odia porque soy más guapo que él, o eso creo. —Sonrió—. Es broma, no lo creo, estoy seguro, pero juro que todo lo demás es verdad, así que ¿podrías darme un par de minutos?

No me apetecían gracietas circenses. Permanecí en silencio observándole impasible.

Miró la pizarra que sobre la cabecera de la cama se destinaba a poner el nombre de los pacientes.

—Celeste —dijo para sí mismo, se sentó en la cama de al lado, que permanecía vacía, y comenzó a leer el informe. De la parte inferior del legajo sacó una carpeta de tapas marrones en la que podía leerse «psiquiatría», levantó un instante la mirada—. Vaya, tienes un informe bastante completo.

«Sí, señor psiquiatra, y ya verás cuando profundices», pensé.

Se sumió en su lectura, frunció el ceño y levantó de nuevo la mirada para preguntar.

—¿Celeste Martos?

—Sí —contesté desafiante.

—Pero aquí dice...

—Me da igual lo que dice ahí, en esos informes no hay más que estupideces —dije furiosa de pronto—. Ninguno de tus colegas tuvo ni puta idea, así que, si de verdad quieres ayudarme, prueba a dejarme en paz, ¿no te parece que ya estoy bastante jodida?

Él se levantó y se acercó a la cama con el informe en la mano.

—Lo siento, Celeste, tienes razón. No he querido molestarte y me he comportado como un imbécil. —Lanzó la carpeta hacia atrás por encima de su cabeza y varias docenas de hojas planearon hasta el suelo.

De pronto me sentí muy cansada, pero noté cómo una corriente de simpatía mutua se extendía entre nosotros.

—Escucha, Celeste, vas a estar unos cuantos días aquí,

así que tendremos tiempo de hablar, pero el tema es que ya sabes, porque te lo ha comentado Quiroga, que la policía quiere interrogarte.

Cerré los ojos negándome a afrontar aquel trago.

—¿Te sientes preparada?

Suspiré profundamente, pero no dije nada.

—Si aún te encuentras mal, creo que podremos retrasarlo hasta mañana.

—Hablaré con ellos —susurré.

—Sabes que te preguntarán sobre lo que pasó.

—Sí...

—Seguramente serán bastante inquisitivos con los detalles, querrán que les expliques todo lo que ocurrió paso por paso, y es probable que no sea muy agradable recordar todo eso.

—Lo haré —dije.

—Si quieres podemos hablarlo primero, ¿te apetece contármelo?

—No. —Una pequeña bola de esparto había comenzado a formárseme en la boca del estómago y giraba, giraba enroscándose en una prieta madeja de hilo amargo que extraía de mi propia carne.

—Mira, creo que si lo hablamos tú y yo primero puede resultarte más fácil.

Exploté furiosa y hastiada.

—Escúchame bien, doctor Ariza. —Mi voz brotó ronca e irreconocible—. Mi marido me golpeó, me violó, me hizo abortar y lo maté, punto final. Y contártelo no lo hace más fácil.

Él me miraba fijamente; yo sostuve su mirada unos segundos más y reconocí en sus ojos el temor y el rechazo que provocan los desequilibrados. Y de pronto eso me hizo sentir tan triste... Me eché a llorar.

Él se volvió, abatido.

—¿Quieres que esté presente durante el interrogatorio? —preguntó aún vuelto de espaldas.

—Haz lo que quieras.

Las lágrimas se colaban bajo los vendajes y me escocían en las heridas. Cogí el embozo de la sábana y tirando de él me cubrí el rostro.

La versión de los hechos

Ahora

A primera hora de la tarde dos inspectoras de delitos sexuales y homicidios se presentaron en el hospital. El doctor Andoni Ariza las acompañaba y, después de hacer las presentaciones, se situó a la cabecera de la cama en actitud protectora.

Las inspectoras llevaban sendas copias de mi informe hospitalario, de las declaraciones de los médicos de la ambulancia y de los primeros policías que llegaron a la casa.

Durante un buen rato se limitaron a leer en voz alta un resumen de lo que habían encontrado en el registro y de la reconstrucción probable de los hechos a partir de las declaraciones y las pruebas.

Una de las mujeres, la inspectora Salduba, preguntó si estaba de acuerdo con el informe y si quería añadir algo más. Mientras hablaba se fue acercando a la cama y tendió una mano hacia la mía, que reposaba inerte a un costado del cuerpo; por un momento pareció que la acariciaría, pero en el último momento varió su trayectoria y comenzó a trazar triángulos invisibles sobre el logo azul de la colcha hospitalaria.

—Celeste, no nos cuesta mucho imaginar lo mal que lo has pasado, como mujeres podemos entender perfectamente el horror y el dolor que todo esto te ha acarreado y haremos todo lo posible por facilitarte las cosas, ya sé que ahora mismo es lo que menos te apetece, pero nos sería de gran ayuda que contestases a unas cuantas preguntas.

—Lo haré —dije.

La otra inspectora, que se había mantenido apoyada contra la pared, se acercó hasta los pies de la cama, puso en marcha una grabadora, sacó un bolígrafo y comenzó a tomar notas en una libreta.

—Celeste, ¿quiere que el doctor Ariza esté presente?

—Ya lo hemos hablado —intervino él.

La inspectora se dirigió de nuevo a mí ignorando al médico.

—Conteste, Celeste.

—Que se quede —susurré.

—De acuerdo, comencemos entonces.

—¿Desde cuándo sufrías malos tratos?

—Desde siempre.

—¿Desde que os conocisteis?

—No, bueno, desde que nos casamos... Al poco tiempo...

—¿Te había golpeado así otras veces?

—Sí... Pero nunca hasta este punto.

—¿Y agresiones sexuales?

—...

—Celeste, ¿te agredía sexualmente? ¿Te violaba?

La vergüenza me atenazaba la garganta. Lamenté haber permitido que Andoni se quedase.

—Sí —lo dije tan bajo que apenas se oyó.

—¿Celeste? —insistió ella.

—Sí, me violaba. —Cerré los ojos y, sin apenas ser consciente de que no podía ver, permanecí refugiada en aquella oscuridad durante mucho rato.

—Cuando te violaba, ¿le pedías que parase?

—Sí.

—Pero él no paraba...

—No.

—El día seis, cuando regresó a casa y comenzó a golpearte, ¿le pediste que parara?

—Sí.

—¿Sabía él que estabas embarazada?

—Lo sabía —arrastré las palabras cargadas de odio.

—Otra cosa, ¿la taza...?

—Yo iba a desayunar...

—Ya... Voy a hacerte una pregunta, piensa bien antes de contestar... ¿pensaste en algún momento que tu vida corría peligro? Y no me refiero al riesgo que corrías mientras te golpeaba o te violaba, ¿creíste que iba a matarte?

Tardé unos segundos en contestar y en ese tiempo reviví todo el terror y el frío de aquel día. La voz brotó desde mi interior sin que yo fuera apenas consciente, con los ojos cerrados escuché a aquella mujer que era yo misma narrar su horror con una voz atonal y desprovista de sentimiento, como una psicofonía del más allá.

—Lo pensé cuando entró en la cocina y vi cómo me miraba, avanzando hacia mí. Lo supe, «va a matarme», estuve segura; luego, mientras me golpeaba, pensé que se calmaría después de pegarme un rato, como en otras ocasiones, pero cuando creí que iba a parar, se detuvo un instante, me miró enloquecido y comenzó a violarme con su mano. Apenas podía moverme, el dolor en la cadera me tenía clavada contra el suelo y su peso encima de mí... —Un gemido ronco escapó de mi garganta y comencé a tiritar—. Me arrancó a mi hijo de las entrañas. —Todo mi cuerpo temblaba violentamente. La inspectora entrecerró los ojos y compuso una mueca de asco; su compañera le dedicó una mirada cargada de reproche.

—Creo que ya es suficiente —intervino el médico—. ¿Han terminado?

—Sí, es suficiente —dijo la inspectora Torres—. Celeste, tienes que firmar la declaración; cuando estés mejor el juez te llamará para que te ratifiques en lo declarado. —Puso un folio escrito ante mí y me tendió el bolígrafo con el que la inspectora había tomado notas.

Firmé sin apenas ver dónde lo hacía, pues, perdido todo control, el llanto no dejaba de brotar de mis ojos. Salduba se inclinó sobre mí y en esta ocasión se atrevió a tocarme, me apretó con cuidado la mano cubierta en parte por los vendajes que sujetaban el catéter del suero. Estoy segura de que percibió el temblor y el leve gesto de rechazo, pero no retiró la mano.

—Celeste... —dijo una de las mujeres—, ya sé que ahora te puede sonar vacío, pero creo que todo saldrá bien, nosotras haremos todo lo posible por ayudarte. Probablemente tendrás que ir cada quince días a firmar al juzgado, pero estoy segura de que saldrás absuelta. Lo que te hizo ese monstruo es una aberración.

Agotada, cerré los ojos y permanecí en silencio. Sentí la mirada de la inspectora, que me observó atentamente. Pensé que así era como miraba los cadáveres que se encontraba durante su trabajo, yo misma habría parecido muerta de no ser por las densas lágrimas que, incontenibles, seguían brotando de mis ojos levantando levemente las pestañas a su paso.

Susurraron unas palabras de despedida y salieron de la habitación. Andoni Ariza las siguió.

—Celeste, volveré más tarde, ahora procura dormir un rato, mandaré a la enfermera con algo que te ayudará. Cuando despiertes estarás mucho mejor.

No contesté.

Dejaron la puerta entornada, y, aunque no alcanzaba a verlos, desde mi cama oía sus voces mezcladas con el murmullo del control de enfermería.

—Usted es su psiquiatra, ¿qué nos puede decir? —preguntó la inspectora Torres.

—De momento poca cosa, estoy estudiando su caso y los informes son confidenciales.

La inspectora Salduba elevó las cejas escéptica y fastidiada.

—Lo que sí les puedo decir —continuó Ariza— es que Celeste Martos ha sufrido de un modo atroz y, lo que es más doloroso, sin tener un verdadero porqué, es una especie de víctima propiciatoria, no sé si lo entienden.

—Perfectamente, casi todas llegan a serlo en mayor o menor medida —dijo ella.

—En el caso de los malos tratos, puede que sí, pero es que Celeste lo ha sido siempre.

—Mercancía dañada, miel sobre hojuelas para un maltratador. ¿Qué le había ocurrido antes? —preguntó Salduba.

—No puedo contárselo, de todos modos no guarda relación directa con el caso, aunque sin duda ha incidido en su modo de conducirse en la vida.

Salduba no estuvo de acuerdo.

—Creo que sería interesante que lo incluyese en el informe que le remita al juez; llegados a este punto, cualquier cosa que se pueda decir a favor de esta mujer puede ser de gran ayuda, no debemos olvidar que mató a un hombre —dijo ella.

—Que a su vez mató a su hijo y que la hubiera matado a ella si no llega a defenderse —dijo Ariza.

—Yo lo entiendo así, la inspectora lo entiende así —dijo inclinándose hacia su compañera—, pero es el juez el que debe entenderlo. Tenga en cuenta que la fiscalía expondrá con toda crudeza que el que está enterrado es él.

La mitad del mundo

Ahora

Cuarenta días blancos. Días de hospital, lentos, alternados por largos periodos de sueño vacío y reparador que abrazaba como bálsamo para todas mis heridas.

Pero la noche es la mitad del mundo, y entonces no podía dormir.

Noches de desvelo, pesadillas de ojos abiertos y garganta seca que me arrancaban gemidos de miedo y contracciones dolorosas en el útero vacío, que se había convertido para siempre en la tumba de mi hijo.

A veces, cuando, agotada, conseguía dormirme un instante, me despertaba como una llamada su llanto fantasmal, que escapaba desde mi sueño trascendiendo hasta la realidad.

Me sentaba en la cama segura de haberlo oído, la huella de su peso escaso era aún latente entre mis brazos, su aroma de galletas y mantequilla ascendía fragante hasta mí, y mis pechos, hormigueando ajenos a la química aplicada, pugnaban por amamantar a aquel espíritu pequeñito, y solo mío, que parecía no saber aún que estaba muerto.

El día dolía cuando no dormía. Dolían las sesiones de rehabilitación con un fisioterapeuta sin piedad ni nombre, que maltrataba mi cuerpo, odioso y torpe, que volvía a ser de gelatina informe y sin gracia, como la creación de un dios borracho. Dolían las frecuentes visitas del doctor Ariza, que durante horas parecía divagar sobre cualquier tema para volver siempre a escarbar en mi pasado.

Parecía una buena persona cargada de buenas intenciones, un tipo culto y agradable al que no concedería una sola oportunidad. Así, mientras él se esforzaba en hallar territorios comunes, un lugar al que arrastrarme y donde pudiera atraer mi atención, yo le observaba desde mi atalaya en la distancia con una mezcla de fatiga y ternura, la que me habían provocado siempre los que intentaron llegar hasta mí.

Valorando sus esfuerzos por salvarme, asentía o negaba sin pasión, sabiendo que todo era inútil, que por más que lo intentase ya no podría salvarme, que ya no había nada que salvar.

Mientras él charlaba incesante, entregado, yo sonreía; tal vez si me hubiera conocido antes, cuando todavía estaba a tiempo, cuando el ángel aún estaba intacto... Y tan pronto como surgían, descartaba esos pensamientos. Era simplemente imposible, tendría que haberme conocido con cuatro años.

—Celeste, ¿quieres que hablemos de eso?

—¿Qué? —Salí de mi ensoñación y estiré los brazos que mecían a mi bebé invisible—. Lo siento, no estaba...

—Sí, ya me he dado cuenta, ¿quieres que hablemos de tu marido?

—No.

—¿Y de tu hijo?, ¿del niño que iba a nacer?, ¿cómo te sentías con eso?, ¿lo deseabas?

—Sí, pero ahora eso ya no importa —dije. No quería

hablar de aquello, no quería tener que volver nunca a pensar en aquello, no podía; me giré sobre el costado derecho y le di la espalda.

—Sí que importa. —Su tono era firme.

—¿A quién? —pregunté hastiada.

—A mí me importa. Tú me importas, Celeste, me importas de verdad. —Su voz vibró levemente sacudida por una marea de sentimientos.

Haciendo un esfuerzo permanecí inmóvil luchando contra las voces que clamaban desde mi interior.

—¿Crees de verdad que me paso las horas aquí solo para rellenar otro informe que engrose el montón? Celeste, yo... Tú eres especial para mí, y no hablo únicamente de lo profesional.

Había algo distinto en su voz.

—Me pareces una mujer excepcional y quiero ayudarte, quiero conocerte, pero tú me lo pones muy difícil, yo...

—Cállate —rogué yo abandonando toda hostilidad.

—No voy a callarme, Celeste, ¿de qué tienes miedo, de que te diga lo que siento por ti?

—¡Cállate, por favor!

—¿Por qué, Celeste? ¿Crees que nadie puede amarte?

—...

—Celeste. —Su voz era un ruego.

—¡Vete! —dije—. Vete, por favor, tú no sabes nada, no entiendes nada, no sabes lo que yo soy, vete por favor, ¡vete!

Le oí salir, me volví hacia la puerta y comprobé que en efecto Andoni se había ido. Dejé que el llanto fluyera arrasándome los ojos como ríos de lava hirviente que se comían mi carne mortal y mancillada liberando mi alma, mi alma inmortal, mi ente divino y caído que tenía toda la eternidad por delante para llorar.

Pasé la noche despierta, esperando el alba como otras veces había esperado la inyección de morfina que me liberaba del sufrimiento físico; del mismo modo un instante de aquel nuevo día me liberaría del sufrimiento de mi espíritu.

En cuanto entró el turno de mañana pedí el alta voluntaria. El doctor Quiroga se resistió tanto como pudo, pero yo me mantuve firme.

Me encontraba muchísimo mejor y ya iba siendo hora de salir de allí, alegué.

—Sí —convino el médico—, la cadera va muy bien, aunque aún necesitas reposo, en cuanto a las fracturas del rostro, estamos muy satisfechos de cómo han quedado, pero el doctor Ariza y yo habíamos pensado tenerte algún tiempo más en observación, si al menos quisieras esperar hasta mañana para hablar con él... Celeste, has pasado por una situación terrible y con tu historial, compréndeme, debemos ser prudentes. Hazme caso y espera a mañana, tendremos una charla con el doctor Ariza y todos juntos tomaremos una decisión.

—No puedo esperar más, doctor, estoy decidida, le prometo que descansaré y vendré a las revisiones, pero ahora todo lo que quiero es salir de aquí.

—¿Tan mal te hemos tratado? —bromeó Quiroga en un vago intento por despertar mi culpabilidad o mi agradecimiento.

—Claro que no, habéis sido maravillosos conmigo, pero creo que ya va siendo hora de que me enfrente a la realidad.

—La realidad puede ser muy dura, Celeste. —Su tono se afiló un grado.

—Lo sé, pero no dejará de serlo aunque pase un mes más escondida en este hospital.

Quiroga suspiró.

—Bueno, Celeste, si estás segura de que eso es lo que quieres.

—Es lo que quiero —afirmé.

—Pero recuerda que si te sientes mal debes volver de inmediato.

—Lo haré, no se preocupe.

Y mientras prometía tuve la sensación de huir hacia delante, hacia un futuro al que yo ya había renunciado.

Vi que al salir de la habitación, Quiroga se detenía frente al mostrador del control de enfermería.

—Enfermera, consígame el teléfono de algún familiar de Celeste Martos.

Volví la cabeza hacia la ventana fingiendo no haberlo oído.

Sentada en el colchón desnudo de la que había sido mi cama durante cuarenta días, miré a mi alrededor; un equipo de limpieza desinfectó la cama y el resto de la habitación a primera hora; mi nombre había desaparecido de la pizarra blanca que colgaba sobre la cabecera de la cama.

«Se dan prisa», pensé. En estos días las camas de los hospitales escaseaban.

Vestida con un chándal demasiado grande que me había proporcionado la asistente social, miré desolada el contenido de la bolsa con el logo del hospital. Mis zapatillas, el camisón y la bata ensangrentados que llevaba al ingresar y que la policía había devuelto debidamente etiquetados después de fotografiarlos. Hice un nudo a la bolsa y la deposité cuidadosamente en la papelera del baño.

Una enfermera llamó suavemente a la puerta y entró en la habitación.

—Celeste, aquí tienes las recetas y una carta para tu médico de familia. El informe del hospital te llegará a casa por correo.

—Gracias —dije tomando el sobre mientras salía, resuelta a no permanecer allí ni un segundo más.

—Adiós, Celeste, suerte.

No contesté, sumergida de pronto entre la vorágine de visitantes y limpiadores del pasillo, me sentí un poco mareada. Enfermos y familiares, carros de la limpieza, médicos haciendo su ronda. Caminé entre los obstáculos apoyándome en la muleta que aún me acompañaría por lo menos un par de meses.

Tropecé de frente con una especie de carro cuna que una enfermera empujaba y que portaba cuatro bebes recién nacidos. Me quedé parada mirándolos desconcertada, hasta que recordé que estaba en la planta de maternidad; de pronto comprendí por qué en más de cuarenta días de internamiento, y a pesar de lo escasas que andaban las camas, no había tenido una sola compañera de habitación.

Desgaste

Ahora

Me apresuré hacia la salida, el frío y los sonidos de la calle me hicieron sentir como si regresara de otro planeta de distinta presión y temperatura. Tuve entonces la sensación de no existir, como si me hubiese gastado, como si ahora el roce del viento, o de la lluvia que volvía a caer sobre San Sebastián, terminase de arrastrar los sedimentos de arena que eran mi carne y mi piel para borrarme definitivamente.

Tomé el primer taxi de la fila que se formaba en la avenida principal y di la dirección de mi casa. Cuando el coche enfilaba el carril bus, tuve tiempo de ver a mi madre, que entraba apresurada por la puerta acristalada del hospital.

El portero parecía absorto en la lectura del periódico. Pensé que no me vería y pasé frente a la portería intentando escabullirme y evitando saludar, pero él se incorporó de pronto y me sonrió afablemente como si hubiera estado esperándome al regreso de unas vacaciones, o no recordase que la última vez que me vio me sacaban en una camilla chorreando sangre.

—¡Hola, Celeste! Me alegro de... —pareció dudar—. Quiero decir que celebro que esté bien... o... Bueno, ya me entiende.

—Gracias, Jesús, es usted muy amable —dije mientras intentaba una huida rápida hacia el ascensor.

—Espere un momento, por favor —dijo él volviendo tras el mostrador—, tengo un sobre que dejaron los policías para usted.

Me quedé parada donde estaba al ver que el portero regresaba solícito con un sobre marrón sellado y lacrado. Huyendo de la curiosidad del hombre, que parecía decidido a enterarse del contenido del sobre apostándose a mi lado, esperé a estar dentro del ascensor antes de abrirlo.

Había una pequeña caja de cartón en la que hallé una pareja de llaves envueltas en plástico burbuja.

—¡Qué discreción! —murmuré pensando que el portero debió de volverse loco imaginando el contenido del abultado sobre. Acompañando a las llaves, una escueta nota, el número de teléfono del cerrajero y el de la inspectora Salduba.

En la puerta del piso, el precinto judicial aparecía roto y repegado en varios puntos, y en la superficie rojiza de la madera, gruesos arañazos blancuzcos y astillados rodeaban la brillante cerradura que sustituía a la que la policía había hecho saltar a golpe de palanca.

Usé una de las llaves y abrí con cierta dificultad. Al empujar la puerta comprobé que varias astillas se habían trabado debajo. Cerré y apoyé la espalda contra el marco, sin encender la luz; aspiré profundamente buscando vestigios, presencias que me transportasen al pasado, pero la casa solo olía a trementina y alcohol, que proclamaban el paso de la Policía Judicial.

Como atraída por un imán, me dirigí a la cocina y me detuve en la entrada observando el interior aturdida por las emociones que asaltaban mi pecho. Los restos de la taza habían desaparecido, pero una mancha marrón y cuarteada clamaba desde el suelo como la sangre de Abel. No sabía muy bien por qué, pero de algún modo había esperado que las huellas de aquel horror hubieran desaparecido.

Sentí que me faltaba el aire, como si me hallase bajo una campana de vacío que de pronto hubiese succionado el oxígeno de mi alrededor. Avancé y me incliné junto a la mancha apreciando el reguero que había brotado del cuello de Fernando. Alrededor de la mancha había otras, polvos negros, guantes usados, trozos de esparadrapo, envoltorios y trozos de cápsulas vacías.

Extendí la mano para acariciar la superficie rugosa de los restos que mi marido me había arrancado del vientre. Se notaba que alguien había frotado la mancha con una toalla y los restos habían trazado en el suelo un remolino seco, hacia cuyo vértice me sentí atraída como por el ojo implacable de un huracán.

Un escalofrío recorrió mi espalda al sentir el tacto de la sangre seca y comencé a temblar sin control. Intenté retroceder, salir del ámbito de influencia de aquel torbellino de muerte. Perdí el equilibrio y caí sentada en el suelo, me incliné de lado para soportar la violenta arcada que sacudió mi estómago.

El vómito salió oscuro y acre, como si hubiera respirado en el interior de un incendio. Salí gateando de la cocina, aplastada contra el suelo por una atmósfera que se había tornado densa e irrespirable.

Arrastrándome llegué hasta el dormitorio dominada por la certeza de que de ningún modo podía quedarme allí. Me quité el chándal del hospital y me puse unos vaqueros y un jersey escogiendo con cuidado la ropa entre la poca que había conservado de antes de casarme.

Temblando con una mezcla de frío y urgencia que se me clavaba en la escasa carne, rebusqué en el fondo del armario hasta que hallé una chaqueta de lana gruesa que me llegaba hasta las rodillas y me quedaba demasiado grande. Recogí las tarjetas de crédito, unos documentos, dinero en metálico, algo de ropa, lo metí todo en una bolsa de deporte y de camino a la puerta tomé un abrigo que me puse sobre la chaqueta.

Mientras bajaba en el ascensor estudié mi reflejo en el espejo, que con aquella luz fluorescente era la imagen de la fragilidad.

Estaba delgada y pálida, pero el rostro aparecía sereno, casi plácido, sin rastro de ojeras o magulladuras. Las marcas de los golpes habían desaparecido y el pelo rubio pegado a la cabeza caía lacio y brillante a los lados del rostro. Solo los labios resecos evidenciaban los desastres del vómito, y el cuerpo menudo envuelto en varias capas de gruesa lana parecía aún más frágil y desvalido.

Antes de llegar a la planta baja me volví para no verme más y mentalmente ensayé la huida rápida y aséptica con la que debería evitar al portero y sus interrogantes balbuceos. Pensé que tendría suerte al ver que estaba ocupado charlando con un cartero, fijé la mirada en la puerta y me dirigí allí, resuelta a no ser interceptada.

—¡Ah, Celeste! Precisamente iba a llamar a su casa ahora mismo. —Hizo un gesto hacia el cartero—. Tiene un telegrama.

—¿Un telegrama? —pregunté confusa.

El cartero me tendió un bloc indicándome dónde debía firmar y mientras lo hacía pude sentir el aliento del portero en mi hombro. Retrocedí unos pasos y abrí el sobre, era de Andoni:

Te has ido sin despedirte. Necesito hablar contigo. Por favor. Llámame a cualquier hora.

Incluía tres números de teléfono: del hospital, de su casa y del móvil. Lo arrugué, hice una bola junto con el sobre y fui a arrojarlo a la papelera de la portería, pero antes de hacerlo me disuadió la mirada ratonil del portero. Me lo guardé en el bolsillo del abrigo y salí a la calle.

Rosales sin rosas

Ahora

El hostal estaba en un buen barrio residencial. Conservaba, visto desde lejos, la huella distinguida de las villas antiguas de la zona, incluso exhibía medio oculto por los líquenes y las cagadas de paloma un escudo señorial con los emblemas de la familia que la ocupó durante más de cien años, una poderosa estirpe de armadores cuya fortuna y descendencia se extinguió a manos de sus dos hijos alcohólicos y estériles.

Durante los años setenta se abrió como restaurante y sala de fiestas con actuaciones en vivo, Los Rosales se llamaba, debido a la gran cantidad de arbustos floridos que lo abrazaban, abriendo sus flores de docenas de variedades de rosas por doquier.

Recordaba haber pasado frente a los jardines paseando con mi madre cuando era pequeña, mientras la música interpretada por una elegante orquesta superaba los muros de la finca y, mezclada con el aroma de las flores, invitaba a bailar. Pese al éxito, o debido a él, cambió de dueños dos o tres veces; se habilitó la villa como hotelito y acabó siendo un puticlub bastante popular y tranquilo. Así tiró hasta que fue clausurado tras una pelea a navajazos que se saldó con un muerto, seis heridos y una puta con la cara desfigurada.

Después permaneció cerrado durante al menos diez años en que las ratas, las chinches, las pulgas y una devastadora plaga de carcoma fueron sus únicos inquilinos destacables, hecha la salvedad de media docena de yonquis furtivos que se introducían en la propiedad de vez en cuando y que nunca se quedaban demasiado tiempo.

De su interior desapareció cualquier vestigio del lujo puticlubero que había albergado, y los rosales que le habían dado nombre se pudrieron sobre sí mismos, ahogados por una maraña de zarzas, hiedras silvestres y unos helechos altísimos que casi asomaban por encima del muro.

Fue a principios de los noventa cuando unos sobrinos herederos le lavaron la cara y se lo alquilaron a un par de hermanos, un hombre y una mujer, amargados y solterones, que lo regentaban como hostal. Carcomido y desdentado como ellos mismos, cambiaron el nombre del establecimiento, pero la memoria de la ciudad seguiría llamándolo Los Rosales para siempre.

Frecuentado por parejas insolventes los fines de semana, tenía algunos huéspedes fijos: un anciano que ocupaba una habitación doble, una pareja de prostitutas lesbianas y dos chicas muy jóvenes, puede que incluso menores, que se habían fugado de casa.

Ocupé una de las habitaciones con cama grande del segundo piso que daba atrás, hacia una especie de arboleda enmarañada e impenetrable para alguien cuerdo; aun así la prefería a la fachada principal, que cuadraba sobre el inmundo bar que regentaban los dos ancianos y un camarero *bakaleta* aficionado a poner la música demasiado alta, y que estaba siempre lleno de gente con mala pinta y mala bebida.

Los viejos no ponían pegas a que se fumasen porros, el

camarero hacía sus *business*, atraía a clientela más que de sobra para ir tirando, y los viejos vendían sus cervezas un poco más caras. Intenté evitar el bar en la medida de lo posible, aunque como el hostal estaba un poco alejado de la zona urbana no me quedaba otra que comprar el tabaco allí.

Llegaba hasta la máquina sintiéndome observada por los grupos de chicos satisfechos en su monotonía de baldarras, que parecían interesarse más por mi muleta que por mí misma.

Me pasaba las horas tendida en la cama fumando. Observaba el humo que ascendía en volutas blanquecinas hasta el techo pajizo por el efecto de miles de cigarrillos y huellas de presencias fantasmales, que se extendían por toda la estancia procurando una sensación indeleble de profanación; ese olor del aire fatigado por la respiración de gentes invisibles y ominosas que dejaron allí su rastro de vida extinta.

Dormía a ratos durante el día. A veces despertaba de pronto en la penumbra de la habitación y me quedaba colgada en esos segundos terribles que acompañan al desconcierto en que no se reconoce el lugar, y en que la escasa luz viene cargada de mensajes confusos que no permiten saber con certeza si amanece o anochece.

Escuchaba los ruidos procedentes del bar y regresaba una y otra vez a un lugar poblado de pesadillas y terrores en el que, sin embargo, no perdía nunca la convicción de que estaba soñando, que solo tenía que desearlo y despertaría de nuevo con las manos unidas sobre el vientre y la cara empapada de lágrimas y sudor, emergiendo entre la blandura de la almohada como el rostro de una ahogada.

Duchas de madrugada después de espantar con el chorro del grifo a las arañas que salían del desagüe y que, paranoica, imaginaba trepando por mis piernas mientras tenía los ojos cerrados.

Así, empapada de agua fría y de la poca realidad que la

sensación podía proporcionarme a esas horas del alba, volvía a la cama de sábanas tan gastadas que parecían sucias al transparentar la funda florida del colchón desmembrado y que guardaban memoria de antiguos sudores.

Después de dos semanas en las que el sueño se esfumó como por ensalmo, las noches de sueños fatídicos y sudor pegajoso dieron paso a otras no menos tortuosas de insomnio y vigilia, de las que no encontraba modo de evadirme y en las que siempre era consciente de estar despierta, de estar viviendo una realidad más infausta y muchísimo más cruel que mis sueños.

Y largas horas de cigarrillos que me abrasaban la garganta hasta dejarme afónica y que solo aliviaba con frugales sorbos de agua que tomaba directamente del lavabo y bebía del hueco de mi mano decidida a no usar el vaso rayado y blanquecino, que conservaba intactas las huellas del casero.

Escuchaba los pasos de los otros inquilinos mientras miraba al techo calculando sus avances, confundidos con la música amortiguada que ascendía desde el bar a través de las vigas podridas y los escarceos torpes de mis vecinas putas, que se turnaban la habitación con sus clientes.

Durante los fines de semana, cuando aumentaba el ajetreo en el hostal, apenas conseguía dormir un par de horas seguidas, siempre durante el día, con la ventana abierta de par en par a la arboleda e importunada de vez en cuando por los mosquitos que comenzaban a nacer con la llegada del calor, que se fue intensificando en los días siguientes hasta convertirse en un bochorno lento y viscoso que duraría el resto del verano y que me trajo memorias de otro verano.

Volvería otro agosto aciago y pegajoso que solo se aplacaría de vez en cuando con violentas tormentas eléctricas que tras su paso empeorarían aún más la situación, produciendo gran cantidad de vapor que se elevaría desde el suelo como derviches fantasmagóricos que dificultarían enormemente la labor de respirar.

Bajé al bar atraída por la idea de una cerveza fresca y cuando regresé a mi habitación estaba completamente borracha. Caí sobre la cama sin quitarme la ropa y desperté a mediodía, tan aliviada como si hubiera bebido agua, aunque bastante más sedienta.

Bajé cada tarde al bar hasta la madrugada, y obtuve a cambio unas pocas horas de sueño matinal vacío y estéril. Las cuadrillas de porreros me acogieron como a una hermana; la ropa demasiado grande, flaca y lisiada como estaba, mi aspecto ayudó a mimetizarme entre ellos como una náufraga más.

Se sucedían las invitaciones a cerveza, las partidas de billar y los rules de porros. Algunas noches subía a la habitación con uno de aquellos chicos, nos metíamos unas rayas y echábamos un polvo urgente de caricias y besos que sabían a tabaco y a alcohol, y nos dormíamos inmediatamente hasta que nos despertaba el sol que daba en mi ventana por la tarde.

Por fin no pensaba. Descubrí que no tenía que soportar más la tortura de ser un ángel, que el filósofo se equivocaba y que, al fin, volar no era tan valioso y que incluso los ángeles se quedan atrapados en el cieno si descienden mucho.

Ya no lloraba; el infinito caudal de mis penas parecía haberse secado de pronto, y con él, la sensación de constante tormento que me había afligido hasta extenuarme. Con una excepción: el pequeño espíritu de mi tesoro seguía saliendo de vez en cuando de su sepultura en mi vientre para dormir mecido entre mis brazos y regalarme su fragancia de pastelito; su perfume permanecía adherido a mis cabellos durante horas.

Ya no pensaba; cuando me sorprendía haciéndolo, me vestía de cualquier manera y bajaba al bar a emborracharme, porque si me quedaba en la habitación, sabía que acabaría desnuda frente al espejo, un espejo demasiado pequeño, que me remitía a mi rostro. Observaría mi reflejo, la cara ovalada de una mujer joven de pelo rubio y lacio, de labios gruesos y nariz fina, de gruesas pestañas y ojos grandes, de mirada muerta. Y cuando sucedía, siempre acababa perdida vagando en el vacío de sus ojos en el espejo, ojos que solo poblaban las sombras que se proyectaban sobre ellos como sobre un charco de lluvia, que, por mucho que brille, no es más que un poco de agua estancada en una depresión del suelo.

Pero en alguna ocasión, cuando regresaba borracha y sola y me plantaba frente a mi reflejo, rota por el alcohol la guardia férrea con que custodiaba mi alma, vislumbraba al ángel. Pequeño, silencioso, me devolvía la mirada desde el fondo del charco, dulce y esperanzado; conseguía taladrarme el corazón con el peso de la responsabilidad que suponía.

Yo le devolvía una sonrisa cargada de disculpas fatuas y él se limitaba a mirarme esperando desde siempre. Un tumulto de recuerdos de rostros, la escuela, Pakutxa, sangre en el suelo, Carmen, Philips, el fuego en el vientre... El dolor me superaba y, aturdida, cerraba los ojos, y lo perdía.

A tientas conseguía llegar a la cama, aunque en ocasiones me deslicé hasta el suelo buscando los ecos de las carcomas, que, a la vez que el suelo, se comían mi alma.

Y cuando despertaba, nada. El alcohol y las drogas habían borrado el recuerdo del desencuentro con el ángel. Sin embargo, durante horas me acompañaba la sensación deliciosa de su esencia, amortajado por gruesas capas de dolor ignorado, el que más duele.

Hubo una noche en la que dolió tanto que no pude soportarlo, una noche en que el sudor del que dormía a mi lado resultó veneno; una vieja fotografía fue motivo suficiente, y un vaso blancuzco y rayado, la llave para liberar al ángel de su prisión, y a mi pobre cuerpo de su condena.

Hubo una noche que debió ser la última, hubo un viaje del que no debí regresar, y hubo una prostituta de bata morada que me trajo de vuelta haciendo valer sus cojones y sus cicatrices.

En esta ocasión, no hubo visita al jardín elevado, ni baile bajo el sol, ni lluvia de arcoíris, solo oscuridad, silencio, un frío despertar a una realidad aún más fría en la que por toda sensación predominaba la de haber perdido. Solo una alegría, la de comprobar que no me habían llevado al Hospital Central, sino al de Cruz Roja.

Viejo de instalaciones y de costumbres, de día estaba atendido por enfermeras y auxiliares, pero de noche este trabajo lo hacían monjas de las hermanitas de los enfermos, escuálidos córvidos que me dedicaban miradas escandalizadas, unas, piadosas, otras, y las más, condenatorias. Sin darme opción habían llamado a mi madre usando datos de una ocasión en que con nueve años me fracturé un brazo y me atendieron en urgencias de aquel centro.

Y ahora, encerrada en el baño sin pestillo de mi habitación de hospital, demoraba el momento de encontrarme de nuevo con ella, que esperaba desde hacía diez minutos al otro lado de la puerta. Una auxiliar la había anunciado a viva voz:

—Celeste Martos, tu madre está aquí.

—Un momento, ahora salgo.

Pero el momento no me llegaba. Mirándome al espejo estudiaba mi rostro, tan pálido que parecía transparente, enmarcado por la melena rubia algo revuelta; me alisé el pelo con los dedos y abrí la puerta. Mi madre, vuelta de espaldas, miraba por la ventana y casi agradecí no tener que encontrarme directamente con sus ojos y obtener así unos segundos de tregua en la guerra particular que se libraba en mi interior por tener que volver a verla.

—¡Hola, *ama*!

Se volvió y sonrió.

—¡Hola, hija!

Después nada, silencio profundo, aunque no dejó de observarme sonriendo como si me viera por primera vez en una fiesta de sociedad, y no en la triste y destartalada habitación de un hospital para pobres y suicidas. Avancé hasta la cama y me senté.

—No tienes mal aspecto —dijo.

—Dadas las circunstancias, ¿no?

—Sí...

Abrió la cremallera de su bolso.

—Te he traído algunas cosas: toalla, cepillo de dientes, champú...

Sacó del bolso un cepillo de anchas púas y lo levantó en la mano derecha.

—¿Quieres que te peine? —preguntó invitadora.

—Sí —dije, y me senté en la cama con aquel gesto familiar tantas veces repetido y que hacía años que no se producía.

Se puso detrás de mí y comenzó a cepillarme el pelo poniendo cuidado en deshacer los nudos que se habían formado en la nuca al estar tanto tiempo acostada.

—Ven a casa —dijo.

—Sí —contesté.

Y ella continuó peinándome en silencio.

Huellas

Ahora

No encontré ni una sola huella del pasado en la casa de mi madre.

Me sorprendió la transformación que presentaba, el pasillo largo y estrecho había desaparecido, así como la pared que separaba mi antigua habitación y un gran armario empotrado que había ocupado toda la estancia.

Desde la entrada se accedía directamente a un luminoso salón que ocupaba todo el ancho de la planta del piso. Por una puerta abatible se llegaba a una moderna cocina americana, separada del comedor, que se había montado en lo que antes fuera el balcón y ahora era una prolongación acristalada de la casa, dividida tan solo por una barra de madera y un par de taburetes de metal.

—Está preciosa —dije.

—Sí, ha habido algunos cambios.

—La verdad —admití— es que creí que encontraría la casa como la recordaba, ya sabes, mi habitación tal y como la dejé y esas cosas...

—¡Oh! No creí... Yo... La verdad es que no creí que fueras a volver... nunca.

Estaba azorada y confundida, se metió las manos en los bolsillos y dentro las retorció como serpientes heridas.

—¡Oh!, no me he explicado bien, me alegro de que no sea así. La casa está preciosa y eso es lo que esperaba que ocurriese, no lo que me habría gustado realmente. Esto me gusta, *ama* —dije quedamente y deshaciéndome en justificaciones—, perfecto, me alegro de que todo sea nuevo y cómodo. En serio, prefiero que todo haya cambiado.

Reviví la sensación de torpeza y distancia que desde siempre había sido pauta en la relación con mi madre. Me sentía como una campesina ante una princesa extranjera, nunca sabía lo que era apropiado, o correcto, y la distancia entre nosotras se hacía abismo con cada palabra destinada a unirnos.

—Bueno —respondió sonriendo casi con alivio—, no todo es nuevo, conservo algunas cosas, ya sabes, como dicen los decoradores, para darle un poco de carácter a la casa.

Las manos emergieron de los bolsillos y pareció bastante más relajada.

—Ven a ver el resto —dijo tomándome de la mano. La piel tirante de la herida de mi muñeca se abrió un poco mientras instintivamente apartaba mi mano de entre las suyas y me presionaba el vendaje.

—Dios mío, lo siento, hija. —Se acercó a mí intentando ver entre mis dedos alguna señal sangrienta floreciendo de entre las vendas.

—¡Déjame! —dije bruscamente. Me arrepentí del gesto con la misma velocidad en que regresaba aquel horror antiguo y tan conocido, mezcla de todos mis recelos y de la decepción que ella sentía al mirarme y que había tejido con desencanto y sospechas.

Salió corriendo hacia el nuevo baño. Oí cómo deslizaba el cerrojo desde dentro. Esperé a que el dolor palpitante se mitigase en mi muñeca y con pasos inseguros me acerqué a la puerta. Imaginé el agua fría resbalando sobre la piel de sus muñecas, en un gesto mojigato y afectado para aplacar su enojo.

—*Ama*, ¿estás bien?

Su voz me llegó serena y controlada a través de la puerta.

—Enseguida salgo.

Recorrí la casa en silencio y entré en su dormitorio. Había sustituido el antiguo por uno muy moderno de inspiración oriental, una cama grande y baja cubierta por una colcha blanca de piqué excesivamente alisada y estirada como si hubiera sido cubierta por una película plástica y estéril, como un vendaje aséptico.

Agradable en su conjunto, solo desentonaba un cuadrito de colores en un marco barato que ocupaba el lugar principal junto a la cabecera.

Me acerqué incrédula. La cartulina aparecía roída en los bordes por los cientos de agujeritos de chincheta, y las lanitas de colores con que estaba cosido presentaban un aspecto ajado y polvoriento. Pero seguía allí, ahora enmarcado proclamando desde la cabecera de la cama aquellas dos palabras que mi madre no había vuelto a escuchar de mis labios desde aquel verano. Experta en eludir mi vida y sus escenarios, hui de la habitación antes de que ella me encontrara.

Los días en casa de la *ama* pasaban lentos y reparadores. Ella no mencionó el intento de suicidio, ni mi matrimonio, ni el pequeño trozo de mi alma que no llegó a nacer. Nada relativo al pasado, y yo, agradecida por su discreción, dormía, veía la tele y leía su colección de novelas de Agatha Christie.

Hablábamos de lo bonita que estaba la casa, de la guerra de Irak, de política y cotilleos del corazón de los que nos surtía abundantemente la televisión. Al cabo de un par de semanas fue ella la que me instó a salir de nuevo a la calle.

—La verdad es que no me apetece, aún no me veo con fuerzas.

No salía mucho a la calle mientras estuve casada, luego el hospital y la reclusión voluntaria en Los Rosales.

—Es normal, pero creo que deberías hacer el esfuerzo, estás bastante mejor y quedarte en casa ahora solo te debilitará más.

Supongo que tenía razón. Pero la idea de sumergirme de nuevo en las calles de San Sebastián se me antojaba hostil y peligrosa de un modo encubierto, como si me enviasen a recorrer la Orán de la peste.

Envuelta en mi chaqueta de lana observé la calle tras los cristales durante días, abatida por una fiebre de agorafobia que en los peores momentos me obligaba a huir buscando el rincón más profundo de la casa, donde la influencia huera del exterior no pudiera alcanzarme.

Fueron las jornadas de lluvia fina y fría del otoño las que me dieron cobijo, bajo su dominio de paraguas abiertos y rostros cabizbajos, para reunir el valor necesario y dejarme llevar de nuevo a aquellas calles repudiadas y añoradas a partes iguales.

Velas

Pertenencia

Ahora

San Sebastián es realmente dos ciudades, incluso más, pero siempre al menos dos. La ciudad por la que ahora camino, viva y pulsante, de brisa marina y gaviotas desafiantes, de aceras limpias, de modernidad y diseño. Esta ciudad que, aunque digo mía, me hace sentir siempre fuera, huérfana, como si realmente no perteneciera a sus calles y utilizase su nombre detentando un título ilusorio... Soy como una hija bastarda en la casa de su madrastra.

San Sebastián me permite circular por sus salones mientras me atisba desde su fría elegancia de vieja dama victoriana, recordándome en cada gesto que disfruto solo temporalmente de un privilegio del que no soy del todo merecedora, y que yo acepto conmovida por el honor que me otorga.

Hay otro Donosti, otra ciudad, la que está en mis sueños y en mis recuerdos. La de los lugares íntimos que forman parte de mi identidad como las líneas que surcan mis manos.

Miro al suelo y veo mis zapatos de charol negro de niña endomingada brillando sobre los adoquines del puerto, en cuyas grietas se acumulaban las karrakelas que los paseantes comíamos directamente de cucuruchos de papel.

De los barcos con sus quillas pintadas con primor y colores brillantes, de las fragantes redes amontonadas en el borde del agua y los pescadores trabajando ajenos al tibio deleite que provocan sus risas viriles y sus palabrotas de marino.

La ciudad madre, el único lugar en el que no me siento perdida, en el que soy capaz de ubicarme con seguridad, donde con los ojos cerrados puedo guiarme por la presencia venturosa del mar, por las mareas que rigen mis ciclos mientras remontan el Urumea llevando su carga salada casi hasta Loyola. O la sangre vertida sobre la pureza herrumbrosa de los cañones de Urgull, defendiendo este lugar sagrado, por el que, yo también lo sé, vale la pena morir.

La ciudad por la que camino y la ciudad madre se unen cuando cruzo el invisible umbral de la antigua muralla que el asfalto ha cubierto obscenamente.

La calle Mayor me lleva obediente hasta la escalinata de Santa María y bajo su suelo oigo clamar a los cientos de almas que se cobijan en el osario clausurado, o en el camposanto que se extendía y se extiende hasta la propia escalinata.

La plaza de la Constitución, que fue la Mayor durante tanto tiempo y que aún conserva las huellas de las tardes de toros en que los tendidos eran los balcones de las propias casas. Esta ciudad a la que amo absorta y de rodillas, y que late en mis muñecas como mi sangre, fluye por mi interior en silencio, con la serena avaricia de quien tiene ante sí a un amante prodigioso, un sueño húmedo de deseo arengado por las separaciones y las esperas.

San Sebastián, la ciudad, la vida entera con sus noches y sus días, parece ofrecérseme ilimitadamente, como nunca me atreví a imaginar. Con sus tumbas y sus templos abiertos como las piernas de una cortesana impúdica, invitadora, aunque no del todo propicia, pero sí real y tan familiar como el olor que emana mi cuerpo, o la tibieza soporífera con que se derrama mi sangre.

La ciudad envuelta en sus brumas plateadas siempre me había parecido hermosa de un modo poético, pero ahora al mirarla con ojos vírgenes me pareció también nueva, como recién descubierta, entre el tiempo que pasé recluida por Fernando y mi voluntario retiro a Los Rosales, calculé que hacía más de un año que no paseaba por el centro.

Al principio, huyendo de las calles atestadas, temerosa de encontrarme con alguien conocido, comenzaba mi ruta en el Kursaal y, siguiendo la costa, el paseo Nuevo, desierto de gente entre semana, me inundó de espuma de mar en suspensión y de esa luz del Cantábrico capaz de cegarme en pleno invierno arrancándome lágrimas protectoras y salinas que inundaban mis ojos y me hacían mirar a través de un prisma, mientras caían al suelo y se mezclaban con esa otra sal que efervescente se evapora a mis pies.

Recorría el paseo de la Concha, muchas veces caminando por la arena, solo poblada por esas palomas cínicas e insolentes propias de San Sebastián, gordas de barquillos y migas de bocadillo en verano, y que desde hace tiempo desterraron de la playa a las gaviotas. Me cruzaba de vez en cuando con algunos perros distantes de sus amos, que corrían enloquecidos por el rumor vigorizante de las olas de invierno y la presencia insultante y esquiva de las aves.

Rebasaba el pico que dividía las dos playas y continuaba hasta el Peine de los Vientos. Allí me dejaba zarandear durante un rato por el propietario del peine y, antes de que el cansancio comenzara a manifestarse, volvía desandando el camino, a menudo bajo la lluvia inmutable que al cabo de los días parecía parte fija del paisaje, como si no fuese a cesar jamás.

Su influjo mojaba la ciudad de un modo tan íntimo que penetraba hasta los lugares más recónditos, haciendo que todo se cubriese de una pátina brillante y resbaladiza, como escamas de pez, y que sugiriese, hasta en el acto más común, su presencia marina, acuosa y excesiva.

Por la noche, cuando regresaba a casa, agotada y dolorida, tomaba un par de calmantes para acallar los gritos que desde la cadera trepaban por mi costado abrasándome la musculatura. Aun así la mejoría de mis heridas, aunque forzada, era evidente; pronto deseché la muleta para obligarme a corregir el balanceo inconsciente que imprimía a mi paso por puro temor al dolor, que poco a poco fue cediendo y dejando paso a otro no menos intenso, aunque bastante menos preocupante de las agujetas.

Fue cuestión de tiempo atreverme a penetrar en las calles más céntricas, para descubrir que entre la gente era mucho más anónima que paseando por la arena mojada de la playa, y que mis temores de encontrarme a alguien conocido eran tan ridículos como infundados.

La parte vieja vacía de turistas, espantados por el *txirimiri*, y de txikiteros, por lo temprano de la hora, estaba atestada de camiones de cerveza y Coca-Cola que aprovechaban la mañana para hacer el reparto. La soledad me empujó a vagar por las calles más apartadas y me condujo sin propósito hasta la basílica.

Recordaba que la minúscula Virgen me había parecido disminuida en comparación con la Virgen del Carmen de mi parroquia. Treintañera y pechugona, satisfecha de sí misma como una matrona italiana, sonreía a un niño regordete y ya mayorcito al que sostenía sobre las rodillas, envueltas con una túnica azul.

De esta Virgen del Coro, cubierta con un manto dorado que la anulaba, resultaba imposible descifrar el gesto, tan pequeño y recogido. Pero ahora con mirada adulta, no dejé de admirar la delicadeza de la talla, primorosa en su expresión y, curiosamente, negra.

El lugar principal del altar mayor lo ocupaba un magnífico cuadro de un san Sebastián asaetado, cubierto apenas por un taparrabos rojo, y que aparecía parcialmente iluminado, en contraste con el resto de la nave, que permanecía en penumbras, lo que obligaba al visitante a acercarse si quería apreciar los detalles de los demás altares.

Di una vuelta entera deteniéndome en cada uno y, después, me senté en un banco de la segunda fila. Música de Enya flotaba desde la megafonía.

A la derecha, bajo el altar de san Antonio, ardían docenas de velas de carcasa roja, dispuestas sobre un atril. Constantemente entraba gente, hombres y mujeres solitarios, la mayoría jóvenes, encendían una vela, rezaban brevemente y salían sin detenerse más que lo justo.

La sensación de anonimato me reconfortó, me quedé allí viendo a los demás ir y venir en silencio, solo roto por la música, que parecía brotar de todas partes y se tornaba magnífica gracias a la sonoridad incomparable de Santa María.

Durante casi dos horas permanecí sentada, escuchando y dejándome llevar por la magia recién descubierta de aquel lugar. No recé, no me ocupé en nada. Solo dejé que los pensamientos vagaran plácidos por mi mente, sin destino, como antes lo había hecho por mi ciudad. El paseo fue delicioso, como las ensoñaciones que nos seducen en los momentos previos al sueño.

En los días que siguieron, a menudo mis paseos por Donosti terminaron por llevarme a Santa María y poco a poco la placidez inicial que me brindaron los primeros momentos dejó paso a un tiempo de frío análisis de los acontecimientos que me habían conducido a la situación actual.

Atenazada por la soledad del templo, lloraba amargamente hasta que el llanto daba paso a una calma vacía y piadosa, que conseguía apaciguarme durante horas. Otras veces, después de dar mil vueltas por la ciudad evitando la iglesia, terminaba yendo allí, apenas unos minutos antes de que la cerrasen, descansaba un momento y salía de nuevo a las calles para continuar mi caminata.

En ocasiones musitaba oraciones vacías de fe y lo hacía como el pago de un impuesto que debía abonar a cambio del favor de paz que recibía.

No me paré a pensar con cuánta frecuencia acudía a la iglesia, hasta que el párroco comenzó a saludarme con una leve inclinación de cabeza que, en ocasiones, prolongaba con la mirada y que nunca pasó de ahí.

Cuando le veía inclinarse ante el altar para hacer su reverencia me preguntaba si mi madre no tendría razón y no sería tan mala idea hablar con un sacerdote, pero siempre lo descartaba sabiendo que me sería imposible buscar ayuda en un hombre, y menos aún en un confesionario. Pero otras veces, cuando él pasaba cerca mientras yo fingía rezar, sentía deseos de llamarle a mi lado y decirle... no sabía muy bien el qué, pero de lo que sí estaba segura era de que el terrible mal, la guerra, la enfermedad que se libraba en mi interior atormentándome estaban en mi alma y si alguien de este mundo podía ayudarme debía ser un experto en el espíritu.

Lo sabía, pero, sin embargo, cada vez que él pasaba tan cerca que solo tenía que estirar mi mano para tocarlo, un poder que surgía de mi interior sepultaba mi voz en lo más profundo de mi pecho y me incapacitaba para decirle nada.

Encarna

Ahora

Llegó diciembre, niebla en la calle y en mi alma; a menudo pasaba las tardes allí, refugiada de la lluvia y llorando a mares mi llanto inútil de náufraga, o soportando la sequía que sobrevenía en oleadas y me sumía en un abismo de nada que yo intentaba disimular escondido el rostro tras las manos.

Levanté la cabeza y le vi, se había detenido frente a mi banco y me miraba fijamente. Me enderecé permitiéndole ver mi rostro demudado por la agonía. Por un instante vislumbré la decisión, la entereza, que se tornó de pronto en vergüenza; volvió la mirada y siguió su camino.

Aturdida e incrédula por el desaire, le seguí con la mirada mientras corría a refugiarse en la sacristía.

—No sé de qué te sorprendes —dijo una voz a mi espalda.

Me giré mientras me secaba el rostro con las manos. Una mujer de unos treinta y cinco años, voluminosa, pelirroja y perfectamente maquillada, se sentaba en el banco posterior y sostenía entre los dedos gordezuelos un rosario de cuentas oscuras.

—El páter se siente violento, incapaz de dirigirse a ti —dijo.

Antes de que pudiera responder ya se había sentado a mi lado. Vi que era muy alta, me sacaba casi la cabeza, y al estar tan cerca noté que olía a una mezcla de champú y ropa planchada.

—Sería distinto si entrases en el confesionario, allí él sabría aplicar la fórmula a la perfección, tal y como se la han enseñado; te escucharía, te perdonaría tus pecados y te daría la absolución aconsejándote, eso sí, que no peques más, y a cambio de unas cuantas oraciones tu alma quedaría limpia, planchada y almidonada; pero si lo que buscas es consuelo... —Chasqueó la lengua mientras negaba con la cabeza.

Sonreí mientras me enjugaba con un pañuelo de papel que ella me ofreció.

—La verdad es que no sé si es eso lo que quiero —confesé.

—¡Ah, pues eso es lo primero, chica, saber bien lo que una quiere, y a quién pedírselo, esto está plagado de expertos! —dijo haciendo un gesto en torno a nosotras.

Nos pusimos en pie y caminamos por el interior de la nave dando un rodeo y contemplando los altares.

—A este es al que más le pido —dijo deteniéndose ante el de san Antonio—. Novios, claro. —Sonrió.

—¿Y te los concede? —pregunté sin mucho interés.

—Más le vale, con la pasta que me dejo en velas. Pero sí, es la mar de eficaz.

—Pues bueno es saberlo, para no pedirle nunca uno, ni por error —dije sonriendo un poco.

La mujer rio a medias, como si no creyese del todo lo que estaba oyendo.

En la puerta principal un mendigo que sostenía un cacillo en la mano nos abrió el portón batiente y se echó atrás para franquearnos el paso. Busqué en los bolsillos de mi cazadora, pero ella ya tenía preparadas unas monedas que depositó en el cacharro de cobre con un ruido sordo.

—Hoy invito yo —dijo.

A pesar de que llovía, la luz del cielo resultaba cruda, de un gris brillante que hería los ojos como luz de luna. Me puse las gafas de sol y abrí el paraguas de mi madre, me volví a mirarla y comenté por decir algo:

—Debo parecer bastante imbécil con las gafas de sol y el paraguas abierto.

—No te preocupes, nunca le doy importancia a lo que parecen las personas, ni siquiera a lo que parezco yo. ¿Tienes prisa? Yo voy a tomar un café rapidito que me tengo que ir a trabajar. ¿Qué dices?

Yo nunca lo hubiera propuesto, ni siquiera lo pensé demasiado, pero acepté su oferta porque no tenía nada que hacer, ni lugar concreto al que ir y admito que de algún modo había estado rezagándome en la puerta de la iglesia para continuar hablando con ella.

Caminamos por las calles de la parte vieja cubiertas por el enorme paraguas de mi madre, que yo tenía que sostener a la altura de mi cara para no darle en la cabeza. Entramos en una cafetería de la calle Embeltrán, de las que sirven platos combinados a la hora del menú.

—Me llamo Encarna —dijo, como si no tuviera importancia.

—Celeste —contesté yo.

—Celeste, como el cielo. Un nombre curioso, ¿eres de Donosti?

—De San Pedro, está al lado del puerto de Pasaia.

—Sé dónde está, y sé que el precio de los pisos se ha disparado en esa zona.

Supongo que puse cara de sorpresa.

—Es que tengo una agencia inmobiliaria —explicó—,

por eso conozco todos los pueblos, los barrios y hasta las calles, soy como un puñetero taxista.

—Yo vivo..., bueno, ahora estoy en casa de mi madre, al lado de la iglesia de San Pedro.

—Buenos pisos, techos altos, buenos muros...

—Sin ascensor —apunté.

—¿En qué piso vives?

—Un tercero, como un quinto.

—Al lado de la iglesia, has dicho.

—Sí, bueno, igual te extraña que teniendo una iglesia al lado de casa me venga hasta aquí...

—Pues no, yo tampoco vivo cerca, de hecho ahora estoy por aquí porque llevo un par de meses acompañando a mi madre que está un poco delicada de salud. Vivimos aquí cerca, en las minúsculas casitas del puerto, yo tengo un piso en Lasarte, pero me crie aquí. Cuando era pequeña iba al colegio de monjas de la calle Campanario, y el patio del colegio era la entrada de la iglesia. El párroco que estaba entonces era el que nos daba religión y veníamos a misa aquí porque el colegio solo contaba con una pequeña capilla, ya ves, entonces me parecía un rollo, pero era majo Donjo, todo el día batallando con críos, nos pegaba unos gritos que se oían en Gaztelubide cuando nos pillaba corriendo por la iglesia, y alguna colleja caía, pero al menos no teníamos que preocuparnos de que nos metiera mano, como otros...

—Ya te entiendo —dije—, yo también fui a un colegio de monjas.

Mi mente me transportó hasta unos quince años atrás. Entonces también había buscado refugio en una capilla, y, como ahora, ni siquiera me planteé si tenía fe, si creía o no. Ni entonces ni ahora sentía la necesidad de musitar una manida oración que nada significaba para mí y, sin embargo, si era posible hallar comprensión o consuelo por parte de Dios, yo no podía negar que, de uno u otro modo, yo los había obtenido, por lo menos entonces.

—¡Me cago en la puta! —exclamó de pronto, miró alarmada su reloj y se bebió de un trago el cortado que yo apenas había probado porque estaba hirviendo—. ¡Joder, se me ha hecho tarde! —Se puso de pie y dejó un par de euros sobre la barra—. Es que tengo que enseñar un piso aquí cerca, en la calle Aldamar, pero siempre me pasa lo mismo, me pongo a hablar y se me va el santo al cielo.

Se inclinó sobre mí y me besó en ambas mejillas sin darme tiempo a reaccionar.

—¿Vendrás mañana? —preguntó.

—Creo que sí.

—Pues mañana nos vemos, bonita. Me voy que no llego —dijo mientras salía del local.

Me dejó allí, soplando y sorbiendo mi cortado, que aún estaba muy caliente, aturdida por su extraordinaria energía, que quedó flotando sobre mí como electricidad estática.

Después de aquella tarde, vi a Encarna casi cada día, compartimos muchos cafés, íbamos de compras e incluso en un par de ocasiones la acompañé a enseñar pisos.

Ella, medio en serio, medio en broma, me ofreció trabajo como comercial en su agencia, y yo me reí ante la ocurrencia y terminé dándole una explicación demasiado seca de por qué no quería tener contacto con la gente. Ella se encogió de hombros e hizo un gesto de disculpa con las manos, como el que no le da mayor importancia.

Encarna era singular, esa es la palabra para definirla. Una adicta a los pinchos de la parte vieja y a cualquier innovación de la cocina en miniatura. Me llevó de un bar a otro obligándome a probarlos, conocía la especialidad de cada uno, y yo solo podía sentirme abrumada ante el despliegue de color, textura y aroma, sin llegar a decidirme a probar ninguno.

Ella inspeccionaba la barra con ojo crítico y goloso y, cuando al fin elegía uno, me explicaba cómo lo habían elaborado mezclando las texturas y sabores hasta conseguir una minibomba de sabor y placer que reventaba en la boca, inundando el paladar de sensaciones y aromas fríos, templados, suaves, dulces, salados, que llegaban a seducirme secretamente y cuyo deseo mitigaba con grandes sorbos de cerveza fría.

—¡Joder!, si no es extraño que esté gorda, me vuelven loca, y esto para conseguir figurín va de culo, o mejor dicho, va al culo —decía mientras se frotaba orgullosa los glúteos—, ¡pero qué hostia!, mis dineritos me cuesta.

Yo, que durante años me había nutrido con lo necesario para no morir, nunca tuve ningún interés hacia los alimentos. La idea de comer iba ligada de modo inseparable a la imagen de los platos humeantes de guisos de la infancia, potajes, purés de verdura enriquecidos con Bovril, apestosos y muy nutritivos que la *ama* hervía durante horas, dejando el olor impregnado en toda la casa, para intentar obtener la quintaesencia del alimento que consiguiese mantener algo de carne sobre mis huesos.

El olor a col hervida, a patas de pollo que mi madre chamuscaba primero al fuego, a huesos huecos de vaca de los que se extraía el tuétano, a puré hospitalario había saturado mis sentidos desde que tenía memoria, no podía recordar haber obtenido placer de la comida, o haberla relacionado con una situación placentera, desde el arroz con frijoles de William.

—Prueba este —me decía Encarna, metiéndomelo literalmente en la boca.

Yo rehusaba melindrosa.

—¡Pruébalo, joder, eres como una cría! ¿Cómo sabes que no te gusta si no lo pruebas?

Y el vino. Aunque nunca había comido en condiciones, en los últimos años había bebido como una cosaca; nunca vino, lo había probado alguna vez, pero no me había gustado, así se lo hice saber.

—Porque habrás bebido mierda —fue su respuesta—. Teniendo en cuenta las calamidades de tíos con los que has salido, no me extrañaría que lo más refinado que hayas tomado sea vino de tetrabrik y agua del váter a partes iguales. ¡A ver! ¿Has probado el vino de Cenicero, el Ribera del Duero, el Ribeiro o el txakolí? En Cintruénigo, los de Chivite, hacen un rosado cojonudo, y en Villabuena un tinto prodigioso. ¡No me jodas que no te gusta! Hay tantos, tan buenos y tan distintos que es imposible que alguno no te guste. Prueba, prueba.

Para cenar recorrimos los mejores restaurantes de la ciudad. Con el tiempo descubrimos que donde más a gusto nos sentíamos era en Itxaropena. Encarna me contó que durante años fue el restaurante favorito de sus padres, al que iban cuando eran novios y en el que se comprometieron. Entonces se llamaba Esperanza, que era el nombre de la esposa del propietario, y la razón de su ruina; lo traspasó cuando ella le abandonó por otro hombre y él se vio sin razones para cocinar para nadie más. Yo le pedía una y otra vez que me contase aquella historia. Solíamos elegir el menú de sidrería, ensalada, tortilla de bacalao y chuletón de buey con sidra, que bebíamos hasta que nos producía esa modorra somnolienta tan grata y cabezona que solo invita al comadreo o a la siesta. Después dábamos unas vueltas por la parte vieja, tomábamos dos o tres cubatas y pasábamos la noche hablando sin descanso de temas triviales e inequívocos, en los que me afianzaba con la alegría y la cautela de quien esquiva apuradamente un grave peligro.

Pulseras de piel

Ahora

De noche, paseamos por el Boulevard observando en silencio a las parejas que se besaban abrazadas en mitad de la acera, como si la noche, la ciudad, el mundo entero les fuese ajeno y a la vez corriera por sus venas y temblase en sus cinturas a punto de desbordarse.

Como en otras ocasiones acabamos en la Kabutzia, pedimos dos gin-kas y nos sentamos en la barra.

Encarna me estaba contando cómo había conseguido montar su agencia y algunas anécdotas sobre sus primeras ventas. Me encantaba oírla hablar, toda una mujer espectáculo palabrotera y espontánea; salpicaba sus historias con chistes y carcajadas plenas que me contagiaban hasta hacerme llorar de risa, a veces sin llegar a entender del todo la historieta.

Un hombre de unos treinta y tantos se había colocado a mi lado y con todo el descaro del que era capaz acercó la cabeza para oír lo que decíamos mientras me pasaba una mano torpe por la cintura.

—¡Lárgate! —le dije.

—Solo queremos conoceros —dijo haciendo un gesto más amplio hacia un grupito de pijos que sonreían desde el otro lado de la barra con la insolencia indolente de los sementales de casta.

—Pues yo no tengo ningún interés en conoceros —dije.

—No seas borde, tía —dijo sonriendo, mientras su mano resbalaba peligrosamente cerca de mi culo—. Venga, os invitamos a unas copas y charlamos. —Su sonrisa se agrandó dejándome ver sus dientes y la punta de su lengua.

Una oleada de furia me encendió el rostro mientras me liberaba de su abrazo y de la influencia de su perfume de trescientos euros.

—Bueno, ¿tú eres imbécil o qué?, ¿cuál es la parte que no entiendes? Ya estoy tomando una copa y ya estoy charlando con mi amiga. Sobras.

Uno de sus amigos se acercó por detrás.

—Venga, tío, pasa de estas putas frígidas.

—Puta frígida lo será tu madre, cabrón.

Encarna se interpuso entre los dos, les sacaba un palmo.

—No pasa nada, chicos, mi amiga está un poco nerviosa, ha tenido un mal día, nada más. Lo siento.

Se alejaron.

—No sé por qué has tenido que disculparte, Encarna.

—Joder, chica, no habían hecho nada malo, solo querían un poco de conversación.

—Sí, ya, solo conversación. Casi me toca el culo.

—Pero no te lo ha tocado, ¿no?

Yo puse los ojos en blanco.

—Bueno, lo admito, a lo mejor también querían follarnos hasta el amanecer, ¿qué pasa?, a eso tampoco le veo nada de malo, si quieres bien, y si no, nada.

—Ya, no tiene nada de malo.

—Eso digo yo, deja de repetir todo lo que digo como si

fueras lela. A lo mejor la reina de la noche folla siempre que le apetece, pero yo ando un poco corta de recursos.

—Pues ponle una vela a san Antonio —contesté.

—Un misil le voy a poner como no me mande pronto un hombre. Pero tengo razón, no sé qué os pasa últimamente a la mayoría de las tías guapas que vais de reinas, cada vez que se os acerca un tío lo mandáis a paseo como si fuera Jack el Destripador y así nos jodéis a las que estamos menos favorecidas. Tía, que me parece muy bien que no aguantes a capullos, y que te acuestes con quien quieras, pero creo que no hace falta ser tan borde.

—Vale —admití—, pero estos eran unos capullos, reconócelo.

—Puede que un poco. —Sonrió moviendo la cabeza—. Vale, bastante, eran bastante capullos. Pero estaban buenos, eso no me lo negarás.

—No solo de pan vive el hombre —sentencié.

—El hombre, no sé, pero lo que es esta mujer vive solo de Special K, y un poco de pan nunca viene mal, aunque engorde.

El camarero, un chico que Encarna me presentó como un amigo, se inclinó sobre la barra y le dijo, elevando la voz para que se oyera sobre la música:

—¿Qué ha pasado, *Encarne*? Tú no te preocupes por nada, eres demasiada mujer para esos tíos, ya sabes, «demasiada carne».

—¡Vete a tomar por el culo! —fue su respuesta.

Él se alejó riendo.

—No tengas tanta prisa, imbécil, antes ponnos un par de estas —dijo señalando los vasos vacíos. Él se acercó de nuevo sin dejar de reír mientras ponía las copas.

—No te enfades, Encarne, ya sabes que yo te quiero...

—¡Deja de llamarme Encarne, capullo!

Yo había permanecido en silencio, un poco desconcertada por lo que acababa de suceder con aquel atontado preguntándome si Encarna tendría razón y no me habría pasado un poco, cuando el camarero volvió a la carga.

—Encarne, Encarne, ya sabes que te lo digo con cariño, ¿cuántos años hace que nos conocemos? Soy tu amigo, ¿no?

—Sí, un amigo jodión y medio calvo, pero un amigo. —Se rio ella.

Él se pasó una mano por el pelo escaso y cortado al dos. Ni rastro de risitas ahora. Estaba tocado, eso seguro, pero aún le quedaba artillería.

—Encarne, ahora en serio, ¿habías creído de verdad que esos tíos venían a por ti? Joder, tía, venían a por tu amiga.

Levanté la mirada y le apunté con el dedo.

—No vuelvas a llamarla así —dije.

Él silbó.

—Joder, Encar... Encarna, tu amiga da miedo.

Le sostuve la mirada sin sonreír hasta que él la desvió. Encarna se aupó hacia la barra y le habló al oído.

—Haces bien en temerla, es una psicópata, acaba de salir de la cárcel por cortarle las pelotas a un tío medio calvo y después asfixiarle con ellas metiéndoselas en la boca.

Él la miró con un gesto que era incrédulo y preocupado a la vez.

—Así que invítanos a esta ronda y lárgate de aquí antes de que la tome contigo.

—Claro..., pensaba invitaros de todos modos —dijo. Terminó de poner las copas con gesto hosco, pensando seguramente que Encarna le había mentido, pero no dijo nada más y se alejó hasta el fondo de la barra, desde donde le reclamaban oportunamente unos clientes.

—¿Qué le has dicho? —pregunté.

—Que eres una loca que arranca los huevos a los tíos y se los hace comer.

Reí cubriéndome los ojos con las manos.

—Eres increíble.

—Ya me tenía hasta el potorro con tanta Encarne, Encarne.

—Sí, en carne viva.

Reímos de nuevo mientras observábamos al camarero, que desde su puesto nos lanzaba miradas desconfiadas.

Me sentí nuevamente incómoda y fuera de lugar.

—¿Nos vamos? —sugerí.

Encarna consultó su reloj.

—Es temprano y además tenemos las copas llenas.

—Eso se arregla fácil —dije. Tomé la mía, la hice chocar contra la de Encarna, me la bebí en dos tragos y comencé a caminar hacia la salida.

Ella me siguió.

—No querrás irte a casa ya, ¿verdad? —preguntó.

—No, es solo que ahí dentro me estaba agobiando, prefiero pasear un poco y tomar el fresco.

Encarna se puso la chaqueta y se colocó a mi lado. La noche era cálida y tranquila, una de esas noches prístinas en que se alcanza a ver detalles que ni siquiera la luz del día muestran.

La isla estaba iluminada y la marea baja dejaba al descubierto toda la extensión de la playa desde el pico de Loretopea hasta el Club Náutico.

Ella inhaló profundo.

—Me encanta cómo huele cuando la marea baja tanto, hay veces que la arena se extiende hasta el muro del puerto. ¿Te he contado que aprendí a nadar en el espigón del Club Náutico?

—¿Quieres que bajemos? —fue mi respuesta.

Caminamos por la arena húmeda en dirección a La Perla. Había algunas parejas, incluso un grupo de chicos se bañaban desnudos a la altura del balneario.

Cuando pasamos frente a ellos nos gritaron invitándonos a acompañarlos y desde el agua nos hicieron gestos obscenos mostrándonos sus culos blancos y sus penes encogidos por el frío del agua.

—No es muy tentadora la oferta —comentó Encarna.

Caminamos unos cientos de metros más y, cuando calculamos que los efebos borrachos no llegarían hasta allí, nos sentamos en la arena y contemplamos el mar en silencio. Inconscientemente comencé a hacer pequeños montoncitos de arena que colocaba a mi alrededor. En un momento dado los puños de mi camisa se subieron un poco, lo suficiente para dejar al descubierto las cicatrices que profanaban mis muñecas.

—Bonitas pulseras —susurró Encarna.

Un sentimiento de pudor y vergüenza me hizo cubrirme estirando las mangas mientras notaba cómo mi rostro enrojecía.

Elevé la mirada, preocupada por la reacción de Encarna, y encontré sus ojos llenos de lágrimas, nada más. Ni reproche, ni juicio ni reprobación, solo unas lágrimas grandes y transparentes que le anegaban los ojos por completo y que por alguna extraña razón no terminaban de caer.

Me quedé hipnotizada mirándolas, aquella preñez de agua contenida milagrosamente al borde del párpado. Me preparé para la pregunta y de entre todas las fórmulas posibles jamás esperé que dijera algo así.

—¿Por qué no me cuentas en qué momento decidiste reunirte con tu creador?

Cuando terminó la pregunta, dos gruesas gotas cayeron por fin plenas, gordas, sobre el cuero de su bolso trazando un grueso y húmedo sendero hasta debilitarse y desaparecer en la arena.

—Dímelo, por favor —dijo en un susurro.

Volví a sus ojos y aprecié el ruego. Me sentí furiosa y deshonrada.

—La verdad, quieres la verdad... Te la diré: lo cierto es que llevo toda mi vida intentando matarme. Bueno, no toda, pero sí en su mayor parte, se puede decir que soy una suicida vocacional.

—No pareces una suicida —decretó con un convencimiento que no dejaba lugar a dudas.

—¿Ah, no? No parezco una suicida. —Mi tono fue brusco, casi ofendido, ofendido porque dudase.

—Entonces dime, Encarna, ¿qué aspecto tienen los suicidas?

Tardó unos segundos en responder.

—El de alguien perdido, que siempre ha estado perdido y de pronto ha encontrado un atajo para ir a ninguna parte.

Cerré los ojos asimilando su respuesta y cuando los abrí pregunté en voz baja.

—Dime, entonces, ¿qué parezco yo, querida mía?

—Pareces un ángel, un ángel de luto.

Me levanté de la arena y me marché de allí sin mirar atrás. Ella no intentó retenerme, simplemente se quedó sentada en la arena.

Yo casi corría mientras en mi cabeza resonaban una y otra vez sus palabras. Cuando llegué al paseo, a la altura del hotel de Londres, me asomé a la barandilla. Ella, que no se había perdido ni uno de mis pasos, me saludó desde lejos y poniendo las manos a los lados de la boca me gritó:

—Hasta mañana. —En su voz había un ruego.

—Hasta mañana —repetí yo, aunque no grité, no quería que me oyera.

Plomo

Ahora

La presencia constante de la lluvia me ahogaba desde dentro, robándome la luz de los días, que, en su transcurso, no llegaban a amanecer del todo.

El cielo plomizo y pesado como mercurio mate amenazaba con derrumbarse sobre mí, sepultándome junto a todos mis demonios, y yo, presa de un delirio incontenible, vagaba por la ciudad huyendo de la compañía de otros, pues yo sabía que no mitigaría el desconsuelo y la desesperanza que me traían estas jornadas inacabables de lluvia.

Pasaron tres días antes de que regresara a la iglesia, demasiado irritada y asustada para enfrentarme de nuevo con Encarna.

Esa mujer, sin pudor ni estorbo, escarbaba en mi alma rota sin temor ni piedad, con un discernimiento de lo oculto que rayaba en la clarividencia y que me atribulaba hasta el límite.

Yo tenía la certeza de que la guiaba un interés auténtico. ¿Por qué hacía aquello? ¿Qué le importaba a ella lo que yo hubiera hecho con mi vida?

Me sentí idiota, porque gran parte de la culpa era mía; desde el principio me había visto abocada a hablarle de mí, a contarle cosas que nadie más sabía y que yo le había ido confesando entre copas y cenas mientras ella escuchaba haciendo de vez en cuando algún comentario jocoso al respecto de mis novios, mi madre o mis psiquiatras.

Solo había un par de temas, los más escabrosos, de los que aún no había querido hablarle, aunque sabía que más pronto que tarde acabaría por hacerlo. Y la razón, el motivo que me impulsaba a hablar con ella como no lo había hecho con nadie desde hacía muchos, muchísimos años, era que, de alguna manera básica y primitiva, yo sabía que a Encarna le importaba, por el modo en que me escuchaba, por sus lágrimas cuando vio mis cicatrices, por la manera en que sonreía y cambiaba de tema cuando percibía mi angustia.

Sé que a lo largo de mi vida otras personas se han interesado por mí y que, de alguna manera, todos lo habían hecho porque esperaban algo a cambio. Mi madre, que, por fin, me convirtiese en la hija que siempre había querido tener, la niña cariñosa y dulce que nunca fui. Mis psiquiatras, su propio éxito profesional, al rescatar del borde del abismo a otra pobre alma perdida a mayor gloria de su nombre. Mis novios... Mis novios querían una mezcla de lo que se veía y de lo que se adivinaba bajo mi piel en eterna promesa y, últimamente, aquel médico, Andoni Ariza, pretendiendo que podía amarme como si eso por sí mismo constituyera la panacea, una solución mágica y todopoderosa que llegaba demasiado tarde.

Ya no creo en las hadas, aunque eso suponga que Campanilla caiga fulminada en el acto. Y Encarna, con sus labios perfectamente pintados y delineados y la boca más sucia y retaquera que había tenido el placer de conocer, se interesaba por mí con auténtica honradez, sabiendo que no obtendría nada a cambio, ni amor, ni gloria, ni placer, y, sin embargo, miraba dentro de mí sin escándalo, sin reproches ni lástima.

La encontré sentada en nuestro banco habitual desgranando las cuentas de aquel rosario casi negro que llevaba cuando la conocí, me senté a su lado y permanecí en silencio hasta que terminó. Salimos de la iglesia y caminamos casi hasta el puerto antes de que ella hablara.

—Me gustaría que esta noche vinieras a cenar a mi casa, es una fecha especial y no quiero estar sola.

—Claro que iré.

El piso de Encarna estaba a medio amueblar; sin embargo, cada una de las piezas, cada mueble parecía escogido con cuidado y buen gusto. Había dispuesto una mesa baja con cojines alrededor y unas finísimas copas que llenó de vino tinto de la Ribera del Duero.

—No esperes gran cosa, me temo que el vino va a ser lo mejor de toda la cena —dijo mientras me tendía una copa.

—Ya sabes que a mí no me importa, cualquier cosa estará bien.

—Cualquier cosa... Cualquier cosa... —me imitó burlona—. ¿Pero qué te has creído? He preparado un pato a la naranja que te vas a mear de gusto, y eso que hoy no estoy muy inspirada.

Era la segunda vez que mencionaba, como de paso, que aquel día era distinto.

—¿Y eso? —pregunté muy seria.

—Tengo un mal día.

—Bueno, creo que podré soportarlo, yo los tengo todos malos.

Me miró, y cuando habló lo hizo reconviniéndome, a partes iguales cansada y segura de lo que decía.

—Pues eso no está bien. Lo normal es tener alguno,

pero con el tiempo las cosas tienen que ir cambiando, Celeste. —Hizo una pausa como si se pensara el continuar hablando o no—. Hoy hace dos años que murió mi hermano.

—¡Oh!, lo siento. Soy una imbécil —musité indecisa entre ir a abrazarla o quedarme quieta. Ella me dio la pauta al preguntarme.

—¿Quién se te murió a ti, Celeste?

La pregunta me sorprendió y me dejó definitivamente clavada.

—¿Por qué imaginas que se me ha muerto alguien?

Encarna no contestó, pero siguió mirándome en silencio hasta que respondí.

—Bueno, mi padre, mis abuelos. —Me llevé la mano al vientre, aunque no mencioné a mi hijo—. Ya sabes, lo normal.

—Ya —contestó—, quizá he formulado mal la pregunta. ¿Por quién llevas luto?

Cubrí mi vientre con las dos manos y pensé que no era por él, a él no lo había perdido, lo llevaba allí conmigo.

—¿Celeste?

—Mi amiga. —La voz me salió áspera y sin fuerza. Apuré mi copa de vino buscando una excusa para no mirar a los ojos de Encarna.

—¿Cuánto hace?

—Veintitrés años.

—¡Joder, tía, eso sí que es duelo! —dijo con amargura.

Me cubrí los ojos con las manos.

—Lo siento, Celeste, soy una perra insensible... ¿La querías mucho?

—Supongo que sí. Entonces no me planteaba si la quería o no, solo sé que formaba parte de mi vida, que aún forma parte de ella... La parte más importante...

Encarna alzó una ceja de modo casi imperceptible.

—Debió ser muy especial...

—Aún lo es —repliqué.

No se me escapó el gesto de perplejidad en la mirada de Encarna. Seguí hablando.

—¿Te puedes creer que no recuerdo su rostro?

—Lo recordarás cuando no lo intentes, también es parte del duelo.

—Era lo contrario que yo —dije—: pensativa, simpática, abierta, risueña, ocurrente. Puedo rememorar el color exacto de sus ojos, pero no su voz o sus palabras...

—Es normal, erais muy chiquis, ¿qué teníais, cuatro, cinco años...?

—Pero es que lo recuerdo todo de aquel tiempo, cada cosa, con detalle. Un psicólogo me explicó que los recuerdos de los momentos traumáticos se perpetúan a fuerza de recordarlos una y otra vez. Recuerdo mi primer día de colegio, o el día en que murió, aquel verano de calor y niebla, llovía todas las noches; recuerdo que hasta suspendieron los *fuegos* de la Semana Grande la mayoría de las noches; el sabor del helado de nata de la heladería Vesubio con el que mi madre intentaba compensarme. Ese lugar ni siquiera existe y yo lo recuerdo con detalle. Pero a ella no puedo recordarla, aunque tengo su pérdida tan presente como el primer día; aún me duele como si acabase de suceder. —Bajé la mirada al suelo, de algún modo avergonzada.

—Te comprendo. —Hizo una pausa estudiando mi rostro—. Pero, aun así, ya deberías haber curado la mayor parte. A estas alturas su recuerdo tendría que ser algo hermoso, sin dejar de ser triste, pero a la vez una parte hermosa de lo que conforma tu vida —dijo.

La ira creció dentro de mí hasta desbordarme.

—Encarna, no tienes ni puta idea, así que déjame en paz. Llevo toda la vida arrastrando esto, estoy hasta el coño de los consejos de psicólogos y asistentes, médicos, enfermeras, monjas, profesores, mi madre, mi marido, mis amantes y la madre que los parió a todos. Debo aceptar, debo asumir, debo entender, tengo que olvidar, tengo que pasar página, hay que afrontar. Y ¿sabes qué te digo?, que no quiero. No quiero, no me sale de los cojones, ¿he sido clara? ¿Lo he explicado bien? No te quejes, he usado tu jerga de barrio bajo para que te quede clarito.

En algún momento había comenzado a temblar. La agitación se transmitió a mi voz.

—No quiero que nunca se me pase, quiero vivir siempre con este dolor, porque el dolor, amiga mía —dije atreviéndome a mirarla de nuevo—, el dolor es lo único auténtico, lo único que hay de verdad en mi jodida vida y la única conexión que tengo con lo real, lo que de verdad importa. Lo auténtico es el dolor, el dolor de estómago cuando no comes, el dolor en la cara tras recibir los puñetazos de mi marido, el dolor en el vientre cuando mi hijo murió mientras me lo arrancaban de entre mi carne, y el dolor en las miradas cargadas de patetismo de mi madre, o en las miradas de miedo a la loca del párroco de Santa María.

Encarna me observaba como petrificada y yo seguía barbotando a boca llena, incapaz de contenerme. Tiritaba. Incapaz de controlar mis manos; de la copa de vino que aún sostenía escapaban lágrimas que resbalaban por el cristal y me cubrían los dedos con su rojo intenso, trayendo a mi memoria oscuros recuerdos. Dejé la copa en la mesa y me sequé el vino frotándome los dedos contra el jersey.

—El dolor es de verdad, dolor de cabeza tras las resacas, el tabique nasal calcificado de tanto meterme mierda. Mierda, esa es la otra gran verdad de mi vida, mierda; dolor y mierda. Así que déjame en paz, Encarna, que lo único que me falta es tener que ver lástima en tus ojos. —Me froté la cara y me hundí en mi asiento. Esperando.

Encarna llenó de nuevo ambas copas y antes de hablar vació la suya.

—Mírame a los ojos, Celeste, míralos bien. Te doy mi

palabra de honor de que lo único que verás en mis ojos es que estoy borracha que te cagas, un pedo de cojones, una moña de las buenas —dijo.

—Quizá pruebe a mirártelos mañana —contesté sin ceder.

—Entonces verás una resaca de puta madre y, sí, tía, mi lenguaje es exquisitamente barriobajero, quizá debiera corregirme, pero no se me pone en las tetas, ¿y sabes por qué?, porque los tacos son terapéuticos y me ayudan a eliminar el estrés, así que puedes seguir mirándome a los ojos eternamente y verás que no siento lástima por ti, solo me caes bien, me pareces buena persona, pero una buena persona que se está echando a perder de tanto mirarse el puto ombligo.

—Pues es mi puto ombligo y si quiero me lo miraré hasta quedarme ciega —contesté, cediendo a una risa floja.

—Por mí como si te miras el potorro. —Y soltó una risita de borrachilla.

—Pues vale. —Sonreí—. O sea, que los tacos son... ¿cómo has dicho?

—Terapéuticos.

—¡Joder, Encarna! Yo creía que terapéuticos eran los baños termales y esas cosas —dije.

—Pues los tacos también, está comprobado científicamente —dijo poniéndose todo lo seria que podía.

—¿Y qué médico te ha recetado ese tratamiento?

—Uno japonés.

—¿Ah, sí?

—Doctor Makago.

—No me suena.

—Makago en la puta.

Estallé llorando de risa y quedé cegada por las lágrimas que me anegaban los ojos y corrían por mi cara. Encarna reía con carcajadas sonoras y se sujetaba con una mano el vientre y con la otra la copa de vino, que se balanceaba con marejada amenazando con verter su contenido. Cuando después de un rato conseguimos dejar de reír me dijo:

—¡Pero qué sinsorga eres!

—¡Pues anda que tú! —contesté.

Su sonrisa se borró, apretó los labios y me miró. Supe que valoraba la posibilidad de contarme algo importante.

—Mi hermano y yo siempre nos habíamos llevado bien, desde pequeños. A veces discutíamos o nos pegábamos, ya sabes cómo son los niños, les gusta hacernos rabiar un poco, pero luego, si alguien se metía conmigo, él era el primero en salir en mi defensa, más de una vez le sacudieron por mí.

»En la adolescencia, lo típico, un poco más de distancia. Él con sus amigos, yo con mis amigas, pero cuando nos hicimos mayores nos unimos de nuevo y hasta salíamos juntos en ocasiones. Después, cuando acabó la carrera, se trasladó a vivir a Pamplona, aunque aun así seguíamos viéndonos muy a menudo.

Tomó un trago de su copa, y pensé que en efecto estaba muy borracha, y estuve segura de que antes de llegar yo se había procurado unos cuantos tragos de los que en Alcohólicos Anónimos llaman «tragos extra», la garantía de que tendrás suficiente, por si después las cosas se tuercen y algún buen samaritano decide que te estás pasando.

—El caso es que la última Navidad tuvimos una bronca, una chorrada, porque dije algo sobre su novia que no le hizo mucha gracia. El caso es que los dos nos calentamos y yo salí dando un portazo, ya me conoces. Estuvimos sin hablarnos ni llamarnos un par de meses, él era tan cabezota como yo.

»A últimos de febrero es el cumpleaños de mi madre y antes de la fecha ella me pidió que, por favor, hiciésemos las paces. Yo lo estaba deseando porque nunca había estado sin hablar con mi hermano, y el motivo de la bronca parecía ridículo contemplado desde la perspectiva del tiempo.

Encarna volvió a servirse vino, y esta vez no se fijó en mi copa vacía. Bebió un buen trago.

—Mi hermano tenía una moto preciosa que había sido siempre su gran pasión y la pesadilla de mi madre. Viniendo desde Pamplona tuvo un accidente a la altura de Andoain, un coche le lanzó a la cuneta y se incrustó literalmente contra el guardarraíl. Pasó una semana en coma profundo mientras le observábamos tras los cristales; mi madre loca de dolor rogando a Dios que no le quitara a su niño y agarrándose a un clavo ardiendo para no aceptar que su hijo no iba a salir de esa.

»Yo solo pedía que mi hermano despertase del coma lo suficiente para hablar con él, para decirle que le quería y que ya había olvidado aquella tontería por la que habíamos discutido. Pero mi hermano falleció sin despertar, y yo me sentí morir de desolación, no podía dejar de pensar que había muerto enfadado conmigo, o lo que era aún peor pensando que yo estaba enfadada con él, que yo no le perdonaba.

»Estaba tan afectada que no fui capaz de ver que mi madre se estaba derrumbando. Incineraron el cuerpo de mi hermano y mi madre se llevó las cenizas a casa y las colocó sobre la mesa de la sala.

»Se pasaba allí las horas llorando y, lo que era más insoportable, hablando con mi hermano. Mis tías me avisaron de que cada vez la veían peor y de que había que hacer algo, pero yo estaba como ida.

»Al principio quedaba con mi madre en la calle porque no podía soportar la presencia de la urna con las cenizas de mi hermano, pero poco a poco ella dejó de salir y nos limitábamos a hablar por teléfono. Mi vida entera se resintió, me sentía tan culpable que apenas podía dormir, comer;

aunque no te lo creas, en tres meses adelgacé más de veinte kilos.

»Un día, mientras enseñaba un piso sin demasiadas ganas a una clienta de la agencia, al entrar en una de las habitaciones vacías y con la persiana bajada, una tristeza enorme me envolvió.

»De pronto aquellas paredes desangeladas, que mostraban marcas oscuras de objetos que alguien había amado, se me hicieron insoportables. No sé ni cómo empecé a llorar de un modo que parecía que no iba a poder parar jamás. La mujer se mantuvo a mi lado mirándome sin decir nada, me tendió un paquete de pañuelos y esperó paciente hasta que dejé de llorar.

»Después se lo conté todo. Todavía hoy no sé por qué lo hice, Celeste, pero fue lo más parecido a una confesión, acto de contrición y plegaria incluida. Eso sí, sin absolución, el perdón lo tuve que hallar después, pero lo importante es que esa mujer me mostró cómo hacerlo. "Tienes que hablar con tu hermano —me dijo—, él ya te ha perdonado porque te quería mucho, pero a ti te falta saberlo. Tienes que hablar con él, decirle cómo te sientes, cuánto le añoras, cuánto le quieres, y después debes despedirte de él y dejarle ir en paz, porque tu dolor desesperado lo tiene atrapado a tu lado, sujeto a la misma pena de no haber hecho las paces contigo. Habla con él y despídete."

»Mira, si alguien me hubiera venido con esas en otro momento, habría pensado que estaba loco, pero yo necesitaba tanto el consuelo que me dije que al fin y al cabo no perdía nada por intentarlo.

»Me compré una vela, me vine a casa, la puse sobre la mesa y en la más completa oscuridad la encendí. Esperé un par de minutos mientras evocaba imágenes del pasado junto a mi hermano, después hice lo que ella me había indicado: le llamé por su nombre y noté que algo cambiaba a mi alrededor.

»Como un torrente comencé a decirle todo lo que había guardado en mi interior hasta aquel momento. Cuánto sentía lo de aquella discusión estúpida y cuánto había deseado que se despertara del coma para poder decírselo, que le echaba de menos y lo que le quería, que nunca dejaría de quererle y que sobre todo deseaba que descansase y, mientras hablaba, te juro que sentí su abrazo casi como si estuviese a mi lado, una sensación de paz, de calor, tal y como lo había sentido un millón de veces a lo largo de nuestra vida.

»Lloré de puro alivio al sentir que él me perdonaba, que seguía queriéndome. Me despedí con el corazón roto de pena y apagué la vela.

»Me da igual lo que puedas estar pensando, quizá que mi propio sentido de culpa me atormentaba hasta la extenuación, y que con quien me puse en paz fue con mi propia conciencia atormentada, o que estoy más tronada que el copón; pero yo fui la que lo experimentó, la que consiguió dormir tranquila, y hoy puedo afirmar que hice las paces con mi hermano, y que al fin tuve ocasión de despedirme de él.

»Después de aquello las cosas cambiaron notablemente para mí y para el resto de mi familia, porque, por fin, tomé conciencia de que no era la única que había estado sufriendo. Por primera vez en los últimos meses reuní las fuerzas necesarias para regresar a la casa de mi madre y lo que encontré allí aún hoy me hace sentir culpable.

»Mi madre se pasaba los días con una bata mugrienta puesta sobre el camisón con el que después se iba a la cama. Mi tía le hacía la compra un par de días a la semana y se quedaba un rato con ella, pero la mayoría del tiempo lo pasaba sola, sin salir y sin hacer otra cosa que acariciar la urna que contenía las cenizas de mi hermano, había perdido peso y tenía un aspecto lamentable.

»Por eso me mudé a su casa, con ir a visitarla no era

suficiente, tenía que estar allí, con ella. Al fin y al cabo las dos teníamos un dolor común, nadie como yo podía comprender por lo que estaba pasando. Y si había sido penoso ver cómo vivía durante el día, la noche fue aún peor.

»La escuchaba levantarse descalza y despeinada, a oscuras, se dirigía al salón, tomaba la urna entre sus brazos y la mecía como se mece a un bebé, apoyándola contra su pecho. Lloraba en silencio mientras canturreaba una canción de cuando éramos pequeños.

»Encendí la luz y al verla así me sentí tan descorazonada que no tuve valor para interrumpirla, porque, aunque ella había elegido un modo sumamente doloroso, al fin y al cabo aquella también era una manera de ponerse en paz y de despedirse de su hijo.

»Solo después de un rato y con el cuidado que pondría si le quitase de los brazos un niño dormido, conseguí arrebatarle la urna y conducirla de nuevo a la cama. La tercera noche, después de oírla llorar durante horas, me levanté, la conduje al salón y yo misma puse entre sus brazos la urna, los abracé a ella y a los restos de mi hermano y lloramos juntas durante mucho mucho rato. Después, cuando conseguimos parar, puse la urna en su lugar y mi madre mirando el reloj me dijo:

»—Pero, hija, ¿te has dado cuenta de la hora que es? Venga a la cama.

»—Solo si vas tú. —La acompañé y le di un beso. Cuando iba a salir de la habitación, mi madre levantó las sábanas y palmeó la cama, retrocedí y me tendí a su lado. Fue así, durmiendo abrazada a mi madre, como después de una semana conseguí que dejase de levantarse y por fin durmiese una noche entera.

»Ahora está mucho mejor, salimos juntas a dar una vuelta cada día, baja a la compra, me hace la comida para la hora en que vuelvo a comer, va a misa y a visitar a mi tía. Ayer me pidió que la acompañase al ayuntamiento para alquilar uno de esos nichos para las cenizas y, desde ese momento, supe que ella también estaba preparada para despedirse. Sé que cuando nos avisen, seguramente la semana que viene, volverá a dolernos y pasaremos unos días muy malos, pero lo que importa, Celeste, es que llega un momento en que hay que decidir entre irte con ellos o despedirte.

»Para mi madre y para mí ese momento ha llegado y creo que, si no te has ido ya, quizá estés necesitando despedirte definitivamente.

Permanecí en silencio tratando de asimilar todo lo que me había contado.

—No sé, ¿tú crees que yo... después de tanto tiempo...? —susurré.

—¿Sueles visitar su tumba? —preguntó.

Dejé salir lentamente el aire mientras retrocedía en el tiempo a un día de todos los difuntos.

—La verdad es que no sé ni dónde está, aunque supongo que si la buscase la encontraría. San Pedro tiene un cementerio bastante pequeño. Acompañé a mi madre en una ocasión hace muchos años, aún era una niña pequeña. Pero lo tuve claro, ella no estaba allí.

—Hazme caso, haz lo de la vela.

Despedirse o saludar

Ahora

Remoloneé por la casa todo lo que pude inventando excusas para quedarme sola e intentando convencer a mi madre de que estaría bien, y de que solo me apetecía quedarme un rato tranquila.

Es curioso cómo funciona el instinto materno, que no temía por mí cuando salía durante horas a caminar por la ciudad, o regresaba de madrugada después de charlar con Encarna hasta las tantas. Sin embargo, todas las alarmas se le disparaban cuando yo quería estar sola en casa, quizá porque, conociéndome como me conocía, sabía que en mí la destrucción era un acto íntimo y privado y que en aquella casa los recuerdos y las cargas pesaban más.

Salió del baño mientras se sujetaba el moño con unas horquillas que sostenía apretándolas entre los labios, se colocó la última abriéndola con los dientes y se me quedó mirando.

—Hija, no creo que sea buena idea que te quedes sola. —Miró a su alrededor como si lo viese por primera vez—. Aquí sola —añadió.

—Estaré bien, *ama*.

—Si quieres puedo quedarme contigo, llamo a tu tía y quedo para otro día —dijo dirigiéndose al teléfono.

—De eso nada, *ama*, no seas tonta, sé que te hace mucha ilusión planear los detalles de la boda. Además si no vas la prima se sentirá decepcionada.

—¿Te has tomado el tratamiento? —preguntó mirándome con aquella sombra de duda en sus ojos que yo conocía tan bien.

—Sí, *ama* —respondí cortante.

—No quiero molestarte ni ser pesada, hija, pero ya sabes lo que dijo el médico: es importante que no olvides tomarlo nunca.

—Nunca lo he olvidado —dije amargamente.

—... Hija, es solo que no queremos que vuelva a ocurrir algo... Nada tan terrible como...

—No lo olvidé, *ama*, nunca lo he olvidado. Cada vez que he dejado de tomar el maldito tratamiento lo decidí conscientemente, también la última.

Mi madre se quedó mirándome con la boca abierta como si fuese a decir algo, pero se la cubrió con la mano y se quedó en silencio. Yo supe que la había herido de nuevo, colocándola en el disparadero donde había pasado los últimos años.

—Lo siento, *ama*, he tomado las pastillas y las tomaré cada día hasta que el médico diga lo contrario, y no lo olvidaré, te lo prometí, ¿recuerdas? Estoy bien, es solo que no tengo el cuerpo para pasarme la tarde con las primas hablando de invitaciones, vestidos y esas cosas que ya sabes que me dan grima —dije haciendo un gesto de repelús—. Me quedaré en casa, me lavaré el pelo y leeré un rato el libro que me regalaste.

Mientras hablaba me esforzaba en conseguir que mi tono fuese conciliador. Me acerqué a ella, le tomé la mano con la que se cubría la boca y le di un rápido beso en la mejilla.

—Estaré bien, *ama*, confía en mí y vete tranquila —rogué mientras sonreía.

Fingí que leía mientras mi madre terminaba de irse y, cuando ya iba a salir, solo para tranquilizarla le dije:

—Llévate llave, *ama*, he recordado que tengo que recoger un encargo para Encarna, así que a lo mejor luego salgo y ya sabes que con ella nunca sé cuándo regresaré.

El efecto fue inmediato.

—Muy bien, hija, vete tranquila. —Y haciendo tintinear las llaves salió cerrando tras de sí.

Me di un margen de unos quince minutos para asegurarme de que la *ama* no regresaría a por algo que *oportunamente* hubiese olvidado.

Fui recorriendo la casa mientras bajaba con cuidado las pesadas persianas de madera. No había tenido necesidad de comprar la vela, la *ama* tenía velas de distintos colores y aromas por toda la casa. Elegí una grande y gruesa con intenso olor a fresa, que aparecía consumida en buena parte; la coloqué sobre la mesa de la cocina, me senté frente a ella con el mechero en la mano derecha y me estiré un poco hacia delante, lo suficiente para que mis dedos rozaran el interruptor, y apagué la luz.

Encendí el mechero y arrimé la llama a la mecha mientras pensaba que habría sido más adecuado utilizar unas cerillas. No sabía muy bien por qué pero se me ocurrió que era así como debía hacerse.

Observé absorta la llama quieta, brillante, que después de un rato se me antojó irreal, como pintada en la oscuridad. Debía pensar. Pensé en Pakutxa y una sonrisa afloró de inmediato en mis labios. Pakutxa, los dientes blancos y pequeños, los labios rojos como pintados de carmín, la cara morena, el pelo corto, la risa cantarina como apremio de polluelo, sus juegos, sus canciones, su aroma a mar y a varadero.

El infierno en la barandilla, los versos de William y el sucio Philips con su pelo como zarcillos. La sonrisa me subió a los ojos y una inmensa añoranza me atenazó el pecho mientras las lágrimas brotaban de mi interior. El lobo, el maldito lobo que se la había comido enterita, sin dejarme nada más que un desierto de sinrazón.

—Pakutxa —susurré su nombre y el sonido se me rompió en la boca como si fuera de cristal.

De pronto me sentí inquieta y azorada como si estuviese haciendo algo malo, como si profanase una tumba.

—Pakutxa.

El nombre apolillado, acartonado por el tiempo, se deshacía en mis labios como pergamino, como pelo de muñeca antigua, o como esas viejas puntillas de la abuela que se descomponen tan solo con tocarlas.

—¡Pakutxa! —llamé de nuevo, polvo gris, secretos sin sentido, terrón seco, roto entre mis dientes. ¿Por qué?

»Pakutxa.

El nombre que no había vuelto a pronunciar desde aquel verano, el nombre de mi niña adorada que yo había mantenido innombrable como el de los faraones fallecidos, borrado para siempre cualquier vestigio de su dulce nombre, refiriéndome a ella durante años como «mi amiga». Ahora el cruel dios de los muertos, que se llevaba a los niños al cielo para que fueran sus ángeles, me castigaba privándome del consuelo inmenso que encerraba el nombre de aquella a la que aún amaba tanto.

Quizá aquel era el castigo que la muerte imponía a los que callaban. ¡Qué injusto! Yo había callado, pero ni un solo día había olvidado. «Se es mientras alguien te recuerda», me había dicho Encarna.

—Yo te recuerdo —dije.

»Yo te recuerdo —repetí.

Pakutxa era nada, solo vacío, no hubo sensación de ninguna clase, pero aun así continué repitiendo su nombre durante un rato.

—Pakutxa... Pakutxa... Pakutxa. —Solo silencio.

Y sin saber cómo el nombre prohibido subió a mis labios.

—Celeste —susurré.

Un escalofrío recorrió mi columna vertebral desde el cóccix hasta la nuca, dejándome bañada en un mar de sudor frío y pegajoso. El aire acumulado en mis pulmones salió impelido arrancándome un gemido.

La llama de la vela tembló hasta casi extinguirse, cambió su tonalidad de naranja a rojo azulado y, cuando parecía que resistiría, por fin se apagó.

Me puse en pie derribando la silla en loca huida hacia el balcón. Me golpeé la cadera con una esquina y chillé de dolor y pánico al sentir una presencia que me envolvía el rostro como una bolsa de plástico pegada a mi piel; mientras, con manos torpes palpaba a la altura de mis ojos hasta que hallé la cinta de la persiana, di un fuerte tirón y la luz penetró a raudales hiriendo mis ojos.

Me volví a mirar la vela apagada, la silla volcada en el suelo y la mesa con la que me había golpeado desplazada de su sitio. Aspiré profundo y me di cuenta de que había estado conteniendo el aliento.

—Por el amor de Dios, ¿qué ha pasado aquí? —susurré—. Bajé la mirada hasta mis manos temblorosas y terminé de subir la persiana.

Preguntas

Ahora

En los días que siguieron al suceso de la vela, mi mente se retorció convulsa, atragantada por lo que había ocurrido, si es que había ocurrido algo. A veces lo dudaba y, aunque seguí yendo a la iglesia cada tarde, evité decirle nada a Encarna, aunque supongo que ella ya sabía que algo no andaba bien. No preguntó si lo había hecho, y yo se lo agradecí porque no quería mentirle, y aún no estaba preparada para explicar lo que había pasado. Volví penitente a las caminatas que me permitían divagar o pensar sin las frecuentes interrupciones de mi amiga, o las preocupadas reprimendas de mi madre, resuelta a saber qué pensamientos cruzaban mi mente en cada momento.

La sorprendí, supongo.

—*Ama*, ¿te acuerdas de Rogelio? Era un viejecillo que trabajaba en el Virgen del Mar, una especie de bedel o algo así, alimentaba las calderas y hacía trabajos de mantenimiento.

Se me quedó mirando un buen rato antes de responder.

—Claro, ya trabajaba en el colegio cuando yo asistía.

—¿Cómo podría saber qué ha sido de él?, ¿crees que ya habrá muerto?, ¿cuántos años puede tener? Recuerdo que era muy viejo cuando yo era pequeña.

—Quizá no tanto como te imaginas, cuando somos pequeños todo el mundo nos parece viejo.

—¿Cómo podría saber algo de él? —pregunté de nuevo.

—¿A qué viene de pronto tanto interés?

—No lo sé —mentí—, es curiosidad, creo que debería saberlo.

—Si tú quieres puedo intentarlo preguntando en la dirección del colegio —se ofreció mi madre.

—No creo que te digan nada, ellos le despidieron —dije.

—Bueno, hace bastante tiempo de aquello. Las cosas han cambiado mucho desde entonces, ahora los colegios públicos son competencia del gobierno vasco; de hecho, su nombre oficial dejó de ser Virgen del Mar hace tiempo, ahora se llama Itxasoko Ama, y, por lo que sé, hay un director joven —dijo.

—Estás muy bien informada.

—La mayoría de los niños de mi grupo de catequesis estudian allí —contestó.

—¿Y crees que te dirán algo? —dudé.

—Al menos podrán facilitarme su número de teléfono o su dirección.

—Inténtalo, por favor —rogué.

Se dirigió al teléfono mirándome de aquel modo interrogativo que escrutaba mis ojos en busca de señales. Pensé que ese era el modo en que me miraba casi siempre, expectante, como esperando descubrir de pronto la inflexión en mi voz, el matiz distintivo, un signo del mal. Cuando colgó me tendió un papelito en el que había escrito un número de teléfono fijo.

Era la voz de una mujer joven la que respondió al teléfono y al oírla sentí el impulso de colgar.

—*Bai... Ezan?*

—Perdone, ¿es ese el domicilio de Rogelio Mendibil?

—¿Quién pregunta por él?

—Soy... Bueno, le conocí hace años, cuando él trabajaba en el colegio Virgen del Mar.

—Ya... —fue la respuesta de la mujer.

—Siento molestarla, únicamente quiero saber... Bueno, si aún vive...

Silencio.

—Y, en el caso de que así sea, saber si podría verle, hablar con él. Le recuerdo con cariño.

Su tono se dulcificó un poco.

—Mi padre vive, pero no se encuentra muy bien, son muchos años, ya sabe. Está internado en un centro geriátrico. Sufre alzhéimer, pero tiene días bastante buenos, de hecho está bastante peor físicamente que de la cabeza. Creo que le gustará verla.

La clínica San Ignacio aún conservaba huellas de la grandiosidad de su pasado señorial como villa y eran visibles desde el acceso que, aunque se había modificado para adaptarlo a las sillas de ruedas, desembocaba en un amplísimo recibidor de baldosas de mármol brillante que imitaban los escaques de un tablero de ajedrez.

El mostrador, que recordaba a la recepción de cualquier hotel, estaba ubicado bajo el hueco de una magnífica escalera de roble que conducía a la planta superior. Mientras me acercaba pensé que, con unas butacas aquí y allá, unos arreglos florales y la luz adecuada, podría pasar sin problema por hotelito de cuatro estrellas. Un carro repleto de toallas y esponjas estériles contribuía al efecto, pero los delatores eran los pañales para la incontinencia.

Tras el mostrador, un hombre de unos cuarenta años y vestido con el típico pijama de celador leía una novela de Isabel Allende sentado cómodamente en un amplio sillón de cuero y con los codos apoyados en una balda interior.

—Perdone —dije.

—Sí.

—Vengo a visitar a una persona interna aquí...

—¿Rogelio Mendibil?

Ante mi cara de sorpresa se apresuró a explicarse.

—Su hija llamó hace un rato. He supuesto que era usted porque es la primera vez que la veo por aquí. Le encontrará en la terraza, hoy hace buen día. —Y sin añadir nada más agachó la cabeza y continuó leyendo.

Me quedé plantada frente al mostrador esperando a que, al menos, me diese alguna indicación de cómo llegar.

El hombre levantó de nuevo la mirada.

—En el piso de arriba, primero a la derecha y después al fondo del pasillo; no puedo acompañarla, tengo que quedarme aquí vigilando la puerta. Algunos se nos fugan, ¿sabe? Más de una vez nos los trae la policía municipal. Se van a casa, eso dicen, y la mayoría de las veces la casa que recuerdan es aquella en la que vivieron cuando eran niños; en el noventa por ciento de los casos ni siquiera existe —dijo con una sonrisa de circunstancias.

—Tranquilo, creo que lo encontraré yo sola.

Subí la escalera por la que descendían aromas de desinfectante de pino y espinacas hervidas, colonia a granel con perfume a lavanda y pastillas de caldo concentrado. El barniz del pasamanos estaba pegajoso y blando; aparté la mano, asqueada, y la froté contra la falda de mi chaqueta mientras subía la escalera evitando volver a tocar el asidero.

Desemboqué en una estancia amplia y repleta de butacas como la sala de espera de cualquier hospital. Media docena de ancianos en bata estaban sentados bastante alejados unos de otros, mirando extasiados al televisor de grandes proporciones, situado en lo alto.

En aquel momento emitía un informativo. El gesto seguro y familiar del presentador me pareció allí fuera de lugar. Atravesé silenciosa el pasillo en dirección a la terraza visible al fondo. Al pasar ante las habitaciones que tenían la puerta abierta no pude evitar la curiosidad de mirar hacia dentro. Cuartos grandes de cuatro camas, las ventanas llegaban hasta el techo, y algunas estaban cubiertas por estores de color crudo que contribuían a producir una sensación de luz lechosa y relajante; solo en una de las habitaciones vi a alguien tendido sobre una cama. No pude distinguir si era un hombre o una mujer, y pensé cómo entre los recién nacidos y los viejos muy viejos resultaba muy difícil distinguir el sexo.

Cuando llegué a la puerta acristalada de la terraza me asaltó de nuevo la duda que me había rondado durante todo el día: si sería capaz de reconocer a Rogelio cuando lo viera y, sobre todo, si él me reconocería a mí.

Habían transcurrido veintitrés años y para él, debido al alzhéimer, quizá algunos más. Salí a la gran terraza, que recordaba en todo a la de un balneario con sus sillas, sus tumbonas y mesitas de exterior, incluso había macetas con geranios que colgaban de la pared, eso sí, todo muy funcional y de línea barata, pero bastante agradable y, al menos allí, no había que soportar la densa y apestosa atmósfera del interior.

Unos cincuenta ancianos divididos en tres grupos, a los que otros tantos monitores animaban a participar en un ejercicio de rehabilitación, que consistía en rodar un rulo de goma espuma. Uno de los monitores se me acercó.

—¿Es usted la visita de Rogelio?

Asentí.

—El horario de visita comienza a las cinco de la tarde, pero Yolanda Mendibil nos llamó para pedirnos que la recibiésemos cuando a usted le viniera bien —explicó mientras me indicaba en dirección a un hombre.

Rogelio no formaba parte de ninguno de los tres grupos. Sentado en una silla de ruedas cerca de la barandilla, llevaba puesta una gruesa bata azul marino y una boina negra; una manta le cubría las piernas, y bajo el borde de flecos asomaban las punteras de sus zapatillas de cuadros marrones.

Sonreí pensando que apenas hacía un minuto dudaba si podría reconocerle. Reparé entonces en que el monitor no me quitaba los ojos del escote; le dediqué una mirada helada y él retrocedió unos pasos para buscar una silla que colocó frente a la de Rogelio. Después se inclinó sobre él y levantó un poco el volumen de la voz.

—Rogelio, tiene visita. —Mientras me daba otro repasito visual, comentó—: Mire qué chica tan guapa ha venido a verle.

Evité volver a mirar al tipo y permanecí en pie hasta que se alejó. Me senté ante Rogelio y durante unos minutos me dediqué tan solo a observarle.

Su rostro no había cambiado apenas, tenía bastantes más arrugas —se le habían formado en torno a la boca y los ojos—, pero la frente y las mejillas aparecían lisas y bronceadas, y los labios finos y un poco apretados estaban sonrosados aunque algo resecos.

—Hola, Rogelio. —Su nombre en mis labios sonó extraño y lejano, y su eco penetró en mi cabeza trayendo invocaciones de mi infancia; hasta en la inflexión de mi voz hubo una nota infantil algo cálida y aguda, como los grititos y las risas imposibles de contener.

Rogelio levantó la cabeza lentamente, como si despertase de un sueño. Me miró sonriendo.

—Pakutxa...

Un abismo se abrió en mi estómago y el corazón me latió en loca taquicardia. Intenté hablar pero la voz me salió estrangulada.

—Rogelio, soy Cel...

—Pakutxa, ¡qué chiquita!, apenas has cambiado, sigues tan menudilla y tan bonita.

—Rogelio, yo no soy Pakutxa —dije negando con la cabeza y sonriendo torpemente para convencerle así de lo absurdo de sus palabras.

—*Politte*, podría reconocerte entre un millón. Eres tú, mi niña, sigues teniendo gaviotas en la risa y la mirada llena de agua. —Me miró a los ojos y percibí en ellos lucidez y certeza que hubiera preferido no ver—. Dime, Pakutxa, ¿has vuelto a ver a la bruja?, ¿cuánto hace que no escuchas el infierno?

—Te equivocas, Rogelio.

—No, mi niña. —Sonrió dulcemente y su gesto me trasladó al corazón de las calderas veintitrés años atrás—. Puede que la cabeza me falle un poco si intento recordar qué comí ayer o cómo se llaman todos mis nietos, pero aquel tiempo desde que te conocí hasta que nos separaron lo tengo grabado a fuego en el corazón. Aquí, Pakutxa, aquí —dijo llevándose la mano al pecho—, donde guardo lo más preciado, las cosas que por nada quiero olvidar; aunque un día de estos sé que ya no podré recordar el nombre de mi esposa, o los ojos de la niña que fuiste, vuestra esencia seguirá latiendo aquí dentro hasta mi último aliento. Es muy curiosa esta enfermedad, ¿sabes? Hay días que pasan sin más en el calendario, pero otros vienen a mí recuerdos vívidos, frescos, como nunca los tuve antes y rememoro días enteros de mi infancia o mi juventud como si acabase de vivirlos ayer; no es tan mala cosa, ¿sabes? Por fortuna mi vida ha sido muy feliz y es un placer volver al pasado una y otra vez.

Me tendió una mano que quedó temblorosa en el aire mientras yo me debatía entre tomarla entre las mías o dar por terminada aquella conversación.

—Recuerdo cada cosa que me contaste —continuó—, tus historias sobre el infierno y la bruja Maruja, y tus intentos por conseguir un milagro de la Virgen. Lo triste que estabas cuando Carmen y Rosa regresaron a Portugal y el luto en tu alma cuando murió Celeste. Te vi llorar durante horas refugiada en la caldera, incapaz de afrontar que todas ellas se habían ido para siempre; lo recuerdo, Pakutxa, recuerdo cómo te escondías allí para no tener que escuchar tu nombre, el nombre al que renunciaste por ella.

Me puse en pie temblando de rabia y frustración.

—Te equivocas, Rogelio, yo soy Celeste, Celeste Martos. Pakutxa murió, tú no lo recuerdas bien.

—Parece que bastante mejor que tú. Deberías dejar ya este absurdo juego, Pakutxa. Esto solo te hará daño.

Me incliné hacia delante conteniendo el impulso de abofetear a aquel anciano testarudo.

—¡Estás senil! —le espeté. Me di la vuelta y salí de allí corriendo, aunque aún tuve tiempo de escuchar su voz.

—Yo estoy seguro, Pakutxa, ¿lo estás tú?

Respuestas

Ahora

Subí las escaleras todo lo rápido que me permitía mi cadera y al abrir la puerta llamé a gritos a mi madre.

—En la cocina, hija. —Me llegó su voz.

—¡Hola, Celeste! —me saludó Encarna nada más entrar.

—¿Qué haces tú aquí? —pregunté desconcertada por su presencia en un escenario que me resultaba incongruente.

—Llevaba todo el día llamándote y tu madre me invitó a venir. Espero que no te moleste, estábamos un poco preocupadas —se justificó.

—No, da igual —me disculpé—, es solo que... *Ama*, tengo que preguntarte una cosa —dije, titubeando.

—¿Quieres que hablemos ahora? —preguntó alarmada por mi respiración agitada y la terrible confusión que era evidente en mis gestos.

—Si queréis os dejo solas —dijo Encarna, que también había notado mi desazón y probablemente pensó que era debido a su presencia en la casa.

—No, no, puedes quedarte —contesté.

—¿Qué es eso que quieres saber? —preguntó mi madre con la duda y la preocupación aflorando a sus ojos.

—Has llamado a Rogelio antes de que yo fuese allí, ¿verdad?

—No. Por supuesto que no. Ni siquiera sabía que irías hoy.

Las preguntas se me acumulaban.

—Hemos vivido siempre en esta casa, ¿verdad?

Mi madre miró a Encarna. Dejó el trapo con el que se secaba las manos y se acercó a mí, me tomó por la cintura y me arrastró a sentarme a su lado. Encarna fumaba en silencio, apoyada contra uno de los taburetes de la cocina.

—¿Estás segura de que quieres hablar de eso, hija?

—¿Por qué me lo preguntas? Claro que estoy segura. —Una marea de dudas se agolpaba en mi pecho.

—Hija, durante años te has negado a afrontar ese tema.

—¿Qué tema? Contéstame, por favor. ¿Dónde vivíamos cuando yo era pequeña?

—Está bien. —Se levantó y abrió un armario del que sacó un viejo álbum de fotos que yo nunca había visto. Volvió a su lugar a mi lado, lo abrió, buscó una página y lo deslizó en mi regazo.

—Vivimos allí hasta que cumpliste cinco años.

Sobre mis rodillas, una ajada colección de fotografías en blanco y negro que veía por primera vez.

—Tu abuelo fue guardián del puerto durante muchos años y yo heredé la casa, que iba con el cargo. Cuando tu padre y yo nos casamos no teníamos otro sitio, así que nos fuimos a vivir a Ondartxo. Puede que no fuera el lugar más adecuado para criar a una niña, pero tú parecías feliz allí... hasta que murió ella... Celeste.

Un nudo había comenzado a formarse en mi garganta. Sobre mis rodillas, en las viejas fotos, aparecía una construcción elevada como una gigantesca garita sobre un hangar. El carro con los rieles que se perdían en el agua y un arrastrero recién pintado y reluciente bajo el sol.

—El varadero —musité incrédula.

—Fue poco después de morir ella cuando vinimos a vivir aquí. Un año después murió tu padre.

—Pero ¿cómo es posible que yo no recuerde ni a mi padre, ni...? Sin embargo, tengo recuerdos de aquel verano, tan claros como si hubiesen ocurrido ayer. Recuerdo que tú me lo dijiste en el camino de la escuela, recuerdo que fui al varadero y ella ya no estaba, me despedí de Philips y vine a casa, hablamos en el balcón...

—Philips era nuestro perro, murió un mes después que papá, y el balcón que recuerdas es el de la casa de Celeste. Yo fui contigo y fue allí donde hablamos.

Me puse en pie, mareada y sudorosa, incapaz de permanecer sentada con la tormenta que se estaba librando en mi interior. Caminé de un lado a otro de la cocina mientras Encarna y mi madre seguían mis pasos con la mirada.

—*Ama*, yo leí su nombre en la lápida aquel día de difuntos en que me llevaste al cementerio, leí su nombre y te lo dije, *ama*, te dije que ella no se llamaba así, que aquel que yo leí no era su nombre.

—Y, en efecto, no lo era, no era el nombre que tú querías encontrar, pero tú no lo leíste, hija. Entonces solo tenías cuatro años, aún no sabías leer; de hecho, después de morir Celeste te retrasaste un poco en el aprendizaje. No leíste decentemente hasta primero de EGB, y entonces tenías seis años.

—Pero no puede ser, ¿cómo es posible...? Entonces, yo, yo...

—Cariño, llevo toda la vida esperando que llegue este día.

Puede que fuera verdad, que hubiera esperado con ansia el momento, pero ahora parecía demudada e incapaz de afrontarlo. Tuve la sensación de que en el fondo habría querido huir para no tener que hacerlo.

—Los médicos decían... Bueno, cada uno decía una cosa: que habías desarrollado una personalidad múltiple, que te habías vuelto loca por el trauma, que no era más que algo pasajero, como los amigos invisibles, alguien que te inventabas para llenar el vacío. Pero tú fuiste más allá, mucho más allá: tú la resucitaste de entre los muertos y moriste en su lugar.

—No —susurré—, no.

—No. Eso era lo que repetías cada vez, no. Tu negativa a aceptar su muerte no cedía. Los médicos decían que era lógico el duelo, que tenías que pasar por diferentes estadios y que de la negación pasarías al enfado, que te sentirías traicionada por Celeste por haberte dejado sola y que después llorarías y comenzarías a curarte. Pero tú no lloraste, tus ojos estaban secos; aunque te morías de pena literalmente, no llorabas, alzabas los ojos al cielo y lo maldecías. Dejaste de atender por tu nombre. Mi pequeña Francisca, mi pequeña Pakutxa. —Su voz comenzó a quebrarse por la marea de emociones que la ahogaba—. Tu padre comenzó a llamarte así porque decía que Francisca era mucho nombre para una niña tan menuda, siempre tuviste poca carne, bajita para tu edad y tan simpática... Te pasabas el día cantando. —Un atisbo de sonrisa evocadora subió a los ojos de mi madre antes de que comenzara a llorar.

Apartó entonces los ojos de mí, fijando la mirada en un punto en el espacio. De allí pareció extraer las palabras.

—Amabas a aquella niña hasta la adoración. Nunca en toda mi vida he conocido un caso de amistad tan auténtica, os queríais y os compenetrabais de una manera especial, tanto que hasta me hacía sentir celos. Vuestra amistad era a prueba de bomba, aunque erais completamente distintas en lo físico y en el carácter. Ella era morenita, más corpulenta y bastante más tímida y hosca con los demás, pero a ti te seguía como a un perro en todo lo que hacías, adorándote a cada paso. Cuando Celeste murió al final de aquel verano, tú no lo aceptaste, te negaste a que tuviera que ser así; podía haber sido de otra manera, y yo temí que acabases con tu vida.

Me miró de nuevo, recuperado el ánimo.

—Te vigilaba todo el tiempo, segura de que te suicidarías... Y así fue. Has vivido todos estos años intentando ser una niña que está muerta y a la vez atrapada en la paradoja que supone vivir si se está muerto.

—Nunca quisiste llamarme por mi nombre —susurré recordando cada ocasión en que me había llamado «hija», negándose a citar el nombre que yo quería escuchar.

—Al contrario —negó con brusquedad, casi enfadada—, siempre me negué a llamarte de otro modo. Te llevé de un médico a otro, de un psiquiatra a otro, intentando siempre recuperarte, pero hubo un tiempo en el que estuve segura de haberte perdido para siempre. Estabas empeñada en destrozarte y yo no podía hacer nada, hasta que volviste a casa.

Yo retrocedí, mirando a mi alrededor desesperada, como si pudiera hallar una respuesta en las paredes.

—No, no lo puedo creer... —dije irritada por la confusión que se apoderaba de mí envolviéndome como niebla.

—Espera un momento, tengo algo más para ti —dijo mi madre.

Entró en su habitación y regresó al cabo de un minuto durante el que Encarna no dejó de mirarme a los ojos con una expresión desconocida para mí y que era mezcla de horror y fidelidad.

—Encarna, hice lo de la vela y ella no contestó —dije con voz trémula, que salió aguda e infantil.

Encarna asintió como si comprendiese.

—No contestó, Encarna, hasta que la llamé por mi nombre...

Mi madre regresó trayendo en la mano un pequeño paquetito envuelto en un paño de terciopelo rojo que depositó en el hueco de mi mano y cubrió después con la suya. No necesité abrirlo para saber qué era. Me solté del amarre de mi madre y me agité como un animalillo atrapado en un incendio.

—¡Dios mío! ¡*Ama*, estoy loca!

—No, no lo creo. Nunca lo creí —respondió firme.

Mi madre arrastrándome por el cementerio apareció ante mí como una visión.

—No digas eso, *ama*. Una vez tú me lo dijiste, ¿recuerdas?

—Lo recuerdo. Te juro que no lo decía en serio, tienes que perdonarme, entonces solo era una estúpida llena de prejuicios. Tuve miedo, mucho miedo, hija, no puedes hacerte una idea del miedo que he pasado, del miedo que aún paso, pero ahora sé que no me sirvió de nada. El miedo con los que quieres nunca sirve de nada.

Cogí mi chaqueta del respaldo de una silla y comencé a ponérmela, aunque estaba sudando.

—*Ama*, tengo que hacer algo, no sé, tengo que... Tengo que volver.

Besé en la mejilla a mi madre y abrí la puerta.

—Yo iré contigo. —Me siguió Encarna.

Mi madre la sujetó por el brazo impidiendo que me alcanzara.

—Déjala, esto debe hacerlo sola.

—¿Pero no te das cuenta de lo que puede hacer?

Encarna tironeó con fuerza, pero mi madre se mantuvo firme.

—Me doy perfecta cuenta, Encarna. Va a terminar con esto de una vez y debe hacerlo sola, como lo empezó.

—Pero... Quizá... —insistió mi amiga.

—Ella sola.

La casa de mi madre apenas distaba quinientos metros del cementerio. Había dos opciones, subir la cuesta por detrás de la tenencia de alcaldía, o las escaleras. «¿Qué había hecho con mi vida? ¿Quién era yo entonces? ¿Por qué había renunciado a mi privilegio, a mi propia vida para elegir vivir sin alma ahogando al ángel que latía en mi interior?»

Llegué a la parada del autobús de San Pedro, en los arcupes del antiguo mercado, y alcé la mirada hacia el edificio que durante decenios había sido una escuela. Desde la entrada las escaleras se empinaban más aún y perdían la balaustrada de piedra. Las escaleras que conducían directamente al camposanto se enarbolaban ladera arriba y me arrancaban el aire del pecho en el intento de superarlas. Las subí casi corriendo hasta la mitad mientras me debatía en un mar de confusión. Me detuve a tomar aliento y al volverme casi sentí vértigo al tomar conciencia de la altura a la que había trepado por la ladera.

Atardecía, pero el cementerio tenía las verjas abiertas. Entré en el recinto medio cegada por el pánico que me producía la aceleración de los hechos que se precipitaban a mi paso, como fotogramas de una película muda rodada entre la niebla.

Avancé entre las sepulturas leyendo fechas y nombres, buscando a un lado y a otro, descartando las de los extremos, pues en mi recuerdo la tumba estaba rodeada de otras. Me detuve al darme cuenta de pronto de que seguía buscando la tumba de Pakutxa.

Volví atrás releyendo nombres hasta que hallé el mío esculpido en mármol.

Celeste subió al cielo un día de septiembre después de ser cruelmente devorada por el lobo asesino, maldito y enemigo mío para siempre, que se había bebido su sangre y mi alma durante aquel verano de nuestra infancia.

Desenvolví el paquetito de terciopelo rojo que había traído apretado en mi mano durante todo el camino. Las cachas de plata azulada relucieron bajo la amarillenta luz de las farolas que acababan de encenderse.

Me llevé a los labios la armónica que William me regaló aquella noche antes de partir de nuestras vidas para siempre y que yo creía perdida entre las flores de aquella misma tumba veintitrés años atrás. Las notas brotaron tan dulces y afinadas como si el mismo William la tuviese entre sus manos.

El sonido de la armónica resultaba incongruente en aquel lugar, pero a mí me habían importado un bledo las incongruencias durante toda mi vida. Me apoyé en el panteón que había a mi espalda y, mientras leía una y otra vez aquel nombre que había usurpado haciéndolo mío, comencé la única canción que había conseguido aprender cuando aún tocaba aquella armónica, y cumpliendo un deseo que al cabo del tiempo se había convertido en promesa toqué para ella *Tengo un clavel.*

Cuando terminé era incapaz de leer mi nombre en la lápida. Me incliné sobre la tumba y musité:

—Todavía te quiero.

Besé el mármol húmedo de mi propio llanto y salí de allí sintiéndome observada desde la parte alta del camposanto por un par de comadres enlutadas y seguramente escandalizadas por mi comportamiento.

No tuve que decidir a dónde iría entonces, mis pies me llevaron. Casi sonámbula, avanzaba con pasos de borracha sin pensar en nada en concreto e inmersa a la vez en una riada de pensamientos y sentimientos, que me golpeaban o me acariciaban a capricho.

Llegué hasta la fuente de la torre y enfilé el camino, que recordaba más angosto y bastante peor iluminado, pero la memoria no se vio defraudada del todo cuando comenzó a estrecharse mientras se cernía sobre el mar.

La marea completamente llena apenas producía ruido tras el pequeño muro. Unos metros más adelante el agua comenzó a colarse por los aliviaderos mojando la grava suelta del camino y haciéndola refulgir de plata y hervir como si se hubiese arrojado agua oxigenada sobre una herida abierta. Los cúmulos de *galipot* sudados del suelo recuperaban su brillo de azabache cuando el agua se llevaba el polvo que los cubría. Un giro un poco más cerrado en el camino y ante mí apareció el varadero, pobremente iluminado por los focos que colgaban desde el muro y que permanecían encendidos durante toda la noche.

Aun sabiendo que estaría cerrada, comprobé la estrecha puerta de madera pintada de verde que daba acceso a las rampas. Retrocedí hasta el lugar en que el murete de contención se fundía con el otro más alto del varadero; aupándome con las manos busqué los pequeños huecos roídos en la pared, que resultaron suficientes para apoyar la punta de los pies y trepar hasta lo alto del muro, tan estrecho que apenas me cabía un pie tras el otro.

Avancé así hasta la zona interior sobre la puerta del taller, protegida por una tejavana. Deslizándome por los canales, me escurrí hasta una pila de troncos renegridos, que habían servido como traviesas o como improvisadas cuñas con las que sostener navíos cuando los andamios y las grúas hidráulicas todavía eran proyectos de futuro. Trepé sobre un barril de fuel y empujé la ventana, osciló batiente y dejó entre sus aberturas el espacio justo para que pudiera colarme en el interior.

Toda la luz que llegaba allí adentro era la que provenía de las viejas farolas que pendían del muro exterior. Me detuve unos segundos, esperando a que mis ojos se acostumbraran a la penumbra y mis sentidos se embebieran de los aromas del hangar: el óxido, el ácido de soldadura, el metal empavonado.

Avancé unos pasos a tientas extendiendo ante mí las manos, pero, enseguida, la escasa luz que llegaba desde fuera fue suficiente para distinguir el interior del varadero. Caminé hacia el fondo del taller y di una vuelta entera alrededor de un navío mercante que se sostenía desafiando a la física como si navegase en un mar invisible.

Me acerqué hasta que pude tocar el casco, curiosamente cálido. Como buscando su aceptación, apoyé la frente en la inmensa barriga del buque, y la nave me transmitió por contacto cientos de recuerdos apagados, maquillados y disfrazados de otra vida, que emergieron como los restos de un naufragio, reflotados por una ola gigante que hubiera surgido de lo más profundo.

Me eché a llorar, primero con gruesas lágrimas que me inundaron los ojos; suspiré, y fue para romperme en un llanto convulso de niña herida que me encogió el estómago, obligándome a doblarme sobre mí misma; lloré y chillé de dolor y rabia, gimiendo como en agonía sin importarme que de la boca entreabierta resbalase un poco de saliva, o que mi nariz gotease atascada.

Cuando las convulsiones fueron cediendo, me limpié la cara utilizando la manga de la chaqueta y el dorso de la mano, y sin dejar de llorar, aunque mucho más serena, dejé caer la cabeza contra el casco del barco, arrimé la oreja al metal y apoyé todo el pabellón buscando la postura, la forma en que de modo casi mágico se abre la puerta al otro mundo, y cuando al fin la hallé, me fui escurriendo hasta quedar sentada sobre la base de madera, y oí de nuevo aquella nana que llegaba desde el infierno y que era privilegio de ángeles escuchar desde este mundo.

Pensé en subir a bailar al jardín, pero hoy no habría arcoíris ni mangueras de agua. Antes del amanecer me levanté, salí del hangar y me senté en la rampa a extrañar a Philips y a esperar a que las olas me anegasen los zapatos, la nariz, la boca.

Glosario y breve explicación

«Hoy en día el uso del euskera está más extendido en San Sebastián, pero aun en los años en los que estuvo prohibido y no se enseñaba en las escuelas, el uso del euskera continuó en las zonas rurales, y en la ciudad tuvo una curiosa adaptación que ha llevado a numerosos estudios, pues incluso entre los castellanoparlantes siempre ha habido expresiones, leísmos y palabras que se utilizaban solo en euskera, aunque en muchos casos castellanizadas, sobre todo al pluralizar, y que eran de uso muy popular, hasta el punto de que algunos castellanoparlantes no conocían la traducción de estas palabras en castellano.»

Bruno Camus Bergareche, «El castellano de San Sebastián: desarrollo y caracterización», Universidad de Castilla-La Mancha, Facultad de Letras, Ciudad Real.

Altza: barrio perteneciente hoy en día a San Sebastián y que fue independiente hasta 1940 durante varios periodos de tiempo. Toma su nombre de la palabra *aliso*, en euskera *haltz*.

ama: madre o mamá, según el contexto, en euskera.

aña: nodriza, niñera.

arcupes: arcos o soportales. La palabra vasca es *arkupe* (singular) o *arkupeak* (plural).

aupa: voz de saludo muy común en el País Vasco y también de ánimo.

baldarras: del euskera *baldar* (con artículo, *baldarra*), torpe, patoso; pero también desaliñado, desgarbado o descuidado. Por extensión en castellano puede querer decir vago y sin fundamento.

birika, birikas: tripas de los animales, pluralizado en castellano. *Birika* y el plural *birikak* en euskera significa pulmón/pulmones.

chiquis: pequeños, niños, -as. *Txiki* en euskera, pequeño; plural *txikiak*.

coitado: en euskera es común decir *koitadu* al pobre infeliz, desgraciado.

galipot: brea, alquitrán.

gautxori: pájaro nocturno.

gisajo: pobre hombre, infeliz, desgraciado.

hamaiketako: pequeño almuerzo de las 11 h.

herri: pueblo. En euskera *hilerria* es cementerio, el pueblo de los muertos.

Itxasoko Ama: Virgen del Mar.

karrakelas: bígaro, caracolillo de mar.

kikas: dientes de leche.

kokotxa: barbilla, mentón.

lanpernas: percebes, *lanpernak*.

mantala: bata escolar, bata, delantal.

mutil: chicos.

petachos: remiendos.

politte: forma cariñosa de bonito, -a.

pottolo: gordo o gordito, es un apelativo común y cariñoso a los bebés.

sagutxo: ratoncito en euskera.

sasoia: en euskera *sasoi*, fortaleza, brío, y también buena salud.

sinsorga: sosa, sin gracia; lela, atontada (también puede ser masculino).

siricando: adaptación del verbo *zirikatu*: aguijar, azuzar; incitar, estimular, provocar; hurgar, atizar, etc...

tipi-tapa: pasito a pasito.

txaloak: aplausos.

txandas: turnos, tandas.

txanpones: en euskera *txanpon*, plural *txanponak*, monedas.

txapeldunak: campeones; *txapeldun*, campeón. Literalmente es persona que lleva boina.

txikiteros: bebedores de vino, ronda. Bebedores de chiquitos.

txirimiri: lluvia fina y menuda; llovizna.

txoriburu: literalmente, cabeza de pájaro. Se dice del o de la ligera de cascos, casquivano, -a; vanidoso, -a.

txuri urdin: blanco y azul, blanquiazul; los colores de San Sebastián.

txustarrak: del euskera *zuztar* o *txustar*, corazón de la fruta, por ejemplo, de la manzana.

zikiñak: sucio, cochino. Del euskera *zikin*, con artículo: *zikina*.

Soy la responsable de las traducciones, o más bien usos de algunas de las acepciones de estas palabras, me responsabilizo de cualquier error de interpretación, entendiendo que el uso de este euskera de mi infancia es así, casi una manera propia de niños; de cualquier modo, todos los errores son míos y todos los aciertos se los debo a la inestimable colaboración de Inazio Mujika Iraola, editor de textos en euskera de la editorial Erein.

Agradecimientos

A todos los que han contribuido a que esta novela fuera, y sea, una realidad.

A Alfonso Rincón y a la Fundación Navarra Cultural, que en 2009 financió la primera edición de esta obra de modo totalmente altruista. Seguid dando oportunidades al talento y la creatividad.

A Alba Fité, que por su cercanía a los lectores fue la que más insistió en que la recuperásemos del pasado.

A los lectores, a los que estaba destinada, y que a pesar de las dificultades para hacerse con un ejemplar de aquella diminuta primera edición, nunca han dejado de preguntarme por esta novela.

A Isabelita y su familia, que me dieron la oportunidad de pasar los días más increíbles de mi infancia en el varadero en el que vivían.

A la editorial Destino. No llega con estar en Hogwarts, si eres de los buenos hay que pertenecer a Gryffindor ;).

A la diosa Mari, es lo justo, suyas son las tormentas y las buenas cosechas.

Dolores Redondo

Índice

EL LOBO

EL INFIERNO

VELAS